REINSCHRIFT
Edition

AF282467

Das Buch

Wenn eine Handtasche auspackt, fragt sich jede Frau, ob ihre tägliche Begleitung ein Eigenleben führt. Für manche Frau ist die Handtasche eine beste Freundin, für andere nur ein Accessoire. Viele Frauen wünschen sich, ihre Handtasche könne erzählen, was sie alles unter dem Tisch gesehen oder im Nebenzimmer gehört hat. Andere haben Angst, die Handtasche könne ihrerseits verraten, was sie mit ihrer Besitzerin erlebt hat. In überspitzter Form nimmt diese Handtasche uns mit in ihren Alltag, der alles andere als alltäglich ist.

Die Tasche plaudert über ihren Weg und wird weicher, je härter ihr Leben wird. Genau genommen sein Leben, denn wer sagt, Handtaschen müssten weiblich sein?

Die Autorin

Hanna Mohr ist 1983 in Südtirol geboren und lebt seit Kindertagen in Köln. Sie liebt es, in verschiedene Rollen zu schlüpfen. Dies ist nach einigen Kurzgeschichten und Slam Poetry ihr erster Roman.

Hanna Mohr

Eine Handtasche packt aus

Ein heiterer Roman
nicht nur für Frauen

REINSCHRIFT
Edition

Die Deutsche Nationalbibliothek verzeichnet diese Publikation in der Deutschen Nationalbibliografie; detaillierte bibliografische Daten sind im Internet über http://dnb.dnb.de abrufbar.

Die automatisierte Analyse des Werkes, um daraus Informationen insbesondere über Muster, Trends und Korrelationen gemäß §44b UrhG („Text und Data Mining") zu gewinnen, ist untersagt.

1. Auflage 2024
©*REINSCHRIFT* Edition, Trier
© 2024 Hanna Mohr
Covermotive: Canva
Verlag: BoD · Books on Demand GmbH,
In de Tarpen 42, 22848 Norderstedt
Druck: Libri Plureos GmbH, Friedensallee 273,
22763 Hamburg
ISBN: 978-3-7597-8363-9

All denen gewidmet,
die nicht erkennen,
welche wertvolle Begleitung
an ihrer Seite ist.
Und ein Dank
an meine Begleiter,
die an mich
und meine Projekte
glauben und
deren Wert ich
sehr zu schätzen weiß.

1 High Society

Dass es so etwas überhaupt noch gibt. Schwarzes Etuikleid am Nachmittag. Alle Achtung, die Frau hat Stil. Die Haare sind gefärbt, das sieht mein Kennerblick sofort, aber ansatzlos. Die sitzt vermutlich jede Woche beim Friseur. Das sieht man der Frisur an, très chic. Die Frau achtet auf sich, das ist mir sehr sympathisch. Mit diesen Schuhen über Kopfsteinpflaster zu laufen, erfordert jahrelange Übung, aber die dürfte sie haben. Fünfzig? Nein, noch nicht. Obwohl, dieses makellose Gesicht hat sie nicht von Natur aus, da wurde ein wenig nachgeholfen. Jedenfalls keine dieser neureichen Tussis, die hier immer wieder hereinschneien und mit Markennamen um sich werfen, als seien es Wochenend-Bekanntschaften aus einem Szene-Club.

Die Tochter dagegen muss noch einiges lernen. Die blonden Haare lässig zum Pferdeschwanz gebunden, dabei könnte sie aus der Haarlänge wahrhaftig mehr machen. Immerhin trägt sie kein Billig-T-Shirt aus dem Discounter, aber der Preis allein reicht noch nicht, um gehoben auszusehen. Das möchte sie aber vielleicht auch gar nicht, das mag in ihren Kreisen nicht so gut ankommen. Der Push-up-BH lässt ihre Brüste sehr schön zur Geltung kommen, da steht sie der Frau Mama in nichts nach. Aber dieser Gang … Selbst in Ballerinas kann man eleganter aussehen, es müssen ja nicht gleich High Heels sein. Das sollten die Damen einmal zusammen üben. Wobei sie beide nicht so vertraut wirken, als würden sie viel Zeit miteinander verbringen. Die Jüngere dürfte siebzehn oder achtzehn sein, da verbringt man nicht viel Zeit mit der Familie. Umso schöner, dass die beiden wenigstens zusammen shoppen gehen. Das Mädchen könnte dringend eine neue Hose brauchen, die Jeans hat ein Loch und der Reißverschluss hält nur mit einem Schlüsselring am Knopf.

Nett, wie das Mädchen sich mit der grünen Tasche im Spiegel betrachtet. Louis Vuitton. Nicht schlecht, aber ich bitte Sie!

»Na, Mutti, was meinst du, die sieht doch cool aus, oder?«

Die Mutter rümpft bloß die Nase - und da kann ich ihr nur beipflichten. Sie bittet die Verkäuferin, ihr eine schwarze Tasche aus dem Fenster zu geben. Das ist doch keine Tasche für eine solche Dame. Viel zu billig. Die Verkäuferin lobt die Qualität in den höchsten Tönen, während sie in die Auslage klettert. Sie hat nicht gänzlich Unrecht, aber ich kann es langsam nicht mehr hören. Yves Saint Laurent, ausgerechnet, für eine solche ...

»Mensch, Mutti, was willst du denn mit der Alte-Leute-Tasche? Du bist nicht mal fünfzig, wie willst du denn ab nächstem Jahr herumlaufen? Kommt gar nicht infrage, du brauchst eine coole Tasche. Sowas wie die grüne«, erklärt das Mädchen ihrer Mutter.

Da muss ich ihr im Stillen recht geben. Und mir selbst auch, noch keine Fünfzig, wie ich vermutet hatte. Stilvoll wäre die Tasche aus dem Fenster schon, aber in der Tat langweilig, wenngleich Alte-Leute-Tasche eine ziemliche Beleidigung ist. Das kratzt am Ego.

»Ich möchte aber nicht auf eine coole Party, wie du das nennst, Constanze, sondern ich verleihe den Innovationspreis für Technologie-Design bei einer Wohltätigkeitsveranstaltung. Ich kann nichts dafür, dass diese Trophäe so groß ist, dass ich sie in eine Tasche packen muss. Noch dazu eine Tasche, die so voluminös ist, dass ich sie danach aller Voraussicht nach nie wieder benutzen werde«, erläutert die Mutter ihrer Tochter, und es klingt so, als würden sie dieses Thema schon zum wiederholten Male erörtern.

»Und wie wäre es für den Zweck mit einer Plastiktüte von Aldi? Oder einer netten Stofftasche vom Drogeriemarkt? Warum muss es eine überteuerte Designerhandtasche sein?«, mault die Jugendliche weiter. Das geht aber wirklich zu weit! Sie hat noch keine Ahnung von den Qualitäten einer Markenhandtasche.

Die Verkäuferin taucht gerade aus dem Schaufenster wieder auf und hat die letzten Worte gehört. Sie lacht irritiert. »Was für eine neckische Idee.« Sie hält ihr das schmucklose Ding entgegen. »Diese Tasche ist wirklich wie für Sie gemacht, Frau von Steffeln.«

Dachte ich mir doch, alter Adel. Nichts Neureiches, sondern einen gewissen Standard gewöhnt. Und Stammkundin hier, was mich nicht wundert, wo soll sie bei ihrem Sinn für Stil auch sonst kaufen.

Die Kundin betrachtet die Tasche kritisch. »Für mich vielleicht, aber nicht für diesen Preis, den ich überreichen muss.« Na, das besänftigt ein wenig. Ich wollte schon an meiner Menschenkenntnis zweifeln.

»Tja, Mutti, Adel verpflichtet wohl. Hast du dir schon mal diese rote Tasche da oben angesehen?« Constanze zeigt in das oberste Regalfach. »Sieh mal, die ist groß und trotzdem schlicht.«

Na endlich. Sie hat also doch einen Blick für das Wesentliche. Mehr Geschmack, als ich ihr zugetraut hätte.

Auch die Verkäuferin ist entzückt, wie schon bei den vorherigen acht Taschen, die sie inzwischen aus dem Fenster oder vom Lager holen durfte. Aber jetzt muss ich ihr völlig zustimmen, das wäre eine wundervolle Wahl.

»Constanze, die ist rot!«, sagt ihre Mutter in einem

Ton, als sei das etwas Anstößiges. Also ich muss doch sehr bitten. »So kann man mit deinen fünfzehn Jahren vielleicht herumlaufen, aber ich doch nicht.«

Sie sieht doch tatsächlich entrüstet aus. Dabei bin ich fast sicher, dass ich ein kurzes Flackern in ihren Augen gesehen habe. Ich glaube, insgeheim gefällt ihr der Vorschlag ihrer Tochter, sie kann das nur nicht zugeben. Und dass die Kleine wirklich erst fünfzehn sein soll … Alle Achtung, die Mädchen heutzutage sehen deutlich reifer aus als früher. Die muss man wirklich zu Hause anbinden, wenn sie nicht unter die Räder kommen sollen.

»Ich bin sicher, du gehst wieder ganz in Schwarz, da wäre eine rote Tasche echt ein cooler Akzent. Vielleicht würdest du sogar mal wieder lächeln bei einer so freundlichen Farbe.«

Die Verkäuferin könnte mich wirklich etwas zarter anfassen, statt mir ihre lackierten Fingernägel in die Flanke zu rammen.

Nur widerwillig streckt Frau von Steffeln die Hand aus und hängt sich die schmalen Lederbänder über die Schulter. Sie betrachtet sich von allen Seiten im Spiegel, also genau genommen uns beide. Sie sieht tatsächlich gut aus. Und sie riecht so himmlisch. Frau von Steffeln, meine ich.

»Jetzt sei mal nicht so spießig, nimm die einfach«, drängt Constanze.

»Das ist wirklich eine hervorragende Wahl, Wogner haben wir im Moment im Sale, da bekommen Sie noch zehn Prozent drauf. Dann kostet die Tasche nur noch gut fünfhundert Euro. So ein schönes Stück, daran werden Sie lange Ihre Freude haben«, flötet die Verkäuferin.

Das ist zweifelsfrei richtig, aber sie muss mich doch

nicht gleich anbieten wie Sauerbier. Ein bisschen mehr Stil könnte man auch von so einer Verkäuferin erwarten, oder? Auch wenn sie sich eine wie mich von ihrem Gehalt nie leisten könnte. Bin ich froh, wenn ich hier rauskomme, es ist wirklich unter meinem Niveau, den ganzen Tag nutzlos im Regal zu stehen und mir dieses dumme Geschwätz anzuhören, wo ich doch für Höheres gemacht bin. Außerdem fürchte ich, dass mir zu viel Sonne auf Dauer schadet, wenn ich nicht eingecremt werde. Ich habe zwar den besten Platz, nicht plakativ im Schaufenster, wo man ständig gestresste Taschen vorbeieilen sieht, aber tags von der Sonne und nachts von einem Spot beschienen.

›Ach, Billy, wenn du uns jetzt verlässt, dann bist du bald genauso gestresst wie die anderen Taschen, die immer an uns vorbeihetzen‹, sagt Coco traurig.

Ich blicke ebenfalls auf die Straße. ›Ich verstehe es gar nicht, die hängen doch eigentlich nur herum, werden von den Damen überall hingetragen. Ich verspreche dir, ich werde nicht so die Klappe hängenlassen.‹

›Neulich habe ich eine wiedergesehen, die war noch gar nicht so lange von uns fort, und schon hat ihr Reißverschluss geklemmt‹, erzählt Gianni.

›Wenn sie mich nicht gut behandelt, werde ich mich mit ihren anderen Taschen zusammenschließen und mich gegen die Dame auflehnen. Wenn ich erst einmal hier raus bin, werde ich das alles selbst in die Hand nehmen. Euer Billy kennt keine Furcht‹, sage ich selbstsicher.

Frau von Steffeln betrachtet uns von allen Seiten, also mich und sich, und Constanze nimmt jetzt wohl auch wahr, wie dieses ganz kurze Lächeln über das Gesicht ihrer Mutter huscht. Auch sie hat also Gefallen gefunden, wenngleich sie es nie zugeben würde.

»Manchmal habe ich den Verdacht, dass du dich auch nicht freiwillig an alle Konventionen hältst, sondern ganz gern einmal aus all diesen blöden Erwartungen ausbrechen und etwas Verrücktes tun würdest«, raunt Constanze ihrer Mutter so leise zu, dass die Verkäuferin sie nicht hören kann. Ich schon, denn ich bin den beiden sehr nah. Genau genommen bin ich im Moment die Einzige, die die beiden voneinander trennt, quasi Haut auf Haut mit der attraktiven Frau von Steffeln, und ganz nah an den schmalgliedrigen Fingern ihrer Tochter, die sich ihrer Attraktivität leider so gar nicht bewusst zu sein scheint. Mädchen, mit jemandem wie mir an deiner Seite würdest du alle Blicke auf dich ziehen. Schmal, elegant, ein Teil der feinen Gesellschaft. Wir beide würden die Welt aus den Angeln heben, wir …

Die Verkäuferin plappert weiter auf Frau von Steffeln ein. Sie ist sich jetzt wohl sicher, dieses eine Geschäft am Tag abgeschlossen zu haben, das ausreicht, um die sündig teure Miete für diesen Laden bezahlen zu können. Wenn sie sich mehr auf solche Formate wie mich konzentrieren würde, statt sich diesen ganzen ausländischen Tand ins Haus zu holen, könnte sie solche Erfolgserlebnisse jeden Tag haben. Aber die Leute setzen viel zu wenig auf Qualität und viel zu sehr auf Äußerlichkeiten.

›Ach, manchmal bin ich froh, dass wir so teuer sind, dass nicht täglich welche von uns verkauft werden‹, seufzt Yves. ›Ich trenne mich so ungern von jedem einzelnen von euch.‹

Eine gute Einstellung, wenn man so hässlich ist wie er und niemand einen haben möchte, sodass man immer mehr zum Ladenhüter wird.

Constanze hört der Verkäuferin eindeutig nicht

mehr zu, sie schießt ein Foto von ihrer Mutter mit - tja, mit mir an ihrer Seite, und verschickt es per Handy.

Ich sehe aus dem Reißverschlusswinkel, wie Louis noch grüner vor Neid wird.

›Nimm es nicht persönlich, Louis, es kommt auch jemand für dich‹, sage ich und unterdrücke meine Schadenfreude. ›Man muss eben zu einer Frau von solcher Klasse passen.‹

Das kann nicht jeder dahergelaufene Michael Kors oder Calvin Klein, denke ich, aber das sage ich besser nicht laut. Die kauft ja auch keiner mehr, seit man ihresgleichen in der Türkei für ein paar Euro nachgeschmissen bekommt. Und die meisten können den Unterschied nicht einmal sehen, die sehen nur das groß aufgedruckte Logo oder den goldglitzernden Schriftzug und wissen nicht, von welch minderer Qualität ihr ständiger Begleiter ist. Manche Frauen kommen mit Handtaschen hier herein, die uns nicht einmal erzählen können, wer sie gefertigt hat. Was für eine Identitätskrise, die wissen kaum, ob sie Männchen oder Weibchen sind. Sogar mein Freund Gianni mit seinem italienischen Chic kann bei einer solchen Frau nicht landen, manchmal muss es eben etwas ganz Klassisches sein. Dieser ganze ausländische Schnickschnack mag ja gut und schön sein, aber ich bin schließlich ein echter Billy Wogner. So eine gute deutsche Traditionsfigur, die passt eben zu gutem deutschem Adel immer noch am besten. Auch wenn Yves ein wenig eingeschnappt zu sein scheint. Ach, manchmal ist er wirklich zu tuntig, aber der kriegt sich schon wieder ein.

›Ich finde es nicht fair, dass du schon hier raus darfst, du warst noch gar nicht so lange hier‹, klagt Yves. ›Ich stehe mir hier die goldenen Nieten in den Bauch und du wackelst nur mit dem Henkel und wirst schon mitgenommen.‹

›Es tut mir leid, mein Lieber, die Frauen stehen eben auf echte Männer. Aber für dich wird auch noch die Richtige kommen. Du bist hier doch in so netter Gesellschaft.‹

Louis und Michael stimmen mir zu, aber auch sie wären gern an meiner Stelle.

»Sieht cool aus«, kann ich auf Constanzes Handy lesen. »Meine Mutter trägt immer nur Rucksäcke, weil sie praktisch und erschwinglich sind. Sehen uns später, freu mich.«

›Es war nett mit euch. Haltet die Henkel steif‹, rufe ich gerade noch, bevor ich in einer stabilen Papiertasche mit einer goldfarbenen Kordel lande. ›Lebt wohl, all ihr Handtaschen, Geldbörsen, Rucksäcke und Schminktäschchen. Wo auch immer es euch hin verschlägt, vielleicht werden wir uns wiedersehen. Die Klasse, die sich uns leisten kann, scheint nicht so groß zu sein, ich bin sicher, ich werde den einen oder die andere von euch wiedersehen.‹

Ich rieche zum ersten Mal die Luft außerhalb des Ladens. Mir fällt jetzt erst auf, dass ich die Geldbörse, die neulich wegen Nichtgefallens von dem Beschenkten zurückgebracht und umgetauscht worden war, gar nicht gefragt hatte, wie die Welt da draußen denn so ist. Ich bin neugierig und freue mich darauf, endlich die Aufgabe zu übernehmen, für die ich wie geschaffen bin: Ich möchte Frau von Steffeln nicht mehr von der Seite weichen und immer für sie da sein, wenn sie mich braucht.

Der Hausherr rümpft nur die Nase, als er seine Frau mit mir sieht. Na, das kann ich ja verstehen, so ein stattlicher deutscher Billy an der Schulter seiner Frau …

Sie sieht dabei so aus, als habe sie das vorhergesehen. Na, was will man auch erwarten, wenn man seinen Alltag mit einem August teilt, der gut zehn Jahre älter ist als man selbst, wenn man stattdessen jeden Billy dieser Welt haben könnte. Aber jetzt teilt sie ihr Leben ja mit mir. Sie wird sehen, dass sie sich ein Leben ohne mich bald gar nicht mehr vorstellen kann. Solche Annehmlichkeiten bietet ihr sonst keiner.

Sie stellt mich auf ein Sideboard, von wo ich einen guten Blick habe, auch auf die Handtasche, deren Stelle ich bald einnehmen werde.

›Ich freue mich schon darauf, wenn Marliese mir all ihre hübschen Dinge anvertraut, vielleicht ein Tagebuch, ihren Jahresplaner, ein seidenes Taschentuch, einen goldenen Füllfederhalter, eine Ersatzstrumpfhose.‹

Marlieses derzeitige Begleitung lacht nur spöttisch. ›Sei mal nicht so optimistisch. Du brauchst dich gar nicht für etwas Besseres zu halten. Du wirst ganz schnell sehen, wie schmerzhaft ein schwerer Schlüsselbund sein kann. Und die Spitze ihres Kugelschreibers hat mich schon oft gepikst, sie vergisst nämlich gern, die Spitze einschnappen zu lassen.‹

›Aber wir wissen uns doch zu wehren‹, wiegele ich ab. ›Wenn sie mir etwas gedankenlos in den Rachen wirft, habe ich Mittel und Wege, es erst nach langem, vergeblichem Suchen wieder ans Licht zu befördern. Oder ich behalte es einfach ein. Soll sie doch sehen, was geschieht, wenn sie so unachtsam mit mir umgeht! Aber ich bin sehr zuversichtlich, dass sie mich schnell zu schätzen weiß und achtsam und liebevoll mit mir umgehen wird.‹

»Na, wie war euer Tag?«, erklingt die sonore Stimme des Hausherrn, und ich wende meine Aufmerksamkeit von dieser uninteressanten Tasche lieber ihm zu. In meinem Laden habe ich nicht so viele Männer gesehen, aber ab und zu habe ich einen neugierigen Blick auf die Straße geworfen. Die meisten Männer waren wesentlich gewöhnlicher als August. Er trägt zu Hause Hemd mit Weste und eine feine Hose, maßgeschneidert, würde ich sagen. Immerhin ist der oberste Hemdknopf offen, das ist fast schon leger. Ich sehe im Westentäschchen doch tatsächlich eine Geldklammer. So etwas hat es bei uns im Taschenladen nicht gegeben, die muss er extra vom Juwelier haben. Ich finde das ein wenig dekadent. Außerdem fehlt mir ein Portemonnaie für ein nettes Gespräch.

»Wir waren shoppen«, gibt Constanze kurz angebunden zurück. Das Verhältnis scheint ebenfalls angespannt zu sein. »Das heißt, Mutti war shoppen, ich habe nichts bekommen, aber Mutti geht sowieso nur in diese Schickimicki-Shops.«

»Boutiquen«, weist die Mutter sie zurecht.

»Halte dich an das Vorbild des Papstes, Entsagungen sind kein Makel«, rügt ihr Vater sie und geht gar nicht auf ihren unterschwelligen Vorwurf ein, nichts bekommen zu haben.

»Dann halte du dich an die Eitelkeit seines Vorgängers, der immer rote Schuhe trug. Der hätte Muttis rote Tasche sicher cool gefunden«, kontert seine Tochter geschickt.

August von Steffelns Blick ruht einen Moment auf mir, bevor er die Mundwinkel so verzieht, wie man es sonst nur als Bundeskanzlerin vermochte. Aber ein Kommentar über mich in Anwesenheit seiner Tochter scheint nicht infrage zu kommen, das klärt er vermutlich unter vier Augen mit seiner Gattin. Das will ich auch meinen, Differenzen muss man nicht in aller Öffentlichkeit austragen, zumal dann nicht, wenn man von vornherein im Unrecht ist. Diese Blöße muss er sich nicht geben.

»Constanze, wie oft soll ich dir noch sagen, du sollst deine Musik nicht so laut machen. Und was war das heute Morgen, als ich mit Herrn von Stein im Garten stand, und du hast dich ungeniert am offenen Fenster umgezogen?«, maßregelt der Hausherr seine Tochter streng. Apropos Blöße, da hat sie ihre wohl zum Besten gegeben. Schade, dass ich noch nicht da war, aber vielleicht ergibt sich die Gelegenheit ja noch einmal.

Constanze hat das gleiche kurze Aufflackern eines Lächelns, das mir vorhin schon bei der Mutter aufgefallen ist. Sie lehnen sich beide unbemerkt gegen das Establishment auf. Das finde ich zwar sehr mutig und grundsätzlich löblich, nicht nur an Traditionen festzuhalten, denn wo bliebe unsereins, wenn man immer nur an Althergebrachtem klebt? Andererseits, wo landet unsereins, wenn man jeder neuen Mode hinterherläuft? Die Gesellschaft ist im Wandel; und ich bin froh, dass es noch solche standesgemäßen Einstellungen gibt wie im Hause von Steffeln.

Statt einer Antwort fragt Constanze beharrlich: »Papilein, wie gefällt dir denn Muttis neue Tasche?«

Der Papilein-Trick. Dieser Mann ist so alt und erfahren, der kann unmöglich darauf hereinfallen.

»Na ja, mein Geschmack ist sie nicht, aber Mutti hat mir versichert, dass sie die Tasche nur dieses eine Mal tragen wird«, erklärt der Vater völlig handzahm. Ist das denn wahr? Eben noch macht er einen auf strenges Regiment, und was er sagt ist Gott und Gebot - und dann lässt er sich von diesen beiden Weibsbildern um den kleinen Finger wickeln? Das kann ja wohl nicht sein. Ich würde mich, also ich meine, meinen Riemen, also meinen Schulterriemen niemals so um den kleinen Finger wickeln lassen. So viel Stil muss sein, bitteschön. So wahr ich aus dem Hause Billy Wogner bin! Aber was soll das heißen, ich werde nach einmaligem Gebrauch ausgemustert? Da habe ich aber schon ganz andere Taschen gesehen.

»Muss ich zu dieser Verleihung eigentlich mit?«

Der Vater mustert sie schweigend. Constanze hält diese Stille eindeutig kaum aus, als er endlich sagt: »Es wird Zeit, dich in die Gesellschaft einzuführen. Bald ist dein Tanzkurs abgeschlossen, dann kannst du uns zu Empfängen begleiten. Ja, du wirst selbstverständlich mitkommen. Deine Mutter wird diesen Preis verleihen, und du wirst danebenstehen und lächeln. Dein Gesicht ist so hübsch, da kommt das Foto auf jeden Fall am nächsten Tag in die Zeitung.«

»Das kann doch nicht euer Ernst sein«, begehrt Constanze auf. »Ich soll nur für die Optik mitkommen?«

»Du sollst mitkommen, damit die Leute sich nicht dein alterndes Papilein ansehen, sondern sehen, dass wir etwas wirklich Innovatives zu bieten haben.«

»Ihr benutzt mich doch nur!«

»Wir machen dich mit interessanten Menschen bekannt, die dir Türen für deine Zukunftspläne öffnen können«, erklärt August geduldig. Dann schlitzt er den obersten Briefumschlag von einem ganzen Stapel auf und liest seiner Frau vor, wer gerade seine Anwesenheit bestätigt hat.

Constanze läuft die Treppe hoch und schnappt im Vorbeilaufen gerade noch nach mir. Ich warte geradezu darauf, dass sie die Zimmertür knallt, aber sie kann sich mit Mühe beherrschen. Ich kann sie gut verstehen, sie soll nicht um ihrer selbst willen mitkommen, sondern weil sie gut für die Öffentlichkeitswirkung ist. Kein Wunder, wenn ihr zum Heulen zumute ist. Mir geht es genauso, niemand möchte mich als Billy an seiner Seite, genau genommen an ihrer Seite haben, Marliese will mich nur benutzen. Ich habe etwas Besseres verdient!

Wider Erwarten hat Constanze mich mit in ihr Zimmer genommen und mich nicht nur vor der Zimmertür ihrer Mutter abgestellt. Sie hat mich auf ihr Bett gelegt und starrt mich die ganze Zeit an.

›Sieh mich nicht nur an, nimm mich einfach. Fass mich an, fühl, wie fest mein Leder ist. Du willst es doch auch.‹

Aber sie versteht mich einfach nicht. Tja, so einen wie mich hätte sie sicher auch gern an ihrer Seite. Es war für mich nicht immer einfach in dieser Boutique mit Handtaschen, Bordcases und Schuhen. Frauen machen sich gar keine Vorstellungen von unserem Dasein. Die meisten tun so, als sei ihre Handtasche ihre beste Freundin, der sie alles anvertrauen können. Dabei trifft das nur für Coco zu. Na gut, für Yves irgendwie auch. Aber für Typen wie Gianni, Calvin, Louis, Michael und mich ist es gar nicht wirklich schön, als stille Begleiter überall hin mitgenommen zu werden. Niemand fragt uns, ob wir mit auf die Damentoilette möchten, nur weil gerade alle gehen. Und dann sehen Sie sich einmal diese Hungerhaken an! Natürlich tragen die keine echten Kerle wie mich über ihren zarten Schultern, das würde ganz schnell zu einer Schiefhaltung führen. Nein, sie tragen Handtäschchen, in die gerade einmal ihr Smartphone, ihr Lippenstift und ein Taschentuch passen. Dabei halten sie das Smartphone sowieso den ganzen Abend in der Hand. Autoschlüssel brauchen sie nicht, ihre Männer lassen sie bei ihren Luxusschlitten sowieso nicht ans Steuer. Das sind doch keine Handtaschen. Die meisten Herrengeldbörsen sind größer.

Oh, da bin ich in Gedanken wohl abgeschweift, aber Constanze hat mich gerade aus meinen Träumen geweckt.

»Mensch, Nele, du kannst froh sein, dass du im Vergleich zu mir ein so unkompliziertes Leben führen darfst.«

Ich glaube, Nele protestiert gerade am anderen Ende der Leitung. Das ist ganz schön charmant, wie sich Constanze auf ihrem Bett räkelt und mich dabei anstarrt.

»Du musst wenigstens nicht ständig darüber nachdenken, was wohl die Leute sagen würden, wenn sie sehen könnten, dass du ein ganz normales Leben führst.« Wieder muss sie zuhören, aber das scheint ihr gar nicht so leicht zu fallen. Die Kleine hat ein ganz schön aufbrausendes Temperament, ob sie das vom Vater hat?

»Ich hoffe nur, dass mein Vater bald wieder zu einer Jagd eingeladen wird oder an einem Golfturnier irgendwo teilnehmen möchte, damit meine Mutter mir endlich erlaubt, am Wochenende einmal mit dir in den Club zu gehen.« Das Lächeln wird breiter. Ganz schön verführerisch, wie sie ihr Haargummi löst und ihre Mähne ausschüttelt. Was in diesem hübschen Köpfchen wohl gerade vorgeht? Komm, sag's mir, ich bin doch dein Freund.

»Du weißt doch, diese beiden süßen Jungs aus der Oberstufe, die gehen jeden Samstag in diesen neuen Club. Meine Mutter scheint im Moment auch ein bisschen genervt zu sein von meinem Vater, vielleicht kann ich die Situation für mich nutzen, und sie erlaubt es mir, nur weil mein Vater es verbietet.« Wieder redet Nele auf sie ein, aber ich stehe zu weit weg, um es verstehen zu können.

»Ja, wir waren heute shoppen«, sagt Constanze genervt, »aber ich habe nichts bekommen. Nicht einmal diese schicke Hose, die ich mir ausgesucht hatte. Meine Mutter fand sie gewöhnlich. Ich will diesen ganzen Markenscheiß gar nicht, aber mein Vater verbietet mir geradezu, länger in meiner Lieblingsjeans herumzulaufen. Stattdessen soll ich an dieser blöden Preisverleihung am Samstag teilnehmen, weil ich so hübsch auf dem Foto aussehe. Und meine Mutter hat sich eine sündhaft teure Handtasche nur für diesen einen Tag gekauft, kannst du dir das vorstellen?«

Anscheinend kann Nele es sich nicht vorstellen, denn Constanze streicht mir tatsächlich ganz zärtlich über den Griff und meint: »Vielleicht kann ich sie anschließend für mich abstauben. Sie ist rot. Rot wie die Sünde.« Es klingt verlockend, wie sie mich dabei berührt. Ich dachte, ich sei für solche Abenteuer viel zu gediegen, aber es scheint sehr vielversprechend, was mir mit diesem jungen Ding bevorstehen könnte. Nicht umsonst nehmen sich ältere Männer ganz gern junge Geliebte, nicht wahr?

»Wann bist du denn zu Hause?«, will Constanze wissen und wartet die Antwort ab.

»Ich finde es so spießig von deinen Eltern, dass sie dir den Urlaub nicht bezahlen, aber ich komme einfach mit Zeitungen austragen, dann geht es schneller«, bietet sie an und lässt mich doch tatsächlich allein. So wankelmütig können Teenager sein, eben noch dachte ich, sie hätte nur Augen für mich, da ist sie in Gedanken schon bei diesen Jungs aus ihrer Schule und lässt mich einfach zurück. Wenn sie mich demnächst öffnen möchte, klemme ich erst einmal. Das hat sie dann davon.

»Okay, okay, ich habe verstanden, dass deine Eltern dir kein Geld geben können. Ich dachte, sie möchten dich nicht unterstützen.« Constanze stürmt zuerst in ihr Zimmer und lässt die Türe offen für eine junge Dame im gleichen Alter. Na, ich möchte wirklich nicht lästern, aber der tut es gut, Zeitungen auszutragen. Ein bisschen zu viel Speck auf den Hüften, stummelige Beine in billigen Stoffturnschuhen, aber wunderschöne lange Haare. Mon dieu, was würde Constanzes Mutter aus der machen können. Mit ein paar hundert Euro würde aus dem hässlichen jungen Entlein ein Schwan. Aber genau an diesen paar Scheinen scheint ihre Erscheinung zu scheitern. Zu schade, dass niemand meine grandiosen Wortspiele hört!

»Wie viel soll dieser Urlaub kosten, Nele? Soll ich dir das Geld geben?«, bietet Constanze spontan an.

Nele blickt sie entrüstet an. »Ich nehme keine Almosen! Es ist gar nicht so schlecht, sich das Geld, das man ausgibt, selbst erarbeitet zu haben.«

Constanze nimmt Nele besänftigend in den Arm. »Sorry, ich wollte dir nur etwas Gutes tun.«

»Das ist ganz schön großkotzig. Meine zwei Wochen Segelurlaub mit der Pfarrgemeinde kosten weniger als diese blöde Tasche deiner Mutter.« Dabei blickt sie mich so sehnsüchtig an, dass ihr Blick ihre Worte Lügen straft.

»Ich kann den Preis für eine solche Tasche auch nicht fassen, aber Mutti sagt, das ist eben Qualität.«

Na, wo sie recht hat, da hat sie recht.

»Meine Mutter sagt, Dinge sind entweder schön oder praktisch. So eine Tasche könnte sie sich in ihrem ganzen Leben nicht leisten, egal, wie viel meine Eltern mit der Schreinerei verdienen. Überleg mal, so viel Geld nimmt mein Vater für einen Couchtisch, der ein Leben lang hält.«

Was für ein Vergleich! Wobei ich schon ein bisschen neidisch werde bei der Vorstellung, ein Leben lang zu halten. In der Taschenboutique hatte ich immer wieder den Eindruck, dass unsereins schnell ausgetauscht wird. Wie oft habe ich Sätze gehört wie: ›Ich habe mir letztes Jahr eine auberginefarbene Tasche gekauft, aber die Farbe ist in diesem Jahr sowas von out.‹ Und dabei greift die Frau zu einer aquamarinfarbenen Tasche, bei der ich jetzt schon weiß, dass niemand im kommenden Jahr mehr solche Blautöne tragen wird. Ich bin da eher ein Klassiker. Die Langweiler schwarz, weiß, braun und marineblau gehen natürlich immer, werden aber an niemandem wahrgenommen und bleiben nicht in Erinnerung. Mich sieht man einmal und weiß sofort: ›Die Frau an meiner Seite hat Stil, die hat Klasse, die hat Feuer, die …‹

Oh, ich vergaß, ich bin nicht allein.

»Ich finde es so schade, dass du nicht mit segeln kommst«, lenkt Nele ein.

»Ich einerseits auch. Aber du weißt doch, dass ich Bootfahren gar nicht vertrage. Ich werde dich auch schrecklich vermissen.«

Jetzt kommen bestimmt lauter so Mädchensprüche. Kein Wunder, dass so viele meiner Taschenkollegen so schwul daherkommen, als echter Kerl kann man das nur schwer ertragen. Ich höre lieber gepflegt weg. Ups, was ist das denn? Da streichelt doch tatsächlich jemand meinen Bändel. Uiuiui, ich hätte nie gedacht, dass so stummelige Finger so zärtlich sein können. Hallo, mehr davon, bitte!

»Genug von diesem leidigen Thema, erzähl mir lieber von dieser Preisverleihung.«

Aber ehe Constanze etwas sagen kann, klopft es an der Tür. Ich finde, die Zeitspanne, bis die Tür ohne das Abwarten einer Antwort geöffnet wird, ist unhöflich kurz. Es mag spannend sein, ungebeten in die Privatsphäre pubertierender Damen einzudringen, aber ich finde es übergriffig.

»Constanze, Liebes, hast du vielleicht meine neue Tasche mitgenommen? Ah, ich sehe sie schon. Hallo, äh, ich dachte, du bist schon in Urlaub? Constanze, vergiss nicht, für morgen noch einen Termin beim Friseur zu machen, so kannst du unmöglich mit zur Preisverleihung kommen.«

Schade, die Dame des Hauses hat noch nicht einmal Luft geholt oder auf eine Reaktion von Constanze oder Nele gewartet. Ob sie wenigstens dieses trotzige Aufflackern in Constanzes Augen gesehen hat? Ich wette, Constanze ›vergisst‹ den Friseurtermin.

Die Mutter tritt viel zu nah an ihre Tochter heran und befühlt ihr Kinn. »Ich hoffe, meine Visagistin hat noch einen Termin für Samstagmorgen für dich. Hoffentlich ist deine Akne bald ausgestanden.«

So, wie Constanze die Augen rollt, scheint das ein immer wiederkehrendes Thema zu sein.

»Ich tue mein möglichstes, älter und hübscher zu

werden.«

Marliese von Steffeln nimmt Nele endlich wirklich wahr. »Ich verstehe gar nicht, wieso deine Freundin eine so glatte Haut hat.«

»Das ist Nele, Mutti, du kennst sie seit sechs Jahren, du könntest dir endlich ihren Namen merken.«

Ist das zu glauben? Die Kleine fährt sich jetzt tatsächlich nervös über die Stirn, und als sie Constanzes Mutter mit »Guten Tag Frau von Steffeln« begrüßt und nicht einfach nur mit ›Hallo‹ deutet sie fast einen Knicks an. Das kann doch wohl nicht sein, dass die Mittelschicht Angst vor der Oberschicht hat. Respekt, ja, aber es gibt wirklich keinen Grund zum Hochmut. Und Nele hat tatsächlich eine wunderschöne Haut, ich würde mir so wünschen, dass sie ihre fleischige Wange an meine Außentasche schmiegt.

»Dein Vater möchte dich sprechen«, formuliert die Hausherrin Neles Rauswurf einigermaßen höflich und lässt im Hinausgehen Constanzes Tür unmissverständlich offen.

Hatte sie nicht eigentlich mich …?

Da kommt sie auch schon zurück, während die Mädchen ihr mit offenen Mündern entgegenstarren.

»Habt ihr eigentlich nichts zu tun?«

Nele reißt erschrocken ihre zärtliche Hand zurück, als hätte sie etwas Unrechtes getan, während diese fein manikürte, aber lieblose Hand mich einfach nur schnappt und aus dem emotionsgeladenen Zimmer der Mädchen mitnimmt in ein großes Büro im Erdgeschoss, in dem der Hausherr hinter einem überdimensionierten Schreibtisch in einem imposanten Ledersessel sitzt.

»Ist dieses Schreinermädchen wieder bei Constanze?«, fragt er scharf und würdigt mich dabei keines Blickes.

Hallo, geht man so mit anderen Adeligen um? Ich bin immerhin eine ›Tasche von Wogner‹.

»Vielleicht besser diese Nele als wenn sie mit den Jungs herumhängt, von denen sie neuerdings so schwärmt. Neles Eltern sind wenigstens selbstständig.«

Ich dachte schon, Herr von Steffeln würde gar keine Mimik haben vor lauter selbstgefälliger Gleichgültigkeit, aber immerhin angewidert kann er blicken.

»Dieses Mädchen ist kein Umgang für Constanze, sie ist einfach nur gewöhnlich. Ich fürchte, sie ist es, die Constanze immer wieder gegen uns aufstachelt.«

Das glaube ich eher nicht. Die kennen Nele seit sechs Jahren, ich seit vielleicht einer Stunde. Sie müssten sich nur einmal die Zeit nehmen, dieses Entlein zu beobachten. Die ist völlig gehemmt vor lauter Minderwertigkeitskomplexen, dabei hat sie einen guten Charakter, ein liebevolles Wesen und Anstand, wo andere nur Hochmut haben. Ich bin sicher, die stachelt niemanden auf, aber für Constanze ist Nele wie Ying und Yang. Sie ist in vielem das Gegenstück und öffnet ihr damit besser die Augen, als wenn sie immer nur in einen Spiegel mit ihresgleichen sehen würde.

»Es wird Zeit, dass Constanze einen begehbaren Kleiderschrank bekommt, sollen wir den nicht bei Neles Vater in Auftrag geben? Vielleicht können sie sich dann ein wenig mehr leisten«, schlägt Constanzes Mutter gönnerhaft vor. Aha, daher hat die Tochter das also.

»Apropos Kleiderschrank, hat Constanze etwas Geeignetes anzuziehen für die Preisverleihung?«

Ich glaube nicht, dass Väter sich normalerweise um so etwas Gedanken machen, aber hier geht es um Reputation. Mich haben sie wohl ganz vergessen. Aber ganz egal, was Marliese von Steffeln tragen wird, ich werde der Star des Abends sein.

»Für die Verleihung eines Innovationspreises wollte ich ihr ein wenig freie Hand lassen. Wir können, was auch immer sie trägt, sagen, es sei trendy.«

Wieso klingt ›trendy‹ bei ihr wie ein Schimpfwort und nicht wie ›Vorreiter einer Moderichtung‹?

»August, wo hast du diese Trophäe? Ich möchte ausprobieren, ob dieses Monster von einer Handtasche, welches Constanze mir da aufgeschwatzt hat, wirklich groß genug ist.«

Habe ich richtig gehört: ›Monster von einer Handtasche‹? Ich glaube es nicht. Die kann doch unmöglich mich meinen. So wurde noch kein Billy Wogner beleidigt, da bin ich mir sicher. Na warte, du Marliese, du, dafür werde ich mich rächen. Wenn du mich so herausforderst, dann werde ich dir zeigen, was eine Monster-Handtasche ist. Du hast mich tief verletzt. Ich möchte jetzt sofort, dass diese Trophäe zu groß für mich ist und ich zurück zu meinen Freunden in die Boutique darf. So habe ich mir das Leben außerhalb des Ladens doch nicht vorgestellt. Lieber fühle ich mich zurückgewiesen, als beleidigt zu werden. Ich versuche jetzt einmal, meine Seitenwände ganz eng zusammenzukneifen. Vielleicht ist das Leder von irgendwelchen Pobacken, die sind das möglicherweise gewöhnt. Um Gottes Willen, diese hässliche Trophäe möchte sie aus mir hervorzaubern? Preis für innovatives Technologie-Design - und dann so etwas? Die Trophäe ist hoffnungslos überdimensioniert. Ich bin sicher, ein Start-up-Unternehmer würde sich eher über Geld freuen als über dieses hässliche Ding. Könnte bitte jemand eine innovative Skulptur entwerfen, über die sich die Preisträger möglicherweise wirklich freuen? Und dann diese segelartigen Ausläufer, an denen kann man sich doch verletzen.

Um Gottes Willen, Marliese, ich habe doch noch nie, also ich meine, ich bin sozusagen noch Jungfrau. Das erste Mal, wo jemand etwas in mich hineinsteckt, sollte eigentlich schön sein. Nicht einfach so gedankenlos nebenbei. Ich finde, wir sollten uns erst ein wenig kennenlernen. Ich habe so zauberhafte Innentaschen, willst du nicht erst einmal fühlen, wie groß die sind und was wohin passt? Ein wenig in mir tasten und …

Aua, diese scharfen Kanten schneiden mir noch das empfindliche Futter kaputt. He, aufpassen. Marliese, hättest du nicht wenigstens ein Gummi oder Noppenfolie benutzen können, damit ich nicht verletzt werde? Ich hatte schon gehört, dass das erste Mal wehtun kann, aber so hatte ich mir das nicht vorgestellt. Aber mich fragt ja niemand, ich bin schließlich nur eine Handtasche.

»Passt, das erleichtert mich.«

Jetzt lässt sie diese kalte, metallene Trophäe auch noch in mir stecken wie ein Messer in einem Messerblock.

»Kommst du gleich mit in die Sauna?«

Na gut, Marliese, damit könntest du mich vielleicht mild stimmen, aber ich war noch nie …

»Zieh dich schon mal aus, ich komme gleich.«

Ach so, der dumme August war gemeint und nicht ich. Sehr enttäuschend. Aber ausziehen klingt doch schon gut, sie hat wirklich einen sehr attraktiven Körper für ihr Alter.

So, so, hier schläft Marliese also. Allein, wie mir scheint, nur ein Kopfkissen und eine Decke. Dieser begehbare Kleiderschrank ist allerdings ein Paradies. Alles fein sortiert nach Hosen, Röcken, Blusen … Sogar jedes einzelne Fach farbig sortiert, wobei in der Tat schwarz mindestens die Hälfte aller Kleidungsstücke ausmachen dürfte. Und dann … he, ich habe doch noch gar nicht alles gesehen.

›Hallo Kollegen, ich bin Billy. Louis, dich kenne ich doch, waren wir nicht in der gleichen Boutique? Coco, wie schön, dich wiederzusehen. Bist du noch immer mit Gianni zusammen? Sagt mal, wieso geht denn jetzt das Licht aus?‹

Ich will hier raus. Wie lange bin ich hier schon eingesperrt und vergessen? Gewiss schon vier Tage. So geht man mit Billy nicht um, das sage ich euch! Immer, wenn die Tür zu diesem begehbaren Kleiderschrank aufschwingt, denke ich, Marliese kommt mich holen, aber sie lässt mich immer wieder mit den anderen im Dunkeln zurück.

›Coco, wo kommst du denn her, du bist ja ganz aufgekratzt?‹, frage ich die kleine Schwarze, als sie sich wohlig an mich schmiegt. Sie riecht nach teurem Parfum.

Coco summt vor sich hin. ›Wir waren heute in der Oper. Es gab Carmen.‹ Ihre Knöpfe leuchten hell und ihr Stimmchen summt mich in einen tiefen, traumreichen Schlaf.

Louis erzählt gern lustige Anekdoten, die er an Marlieses Schulter erlebt hat.

›Heute habe ich mich mit einigen Handtaschen unter dem Tisch ausgetauscht. Ich glaube, wir haben es hier recht gut getroffen, da gibt es ganz andere Handtaschenbesitzerinnen. Marliese geht wenigstens pfleglich mit uns um und tauscht uns nicht ständig aus.‹

Dennoch fühle ich mich ein wenig zurückgesetzt, mit mir hat sie sich noch nie in der Öffentlichkeit gezeigt.

Ein Aktenkoffer, dessen Namen ich gar nicht kenne, ist immer gestresst. Er fällt oft um, sobald er in den Schrank gestellt wurde, und schläft die ganze Nacht, man kann sich gar nicht mit ihm unterhalten. Die anderen Taschen, die schon länger bei Marliese sind, erzählen, dass sein Vorgänger ausgetauscht wurde, als seine Ecken abgestoßen waren und durch ihn ersetzt wurde. Sie rechnen damit, dass er auch nicht mehr lange durchhält, sein Griff sieht schon etwas speckig aus. Die anderen sagen, es lohne sich gar nicht, sich den Namen zu merken, er sei einfach nur ein Koffer.

Oh, die Damen vor der Schranktür klingen aber genauso unentspannt wie ich.

»Diese Rocklänge ist affig.«

Die Tür wird energisch aufgerissen, und ich muss Constanze recht geben. Sie hat so schöne Beine, da hätte sicher nicht nur ich gern mehr gesehen. Ein anthrazitfarbener, leicht faltiger Rock bis zum Knie mit einer leuchtend gelben Bluse darauf, nur der oberste Knopf offen. Da geht doch noch mehr! Und Sandalen mit Absatz, viel besser als die Ballerinas neulich. Hoffentlich kann sie auf den Hacken überhaupt laufen. Und die Mama ganz in Schwarz, Chiffon, ebenfalls knielang, und Absätze, für die man einen Waffenschein braucht. Sie stellt eine schwarze Handtasche mit Schwung auf einen Frisiertisch und weist Constanze an, mich zu holen, während sie hektisch in einer anderen Tasche kramt.

›Boah, bin ich froh, wenn ich zu euch in den Schrank darf, sie ist sowas von gereizt im Moment. Rutscht mal zur Seite, ich möchte mich ein wenig hinter euch verstecken, ihr Lieben.‹

Ich werde nie verstehen, warum Frauen so viele Taschen brauchen, statt uns einfach immer treu bei sich zu haben. Aber wenn ich diesem Schätzchen zuhöre, ist es vielleicht gut, wenn sich die Launen der Damen auf mehrere Riemen verteilen. Außerdem müssen wir natürlich immer zum Gesamtbild passen, aber das tun wir doch auch meistens.

Oh là là, wie zärtlich Constanze mich aus dem Schrank nimmt. Da wird mir ganz warm zwischen Leder und Futter.

»Such dir schnell eine Tasche aus und sieh zu, dass du fertig wirst, wir fahren in« - ein kurzer Blick auf die diamantbesetzte Golduhr - »vierzehn Minuten.«

Das klingt nach Ordnung und Pünktlichkeit, das gefällt mir. Aber hatte ich ihr nicht wegen des ›Monsters‹ grollen wollen?

Marliese reißt mich ihrer Tochter unsanft aus der Hand und wirft ein schwarzes Schminktäschchen, eine Geldbörse und noch etwas, was ich auf die Schnelle nicht erkennen kann, achtlos in mein Inneres. Eine solche Behandlung fordert einen Tribut, Marliese!!

Sie presst mich lieblos zwischen Oberarm und ihre wohlgeformte Brust und geht geübten Schrittes mit mir die Treppe hinunter in die - na, man darf ruhig Halle sagen. Ich fühle mich wie bei einem Menuett. August sitzt schon bei laufendem Motor hinterm Steuer, und ich höre nur noch, wie die hintere Wagentür aufgerissen wird und Constanze sich auf den Rücksitz fallen lässt.

»Zwei Minuten zu spät.«

Ah, der Herr Papa legt Wert auf deutsche Tugenden, das macht ihn mir wieder sympathisch.

»Aber Papilein, das holst du bei deinem Fahrstil

doch locker wieder raus. Du hast uns sowieso eine Viertelstunde zu früh beordert.«

War ich froh, dass es in der Boutique keine Taschen für pubertierende Damen gab, die lassen wirklich keine Provokation aus.

So dachte ich mir das, eine Frau von Steffeln stellt eine Tasche nicht in den Fußraum, ich darf auf ihrem warmen Schoß stehen. Aufgrund meiner stattlichen Größe kann ich sogar über das Armaturenbrett sehen. Schick hier, wohlhabend.

Das Hotel, vor dem wir gerade halten, weiß noch, was sich gehört. Der Portier lässt sich von August von Steffeln die Schlüssel aushändigen und schon eilt jemand herbei, um das Auto zu parken.

Constanze muss irgendwo hinter uns sein. Wenn ich mal nach hinten schiele … Ist das in dem Alter überhaupt noch Pubertät? Sie kann es auf jeden Fall tragen. Ein schwarzes Spitzentop, das viel Raum für Fantasie lässt, die gelbe Bluse lässig nur mit den beiden mittleren Knöpfen zusammengehalten und den Rock unter dem Top so hoch gerafft oder gefaltet, dass der Saum mindestens eine Handbreit höher endet als vor der Schlussabnahme zu Hause. Raffiniert.

»Con…«, beginnt die gestrenge Frau Mama gerade, aber von rechts nähert sich ein honorig aussehender Herr, einen jungen Mann im Schlepptau, dem es sichtlich unangenehm ist, wie ein Ausstellungsstück herumgezeigt zu werden.

»Frau von Steffeln«, dröhnt der ältere, während der jüngere sich wegduckt, als habe er nichts mit ihm zu tun. Typisches Fremdschämen. »Ich bin sehr gespannt, wen Sie in diesem Jahr für den von-Steffeln-Preis für innovatives Technologie-Design auserkoren haben. Wenn ich einen solchen Preis zu vergeben hätte …«

Die Angesprochene entschuldigt sich, um einen weiteren Gast zu begrüßen, und Constanze bleibt bei dem jungen Mann zurück. Macht sie dem etwa schöne Augen? Ich kann türkischstämmige Menschen nur sehr schwer schätzen, aber der ist doch mindestens zehn Jahre älter als sie.

Ah, die Dame kenne ich, die war auch neulich in der Boutique und hat eine abfällige Bemerkung über rote Taschen gemacht. Ich hätte ihrem Leben aber deutlich mehr Pfiff gegeben als …

›Oh, hallo Michael, schön, dich zu sehen. Du warst aber doch gar nicht mit mir in einem Laden, wo kommst du denn her? Das Modell kenne ich auch gar nicht.‹

Ich sehe direkt, dass das kein echter Michael Kors ist, die Nähte sind viel zu schlecht gearbeitet, für meinen Kennerblick sieht er einfach nur billig aus.

Er mustert mich doch tatsächlich abschätzig und viel zu offensichtlich.

›Du musst Billy sein?‹

So eine Frage kann man nur stellen, wenn man nicht von hier kommt. Deutsche Wertarbeit nicht erkennen, aber …

›Im Gegensatz zu dir bin ich schon viel herumgekommen. China, Türkei, jetzt Deutschland …‹

Dachte ich es mir doch, wie kann man bloß Plagiate kaufen? Aber jetzt heißt das ja ›Tasche mit Migrationshintergrund‹. Ich glaube, wir haben uns nichts weiter zu sagen.

He, Frau von Steffeln, das ist ein bisschen fest. Aua, die könnte mich wirklich ein wenig sanfter anfassen. Aber sie scheint es eilig zu haben. Immerhin darf ich gleich die ganze Gesellschaft von der Bühne aus sehen. Hoffentlich stellt sie mich nicht hinter dem Rednerpult ab. Ah, nein, ich habe freie Sicht. Und sie stellt mich nicht auf den Boden, sie hat tatsächlich einen Metallhaken dabei, den sie seitlich am Pult befestigen kann, um mich nicht in den Schmutz stellen zu müssen. Ich bin wirklich in einem Haus gelandet, das meiner würdig ist, das muss ich schon sagen. Ich blicke in zahlreiche Kameras, die Presse ist sehr wohlwollend vertreten, na klar, es gibt Sekt und edle Häppchen. Ich straffe meine Henkel, schließlich werde ich morgen in allen Zeitungen zu sehen sein. Und ich werde überall hervorstechen, nicht wie diese dezenten Schwarzen, die niemand wahrnimmt. Neulich habe ich gehört, wie von Farbigen oder People of Color die Rede war. Darf man das jetzt gar nicht mehr sagen? Die Handtaschen bleiben für mich trotzdem einfach schwarz.

Ich lasse den Blick schweifen und sehe direkt, wie neidisch mich die eine oder andere Tasche anblickt. Tja, jede von ihnen würde jetzt gern an diesem edlen Haken hängen und aus luftiger Höhe die Gesichter beobachten, wenn der freudige Gewinner gekürt wird. Die meisten Portemonnaies sind wohlgenährt, auch wenn manche stellvertretend nur Kreditkarten mit sich führen. Die Taschen mehrheitlich hochpreisig, wenn auch nicht alle hochwertig, aber das sehen die Damen leider nicht immer auf den ersten Blick.

»Liebe Gäste, ich freue mich, dass Sie der Einladung des Verbandes junger Unternehmer gefolgt sind …«

Das Geschwätz interessiert mich nicht. Ich sehe mich lieber um. Eine illustre Runde. Man kann auf den ersten Blick die Geber und Nehmer dieser Charity-Veranstaltung voneinander unterscheiden. Die einen kennen sich vom Golfplatz, die anderen von der Baustelle. Na ja, um ehrlich zu sein, da sind auch ein paar Betreiber von Szenecafés dabei, ein Galerist, eine

Modedesignerin, das sieht man sofort, aber auch viele Nerds und Handwerker. Eine ganz andere Klasse als die, die diese Veranstaltung finanzieren und darum weiter vorn stehen, während sich die anderen eher verschüchtert im Hintergrund halten. Das große Parkett ist eben nichts für Jedermann. Ja, das sind zum Teil auch Handwerksbetriebe, aber nur die Marktführer, große Arbeitgeber in der Region. Die Jungunternehmer stehen alle erst am Anfang, aber was noch nicht ist, kann doch noch werden. Sie sind zwar nicht so stilvoll wie die Etablierten, aber ich muss schon sagen, sie sind netter anzuschauen. Viel junges Fleisch.

Diese Frau da direkt vor der Bühne inmitten der Altehrwürdigen, die versucht mit aller Gewalt Frau von Steffelns Aufmerksamkeit auf sich zu ziehen. Ich frage mich, ob die das wirklich nicht sieht oder ob sie die Dame übersehen möchte. Eigentlich ist das nur schwer möglich. Sie ist zwar nicht groß, aber diese Form erinnert mich an etwas, was ich kenne. Ja genau, Hutschachteln sehen so aus. Nicht sehr hoch, aber rund und breit.

Ich habe nur mit halbem Henkel zugehört, aber ich glaube, Frau von Steffeln hat sich erlaubt, bei der Aufzählung der wichtigsten Gäste ihren Namen nicht zu nennen. Der Mann, der hinter ihr steht, bekommt ständig ihre Hochsteckfrisur ins Gesicht, so sehr wippt sie auf und ab, um endlich gesehen zu werden. Immerhin hat sie eine anständige Tasche, eine von Format. So ein Täschchen am Goldkettchen könnte allerdings auch zwischen ihren Speckrollen steckenbleiben und nicht wiederauftauchen.

»Darum ist es mir eine große Freude, den diesjährigen Innovationspreis für Technologie-Design an Herrn Gürkan Oktay zu übergeben.«

Das ist doch der nette Türke, mit dem Constanze eben einen vertraulichen Blickwechsel hatte. Sieh einer an, sie hat jetzt schon einen Blick für die erfolgreichen Männer. Er sieht wirklich gut aus, wie er die Treppe hinaufeilt. Sein dunkles Gesicht strahlt, seine Hand streicht ein wenig verlegen über den frisch barbierten Bart, aber der sitzt akkurat, keine Krümel, keine Essensreste, einfach alles perfekt.

Das kann doch wirklich nicht wahr sein. Ich habe genau gesehen, dass dieses Fass auf Füßen erst aufgeschrien und dann ihre Tasche zu Boden geworfen hat. Sehr effektvoll. Ich höre wiederum die Tasche aufschreien, die genauso erstaunt ist wie die Umstehenden. Sofort hat die Dame alle Aufmerksamkeit. Die Kameras schwenken von mir zu ihr. Kaum zu glauben, was alles in diese Vuitton-Tasche passt. Sind das Kondome? Wozu braucht sie die denn in ihrem Alter noch? Na gut, wegen Geschlechtskrankheiten vielleicht, schwanger werden kann die nicht mehr. Oh, die Slipeinlage bei Inkontinenz ist ihr sicher peinlich. Da sieht man, dass die Tasche nicht auf ihrer Seite ist, sonst hätte sie die eingeklemmt und nicht auf den glänzenden Boden rutschen lassen. Der Spiegel ist zerbrochen, war aber sowieso hässlich, den Verlust kann sie sicher verschmerzen. Der Spiegel wird möglicherweise auch erleichtert sein, seine Arbeit hätte ich nicht machen mögen.

Ach sieh an, der Preisträger ist ein paar Schritte zu ihr geeilt, jetzt kniet er zu ihren Füßen und rafft alles zusammen. Die Kameras klicken und freuen sich. Was für ein schönes Motiv. Morgen werden alle Zeitungen Fotos bringen, in denen dieser Oktay auf dem Boden hockt, Kondome und Taschentücher in den Händen, statt seine Trophäe vom Innovationswettbewerb aus den Händen von Frau von Steffeln entgegenzunehmen. Es ist schon würdelos. Die Skulptur steht jetzt unbeachtet auf dem Rednerpult. Die Hosenbeine von diesem türkischen Preisträger zeigen deutlich, dass der Boden nicht so gut geputzt war, wie es den Anschein hatte.

Na, wenn Frau von Steffeln wütend ist, ist aber auch sie wenig damenhaft. Jetzt wirft sie mich doch tatsächlich in den Fußraum hinter dem Fahrersitz. Hallo, ich habe noch lange nicht ausgedient, man muss mich auch jetzt noch pfleglich behandeln! Ist das denn wahr?

Marliese hat tatsächlich die Beine auf dem Sofa angezogen, ihre Pumps liegen achtlos hingeworfen auf dem Parkett. Sie streift ihre Seidenstrumpfhose vorsichtig die schlanken Beine hinab und greift nach dem bauchigen Glas, das vor ihrem Mann auf dem niedrigen Couchtisch steht. Sie verzieht angewidert das Gesicht, dabei hätte ich diesen torfigen Whisky gern in meiner Nähe gehabt.

»Wie konntest du denn auch vergessen, die Liederschmidt zu erwähnen?«, fragt August verständnislos.

Marliese steht abrupt auf und verfängt sich mit ihrem zierlichen Fuß in meinem Henkel. Aua, das tut doch weh! Aber wohl nicht nur mir, Marliese stöhnt auf und lässt sich zurück in die Kissen sinken.

»Oh, dieser blöde Bänderriss vom Golfplatz ...« Sie flucht, und tatsächlich bietet August ihr an, ihr eine Eismanschette zu bringen.

»Ein doppelter Rum wäre mir lieber«, sagt sie und

greift nach mir, um mich zu trösten. Oh nein, um mich in hohem Bogen auf das zweite Sofa zu werfen. Na, was kann ich denn für ihre Unachtsamkeit?

August setzt sich neben Marliese, stopft ihr zwei Kissen in den Rücken und reicht ihr einen wohlriechenden Rum. Also, wenn der kein schlechtes Gewissen hat ...

»Hiltrud Liederschmidt war jahrelang eine beliebte Sopranistin am Theater, die kannst du nicht ungestraft ignorieren«, knüpft er an das Gespräch vor dem Missgeschick wieder an.

»Du meinst, du warst ihr Mäzen, während sie gern behauptet, sie sei deine Muse. Da sieht man, wes Geistes Kind sie ist. Als habe sie dich bei irgendetwas Kreativem inspirieren können. Du, der du nur Kopf und Geldbeutel hast, aber kein Herz. Sie war eine bezahlte Mätresse – und da soll ich sie auch noch erwähnen?«

August hat sich in seinen Ohrensessel zurückgezogen und versucht mit aufgesetztem Unverständnis, Marlieses Worte Lügen zu strafen, aber sein zuckendes Augenlid verrät, dass er Marliese und ihre Loyalität zu ihm unterschätzt hatte. Hatte er wirklich nicht gewusst, dass sie gewusst hat ...?

»Es ist besser, wenn du jetzt schweigst und wir das Thema nie wieder erwähnen. Gute Nacht«, sagt die Hausherrin, schnappt mich im Vorbeigehen, was eher ein Humpeln ist, und presst mich fest an ihren flachen Bauch, als brauche sie dringend Nähe und Geborgenheit. Das kann sie gern haben. An der Tür dreht sie sich noch einmal um. »Ich weiß, dass du Großwild hasst, wie kommst du auf die Idee, ich würde dir deine Jagdausflüge glauben?«, zischt sie, bevor sie die Tür unerwartet leise schließt, wahrscheinlich, um Constanze nicht auf sich aufmerksam zu machen, die noch immer an eine heile Familie glauben soll.

Wenn Marliese verstanden hätte, dass ich Zeuge ihres Ausbruches war, hätte sie sicher die Contenance gewahrt.

Seit Tagen liege ich verschmäht im dunklen Schrank, nicht einmal Coco kann mich aufmuntern.

›Soll ich dir etwas vorsingen? Ich war neulich in Wagner‹, schlägt sie vor.

›Grässlich, ich hasse Wagner.‹

›Etwas anderes vielleicht?‹

Gianni wünscht sich natürlich La Traviata, aber die Oper kennt Coco nicht.

›Nie redet dieser blöde Aktenkoffer mit einem, niemals. Warum konnte er jetzt nicht den Mund halten?‹, frage ich zum wiederholten Male.

›Der lebt allein, ist nie mit anderen Taschen zusammen. Es ist eben ein Mann‹, erklärt mir Coco, aber das ist keine schlüssige Begründung für mich.

›Ich denke, der hat sich keine Gedanken darum gemacht, ob er dich verletzt‹, sagt Michael, aber Yves ist da ganz anderer Meinung.

›Ich glaube, der hat ganz genau gewusst, wie sehr du dich ärgern wirst, wenn er aus der Zeitung plaudert. Soll ich dich ein wenig trösten?‹

Oh nein, auch wenn Yves es sicher lieb meint.

›Seit dieser boshafte Koffer dir erzählt hat, dass du auf keinem einzigen Foto zu sehen warst, hast du zwei Falten, die ich vorher noch nicht an dir gesehen habe‹, sagt Coco. ›Nimm es dir doch nicht so zu Herzen, dass auf allen Bildern nur der kniende Preisträger mit der Vuitton-Tasche zu sehen war.‹

Yves fällt mit ein. ›Jeder wird gedacht haben, wie dämlich dieser Louis ist, mal wieder abzustürzen, als hätte er zu viel geladen.‹

›Genau, Louis war zwar auf allen Fotos, aber das war nicht gerade schmeichelhaft‹, sagt auch Jette.

Langsam bin ich ein wenig besänftigt und versuche ein zaghaftes Lächeln. Plötzlich dringt grelles Licht durch meine Reißverschlusszähne. Ich blicke in Constanzes herausforderndes Antlitz, ihre warme Hand packt mich sanft an der Seite.

»Mutti, da gibt es keine Überlegungen, welche deiner zahllosen, schwarzen Handtaschen du zu diesem Kleid trägst. Du nimmst die rote, die du bisher wirklich nur zu der Preisverleihung genommen hast. Fertig!«

Marliese von Steffeln reckt ihren schlanken Arm und schiebt mich energisch in das Schrankfach zurück. Sie kann froh sein, dass wir Lederwaren keine blauen Flecken bekommen, wenn wir unsanft gegen die Schrankwand, auf Tischkanten oder Restaurantböden gestoßen werden. Das würde erklären, warum so resolute Frauen wie Marliese von Steffeln dunkle Taschen bevorzugen, die ihnen ihre Geringschätzung nicht so offensichtlich nachtragen können. Ich bin zu gut verarbeitet, als dass bei mir gleich Farbe abgeschabt würde, aber vielleicht wäre ihr das eine Lehre.

»Constanze, ich bitte dich, dieses Monstrum nehme ich ganz sicher nicht. Da brauche ich ja ein Navigationssystem, um meine Geldbörse oder meine Lesebrille wiederzufinden. Es ist unschick, solche Taschen ins Restaurant mitzunehmen.«

»Aber warum denn, die stört doch nicht?«, unterbricht ihre Tochter sie.

»Ich kann die Tasche doch nicht auf den schmutzigen Boden eines Restaurants stellen, wo andere mit ihren Schuhen entlanglaufen. Überleg einmal, wieviel Schmutz und Keime ich dann mit der Tasche herumschleppen würde.«

Das muss ich Marliese lassen, das ist rücksichtsvoll.

»Das macht der Tasche doch nichts aus, das ist ein Gebrauchsgegenstand«, insistiert Constanze, aber Marliese schiebt mich umso energischer zur Seite und zerrt Jette hervor, die sich an Michael geschmiegt hatte und versucht, sich unsichtbar zu machen. Das muss ich mir nicht bieten lassen, ich lasse mich im richtigen Moment umkippen.

»Das darf doch nicht wahr sein, mir ist der Fingernagel abgebrochen«, schreit Marliese auf. Tja, vielleicht geht sie beim nächsten Mal etwas zarter mit mir um.

Marliese starrt fassungslos auf ihren Fingernagel, dann klopft sie mit Jette auf Constanzes Unterarm.

»So etwas ist das Maximum für ein Lunch, abends nimmt man stattdessen eine Clutch. Lernt ihr denn gar nichts mehr im Tanzkurs?«

So hübsch und elegant Marliese auch ist, die Benimmregeln haben sich seit ihrem eigenen Tanzkurs möglicherweise doch etwas geändert. Wenn ich allein daran denke, wie viele elegante Rucksäcke mir gegenüber im Regal gestanden haben, als ich noch in der Boutique gewesen war. In Marlieses Vorstellung gibt es Rucksäcke sicher nur als Wanderaccessoires.

»Sei sicher, meine Klassenkameraden wissen nicht einmal, dass eine Clutch eine Unterarmtasche ist.«

Marliese hört ihrer Tochter kaum zu, sondern räumt mit ihren – ehemals – perfekt manikürten Fingern mit routinierten Handgriffen das Notwenigste in die von ihr bevorzugte Tasche. Während ich interessiert in Jettes mit dunkelgrünem Satin ausgeschlagenes Inneres starre und mir vorstelle, was sie dabei wohl empfindet, wenn etwas zwischen ihre zarten Außenwände gesteckt wird, sehe ich Constanzes Hand nicht auf mich zukommen. Ihre Finger krallen sich entschieden in meine Seite und zerren mich aus dem Schrank. Da ich in den Zeiten der Missachtung etwas nach hinten gerutscht war und Michael und Yves es sich vor mir bequem gemacht haben, schubse ich sie vor mir her in den Abgrund, genau genommen auf den harten Eichenboden, während Constanze nur mich auffängt und an ihren noch sprießenden, jungen Busen presst.

›Entschuldigung, tut mir leid‹, sage ich noch, aber Michael und Yves knurren nur missmutig.

»Constanze, was soll das denn wieder?« Marliese zuckt zusammen und lässt jetzt Jette fallen, die verärgert ihren Inhalt wieder ausspuckt.

Das Mädchen ist errötet und passt farblich ganz hervorragend zu mir. Sie stellt mich auf einem filigranen Biedermeier-Sesselchen ab, hebt rasch die zu Boden gestürzten Taschen auf und wirft sie neben mich. Sie krabbelt über den Boden und reicht ihrer Mutter das schwarze Täschchen und die herausgefallenen Utensilien. Ihre Haare sind ihr ins Gesicht gefallen und verdecken die Schamesröte. Unsanft stopft sie Michael und Yves in den Schrank, dann knallt sie die Türen zu und drückt mich wie einen Schutzschild an sich.

»Ich habe es so satt«, schreit sie und ihre Stimme überschlägt sich. »Da bekommt ihr mit der Firma Preise für Nachhaltigkeit, aber wenn es niemand sieht, werft ihr Lebensmittel weg, die immer viel zu üppig auf den Tisch kommen, fahrt ein fettes Auto mit einem zweistelligen Benzinverbrauch pro hundert Kilometer und benutzt Gegenstände nur einmal, für die andere Leute einen halben Monat arbeiten müssten.« Sie wischt sich verärgert eine Träne von der Wange. Was ich für Schamesröte gehalten hatte, ist Zornesröte.

Die Zimmertür wird aufgestoßen und der Vater stapft in den Raum, sodass die Glasplatte auf dem Beistelltischchen erzittert. Er sieht sich fragend um.

»Was ist denn hier los?«

Marliese funkelt ihre Tochter finster an, die mich noch fester umklammert.

»Dein Fräulein Tochter hat das pubertäre Bedürfnis, die Welt zu retten«, erklärt sie höhnisch lachend.

Aua, das ist kein Grund, ihre Fingernägel in mich zu krallen.

»Hat deine Freundin dir mal wieder vorgejammert, wie ungerecht es ist, dass wir uns etwas leisten können, was sie nicht haben? Liebes, Neid und Missgunst werden dir im Leben noch so oft entgegenschlagen, damit solltest du endlich umzugehen lernen.«

August möchte seine Tochter an sich ziehen, aber die streckt die Arme aus und hält ihn mit mir wie ein Stoppschild auf Abstand.

»Wegen dieses Ungetüms streitet ihr euch wie die Fabrikarbeiter?«

Das kann ich nicht auf mir sitzen lassen. Ehe Constanze reagieren kann, ziehe ich mich zusammen, sodass ich ihren Händen entgleite, und falle krachend auf den Fuß des spöttisch lächelnden Vaters, dessen Fluch gar nicht so adelig klingt.

»Jetzt ist es aber genug, stell die Tasche zurück in den Schrank und geh Klavier üben«, ordnet er verärgert an und richtet seine Krawatte, obwohl sie tadellos sitzt. Die Mutter stellt sich vor den begehbaren Kleiderschrank und blitzt ihre Tochter an.

»Dieses Stück kommt nicht mehr in meinen Schrank. Es wird keinen Anlass mehr geben, sie jemals wieder hervorzuholen«, zischt sie triumphierend. »Wir können es uns leisten, eine Tasche nur einmal zu benutzen.«

Sie ahnt gar nicht, wie sehr sie mich damit verletzt. Sie hatte es schon das eine oder andere Mal erwähnt, aber ich dachte doch nicht, dass sie das so wörtlich meint. Mancher Stoffbeutel im täglichen Gebrauch mag sich benutzt fühlen. Aber wenn einem so etwas in den Henkel gesagt wird, dass man zu nichts zu gebrauchen sei, obwohl man noch nicht einmal in die Jahre gekommen ist, schmerzt das mindestens genauso. Ich kann doch noch nicht ausgedient haben. Ich bin zu jung fürs Altenteil! Da wurde mir selbst in der Boutique, wo mich alle nur angestarrt haben, mehr Wertschätzung zuteil als hier.

»Dann benutze ich sie eben als Schultasche, da passt sogar mein Laptop rein«, ruft Constanze und rennt mit mir in ihr Zimmer. Sie schließt die Türe ab und wirft sich mit mir aufs Bett.

He, junge Dame, Salzwasser auf Leder, das ist gar keine gute Idee. Kann sie nicht anderswo hin weinen?

Sie zieht ihr Handy aus der Hosentasche, und mir ist klar, dass sie ihre Freundin Nele anruft. Sie schildert den Streit mit ihren Eltern, und selbst jetzt ist sie noch aufgewühlt. Die Passage mit Neid und Missgunst lässt sie taktvoll weg. Sie schiebt mich unter ihren erhitzten Kopf, und ihre Haare kitzeln mich. Ich höre Nele ganz nah sagen: »So ein schönes Stück kann man doch wirklich nicht im Schrank einsperren. Manchmal sind deine Eltern ganz schön großkotzig.« Der Rest des Gespräches langweilt mich. Ich atme noch ein paarmal Constanzes Duft tief ein und döse träumend.

2 Schulzeit

Ich erwache, als Constanze den Kopf hebt, und mir wird ganz leicht ums Herz. Aber auch um die Seiten, denn ich durfte die ganze Nacht Constanzes Kopfkissen sein. Auf ihrem jugendlichen Gesicht zeichnet sich der Abdruck eines Henkels ab. Meines Henkels. Ach wie schön, wir passen zueinander, ineinander, ich war heute Nacht sozusagen ein Teil von ihr, also von ihrem Gesicht ...

Es ist schon hell im Zimmer, dezente Musik umfängt mich. Constanze läuft zu ihrem Schreibtisch und grapscht eine lederne Umschlagtasche. Auch ein edles Stück, das kann ich nicht anders sagen. Ich stelle mich als Billy vor, aber Bree ist nicht exklusiv genug, um einen eigenen Vornamen zu haben.

Constanze schüttet den gesamten Inhalt neben mich auf ihr Bett. Unglaublich, was sich in der Schultasche einer Fünfzehnjährigen ansammelt. Ich bin fast sicher, dass die werten Eltern vieles davon nicht wissen. Dass sie sich schminkt, ist völlig normal, aber dieser grellrote Lippenstift und das schwarze Kajal würden dem Herrn Papa sicher nicht gefallen.

›Eine alte Schultasche hat mir einmal erzählt, früher habe es Liebesbriefchen gegeben und Zettelchen, auf denen Schüler im Unterricht Nachrichten ausgetauscht hätten. Kennst du so etwas?‹, frage ich Bree, aber die alte Tasche brummt nur müde.

Ich sehe nur Kaugummipapierchen, Kassenbons und zerknitterte Hausaufgabenüberprüfungen mit hervorragenden Noten. Sie traut sich wohl gar nicht, etwas anderes nach Hause zu bringen. Vielleicht ist sie immer so gut, sodass sie es nicht nötig hat, ihre Noten zu Hause zu erzählen oder zu zeigen. Oder aber es interessiert sich niemand für ihre Erfolge.

›Sag mal, gibt es bei dir keine wöchentliche Leerung?‹, möchte ich wissen.

›Ay, chill mal, es ist früh am Morgen.‹

Unverschämtheit!

Da ist ein Ordner, den sie mit lauter Herzchen verziert hat. Wem die wohl gelten? Als ich sie mit diesem jungen Türken gesehen habe, wusste ich gleich, dass sie ihre Reize einzusetzen weiß. Aber ich habe gar keine Lust mehr, Bree danach zu fragen.

Ui, diese halterlosen Strümpfe gehören eigentlich auch nicht in eine Schultasche, oder? Das ist wohl eher das Outfit für nach der Schule. Oder statt Schule?

Dazu passt auch dieses kleine, quadratische Tütchen, das sich unschwer als Kondompackung identifizieren lässt. Ob sie schon ...? Oder nur für alle Fälle? Ich bin nicht sicher, ob ich es als Schultasche erfahren werde. Da wäre ein Dasein als Abendtäschchen sicher hilfreicher. Ach, manchmal wäre ich gern eine Geldbörse, dann wäre ich immer dabei. Aber in den meisten Fällen steckt man dann in einer Tasche und sieht gar nicht, was um einen herum vor sich geht.

›Sag mal, nimmt sie einen wirklich nur mit in die Schule?‹, möchte ich von Bree wissen.

›Nerv nicht. Find es doch selbst heraus‹, mufft die alte Tasche.

Constanze zerrt an mir und reißt meine Seiten auseinander. Ich bin noch gar nicht so richtig wach, um die Uhrzeit finde ich das wirklich unverschämt.

›Geht das jeden Morgen so?‹, frage ich Bree, aber der scheint wieder zu schlafen.

Ich versuche, mich ein wenig zusammenzuziehen, aber schon stopft Constanze etwas Großes, Viereckiges in mich hinein, das fast so groß ist wie ich selbst. Die

Oberfläche ist glatt, ich könnte mit dem Reißverschluss meiner Innentasche einen hässlichen Kratzer darauf hinterlassen, vielleicht wäre ihr das eine Lehre. Constanze stopft noch drei Bücher und zwei Hefter und ein Stiftemäppchen daneben. Dann öffnet sie mein kleines Innentäschchen und steckt das Kondom hinein, daneben einen Tampon und das Schminkzeug. Finde den Fehler!

Constanze schnappt mich, und ich ächze unter dem Gewicht. Ich bin zwar sehr solide verarbeitet, aber ich bin doch keine Schwerlasttasche, ich bin eine Billy Wogner.

Sie lässt mich neben der Haustür zu Boden gleiten und geht in die Küche. Leider schließt sie die Tür hinter sich. Ich höre zwar Stimmen, die wieder einmal nicht entspannt klingen, aber ich kann nichts verstehen. Neben mir steht eine schwarze Aktentasche. Ihre Magnetschließe auf der Front scheint mich wie eine Überwachungskamera zu scannen. Ich fühle mich unwohl neben ihr. Ich glaube, ich muss dieser Aktentasche einmal klarmachen, dass ich kein Weibchen bin, nur weil ich rot bin, sondern ein echter Kerl.

›Ich bin Billy‹, sage ich und versuche, meiner Stimme einen tiefen, herben Klang zu geben.

›Klar doch, und ich bin Kassandra‹, sagt dieser Business-Schnösel und wartet darauf, ob ich das Schweigen breche.

›Na gut, du scheinst wirklich ein Kerl zu sein, sonst hättest du längst etwas gesagt. Neu hier?‹

Ich straffe meine Schulterriemen und erkläre, dass ich bislang nicht auf den Boden gestellt wurde, um nicht schmutzig zu werden, darum hätten wir uns dort unten auf seinem Niveau wohl noch nie getroffen.

›Ich bin eine handgenähte Aktentasche im

englischen Stil, mich beschädigt so leicht nichts‹, erklärt die Tasche mir, ohne sich wirklich vorzustellen. Für mich heißt sie einfach nur Snob.

›Diese täglichen Diskussionen werden immer schlimmer, dabei vergessen die Herrschaften völlig, auf die Uhr zu schauen. Ich muss einmal einschreiten, damit wir pünktlich hier wegkommen‹, sagt der Snob und lässt sich gegen einen Schirmständer kippen, dass es nur so scheppert.

Tatsächlich wird die Tür aufgerissen und August von Steffeln tritt in die Diele und greift nach dem Snob neben mir.

»Jetzt komm endlich, Constanze, ich komme sonst zu spät ins Büro«, sagt er in einem Befehlston, der keine Alternative zulässt. Seine Pünktlichkeit scheint ihm wirklich heilig zu sein.

»Fahr du schon, ich habe meinen Laptop vergessen, den muss ich heute unbedingt dabeihaben. Ich nehme den Bus«, ruft Constanze, haucht ihrem Vater einen Kuss auf die Wange und läuft mit mir die Treppe hoch.

Ich habe keine Ahnung, aber ich hätte vermutet, dass das Große, was sie vorhin in mich gestopft hat, ein Laptop war. Constanze stellt sich ans Fenster und beobachtet, wie ihr Vater davonfährt, dann drückt sie mich an ihre warme Brust und läuft wieder die Treppe hinunter und mit einem Abschiedsruf in Richtung Küche zur Tür hinaus.

Endlich sehe ich Nele wieder, als sie sich neben Constanze in den Bus-Sitz fallen lässt und zwangsläufig mit Constanze Bein an Bein sitzt, weil diese nicht weiter ausweichen kann. Nele hat einen alten, schwarzen Nylonrucksack auf dem Schoß, eine Naht ist notdürftig mit Sicherheitsnadeln zusammengehalten. Der Rucksack spricht leider kein Deutsch und ich kein Chinesisch, wir haben uns daher nichts zu sagen. Aber Neles Handrücken wandert immer wieder zu mir. Constanze hat mich so auf ihren Oberschenkeln drapiert, dass jeder mich sehen kann.

»Hey, Conzi, hast du eine neue Tasche?« Constanze blickt die Fragerin etwas gelangweilt an und erwidert, sie sei ihrer Mutter zu gewöhnlich, aber für die Schule sei sie gerade richtig. Manchmal kommt die Arroganz der Familie bei ihr einfach durch. Das Mädchen wendet sich prompt genervt ab.

»Und was sagen deine Eltern dazu, wenn die Tasche in der Schule auf dem Boden steht, im Umkleideraum der Turnhalle herumfliegt oder in die engen Schließfächer gestopft wird?«, will Nele wissen. »In ein paar Tagen sieht die nicht mehr so gut aus wie jetzt.«

»So eine Tasche gammelt edel, die sieht dann nicht kaputt aus, sondern vintage.«

Nele streichelt mir hingebungsvoll über die Seite und lässt ihre Hand auf ihre eigene Tasche gleiten, die sie ein wenig fester an sich drückt.

»He, Jessi, ist die Tasche neu?«, fragt Constanze ein Mädchen, die keinen Sitzplatz mehr bekommen hat und ihre Tasche fast in Neles Gesicht rammt. Man sieht sofort, dass die Tasche deutliche Gebrauchsspuren hat.

»Nein, die habe ich schon eine Weile, aber was hast du denn da für ein edles Teil?«

So ein Luder, fishing for compliments, Komplimente anderer herausfordern. Sie hat doch noch nicht die Klasse ihrer Eltern, die eher mit Understatement bewirken, dass die Leute ihnen Komplimente machen.

So eine Schule ist ein interessantes Universum. Hier schnattern Hunderte von Mädchen auf dem Schulhof durcheinander, was mich zu dem Schluss kommen lässt, dass Jungen von sich aus intelligent sind und keine Schule brauchen – oder dass sie an dieser Schule nicht erlaubt sind und andere Schulen besuchen. Immerhin gibt es männliche Lehrkräfte, wobei ich den Eindruck habe, dass die älteren besonders bieder und die jüngeren besonders sexy aussehen. Ob es im Laufe der Zeit eine Verwandlung von sexy in bieder gibt? Oder haben früher die besonders tugendhaften ihre Lehre an junge Mädchen weitergeben wollen, während es heute diejenigen sind, die von den Mädchen bewundert und angeflirtet werden möchten?

»Der Klassenraum ist so schmutzig, da kann ich die Tasche auf keinen Fall auf den Boden stellen«, sagt Constanze unnötig laut und stellt mich mitten auf den Tisch, den sie sich mit Nele teilt.

»Deine Probleme möchte ich haben«, murmelt Nele, knallt ihr Französischbuch auf die Tischplatte und stopft ihren Rucksack unter den Tisch.

»Boah, ist die neu?«, fragen die beiden jungen Damen aus der Bank davor sofort und fingern an mir herum. Ein bisschen koordinierter bitte, eine nach der anderen, dann habe ich viel mehr davon. Aber na gut, mehrere Frauenhände gleichzeitig sind natürlich auch nicht schlecht.

»Meine Mutter hat die nur für eine Gelegenheit gebraucht, und ich habe sie von vornherein so beraten, dass ich die Tasche anschließend abstauben kann«, erklärt Constanze lachend.

Ich frage mich, ob sie wirklich so berechnend ist oder ob sie es gerade so darstellt, dass sie gut dasteht.

Die Langhaarigere der beiden zieht mich zu sich

und verdeckt mich fast unter ihrem üppigen Busen, den ich sofort als künstlich aufgepusht enttarne.

»Die hat wirklich eine blöde Fächereinteilung«, sagt sie und kratzt mich mit einem künstlichen Fingernagel an meiner empfindlichen Innenseite. »Aber was ist das denn da in dem kleinen Geheimfach?« Sie zerrt den Reißverschluss auf und hält das Kondom in die Höhe, XXL steht darauf, was auch immer das bedeutet.

»Und ich dachte immer, du bist noch Jungfrau, wer ist denn der Glückliche?«, möchte sie wissen und reckt sich, sodass Constanze nicht an ihre Hand reichen kann.

»XXL, da kommen einige, die wir kennen, nicht infrage«, ruft ein anderes Mädchen aus der Reihe dahinter. Constanze wird fast so rot wie ich, was sie mir wieder sympathisch macht, aber ich glaube, mir steht die Farbe besser als ihr.

»Bonjour«, sagt eine ältere Dame mit so hängenden Mundwinkeln, dass ich überlege, ob ich sie schon einmal in der Zeitung gesehen habe.

Ich sehe gerade noch, wie das Mädchen vor Constanze das Kondom in ihre Hosentasche stopft, aber die Lehrerin beginnt den Unterricht, und Constanze hat keine Gelegenheit mehr, zu reagieren. Wenn das Einzige, was sie zum Französischunterricht beitragen würde, die Frage nach Parisern wäre, würde sie vermutlich auf wenig Verständnis stoßen.

Ich versuche, dem Unterricht zu folgen, aber Constanze hat mich vorsichtig unter den Tisch gestellt und tippt nur ab und zu mit ihrer Fußspitze gegen mich, als wolle sie sich vergewissern, dass ich noch da bin. Es wird ausschließlich Französisch gesprochen. Wenn bislang Französinnen in den Laden kamen, fand ich die immer sehr elegant, aber dieser Unterricht handelt von einem französischen Politiker des achtzehnten Jahrhunderts, und ich döse vor Langeweile ein.

»Ich muss vor Musik noch zur Toilette«, sagt Constanze zu Nele und weckt mich damit aus einem sanften Schlummer. Sie wirft ein Buch in mich, stopft einen Hefter daneben und presst mich an sich, während sie sich an den anderen Mädchen ihrer Klasse vorbeidrängelt.

»Ich komme sofort«, ruft Nele ihr hinterher und packt rasch ihre Sachen.

Auch wenn es eine reine Mädchentoilette ist, einen so schmutzigen Ort wie diesen habe ich noch nie gesehen. Das denkt sich wohl auch Constanze, denn sie geht gar nicht in eine Toilettenkabine, sondern bleibt vor einem Spiegel stehen, mich fest an sich gedrückt. Ihr Gesicht ist leuchtendrot, ihre Augen füllen sich mit Tränen. Sie geht sofort zur Seite, als ein kleines Mädchen ans Waschbecken möchte, anscheinend möchte sie es vermeiden, angesprochen zu werden.

Die Tür schwingt auf und Nele kommt herein.

»Du warst aber schnell, bist du schon fertig?«, sagt sie und drückt Constanze kommentarlos ihren Rucksack in die Hand. Das ehrt sie, dass sie den nicht auf den schmutzigen Boden stellt.

»Ich musste nicht, ich wollte nur nicht mit den anderen zum Musiksaal gehen«, erklärt Constanze. Die Tür klappert, als das jüngere Mädchen den Raum verlässt.

»Sind wir allein?«, fragt Nele durch die geschlossene Tür.

»Ja, hier ist sonst niemand.«

»Für wen brauchst du denn ein XXL-Kondom? Du

hast mir gar nichts erzählt«, sagt Nele, und es klingt ein wenig gekränkt.

»Ach Süße, als ich neulich mit meinen Eltern in diesem Golfhotel war, da gab es im Wellnessbereich ein Körbchen mit Kondomen. Und da habe ich zwei, drei gegriffen, davon auch dieses. Ich dachte, es ist doch cool, für alle Fälle gerüstet zu sein. Und es ist nicht so peinlich, wie selbst in einen Laden gehen zu müssen. Und stell dir mal vor, die Gelegenheit ergibt sich, und er hat kein Kondom dabei.«

Nele zieht die Toilette ab und kommt lachend heraus.

»Hast du auch noch eins für mich?«

»Aber du hast doch behauptet, Sex möchtest du erst haben, wenn du mindestens ein Jahr mit einem Jungen zusammen bist und sicher bist, dass er der Richtige ist«, sagt Constanze und hält Nele ihren Rucksack hin, sobald sie die Hände abgetrocknet hat.

»Genau das ist der Grund. Wenn ich dann so ein XXL-Kondom aus der Tasche ziehe und der Typ braucht ein ganz normales, und die Wahrscheinlichkeit dafür ist doch sehr groß, dann kann ich immer sagen, tut mir leid, das passt also gar nicht, das ist mir zu kritisch.«

Die beiden gehen lachend hinaus und huschen als letzte in den Musiksaal, als der Unterricht gerade beginnt.

Die Musik macht mich schläfrig, und ich döse schon wieder ein. Ich frage mich, wie Schüler so einen ganzen Vormittag durchhalten, es ist entsetzlich langweilig in der Schule. Und so geht es an den darauffolgenden Tagen weiter. Am vierten Tag beginne ich, in Gedanken die Vokabeln mitzusprechen, damit ich mich vielleicht mit anderen Taschen unterhalten kann, wenn ich zu einem Empfang mitgenommen werde. Hatte August nicht davon gesprochen, dass es bald einen Abschlussball und anschließend Empfänge geben würde?

Die Nachmittage gestalten sich für mich ziemlich langweilig, was mir zunehmend besser gefällt. Als Schultasche habe ich sozusagen einen Halbtagsjob, aber das fünfmal in der Woche. Augusts Aktentasche beneidet mich darum, sie muss Vollzeit ran und das häufig zehn und mehr Stunden am Tag. Aber wenn ich das mit den Taschen in Marlieses Schrank vergleiche, die werden manchmal nur einmal die Woche für einen Abend oder ein Mittagessen herausgeholt. Ich sehe dadurch mehr vom Leben als die anderen, aber oft ist es schon stressig. Ich würde manches Mal morgens gern liegen bleiben, aber immer muss ich alles in mich hineinstopfen lassen, werde aber während des ganzen Unterrichts nicht beachtet. Die Fürsorge der ersten Tage war schnell vorbei, dann wurde ich nicht mehr überall im Arm gehalten, sondern auch mal auf den schmutzigen Boden gestellt. Constanze könnte mich auch mal wieder entrümpeln, sie steckt immer mehr hinein, als sie herausnimmt. Es sammeln sich ganz schön viele Sachen an, die ich dann alle tragen muss, die sie aber gar nicht benötigt. Da ich eine Tasche mit Niveau bin, sieht man mir aber nicht an, wie viel ich arbeiten muss.

Constanze trägt halterlose Strümpfe und zieht einen engen, schwarzen Rock derart zurecht, dass man die Spitze der Strümpfe gerade so nicht sieht. Ihre Bluse ist hauchdünn und lässt viel Fantasie für den Körper darunter, den sie bedauerlicherweise in einen

Spitzen-BH und ein Top gehüllt hat. Ich hoffe, dass sie mich mitnimmt, denn sie wird für einen schweißtreibenden Tanzabend doch vielleicht Wechselkleidung und bequemere Schuhe als diese Stilettos brauchen, mit denen sie sich gerade im Spiegel betrachtet.

»Kannst du mir die Haare aufstecken?«, fragt Constanze und sofort klettert Nele von Constanzes Bett und rückt ihr mit Klämmerchen und Spängchen zu Leibe.

»Vielleicht kann ich mir nächstes Jahr auch einen Tanzkurs leisten, wenn ich auf den Urlaub verzichte. Oder ich versuche, in diesem Jahr ein bisschen mehr zu arbeiten, aber meine Eltern haben Angst, dass ich dann nicht genug für die Schule tue.«

Nele steckt Constanze geschickt die Haare zu einer beeindruckenden Frisur. Ich frage mich, warum sie das nicht auch bei sich selbst tut, ihre Haare sind meist funktional mit einem Gummi zusammengefasst, dabei könnte sie so viel aus sich machen.

»Ich träume auch von Bällen und Empfängen«, sagt Nele verträumt und sprüht reichlich Glitzerlack auf Constanzes Haare. Constanze schiebt mich gerade noch unsanft, aber letztlich schützend aus dem Sprühnebel, der auf den Boden niedergeht.

Constanze schaut Nele zerknirscht an und tupft sich Rouge auf die Wangen.

»Ach weißt du, Sweety, ich fühle mich in diesem Haus manchmal wie ein Zootier, das alle betrachten, das aber nicht in seinem natürlichen Lebensraum ist. Mein natürlicher Lebensraum ist die Schule, der Tanzkurs, die Nachmittage mit dir, aber nicht diese albernen Abende, an denen es niemanden in meinem Alter zum Reden gibt.« Jetzt lächelt sie endlich wieder. Dieser Papilein-Trick funktioniert wohl auch bei ihrer besten Freundin. Diese kleine Schlange, die weiß genau, welche Knöpfe sie drücken muss. »Ich würde viel lieber was mit dir machen, stattdessen hat mein Vater mir gestern schon drei Termine genannt, an denen ich an seiner Seite repräsentieren soll. Furchtbar! Das Firmenjubiläum eines Mitbewerbers, ein runder Geburtstag eines Lieferanten und noch irgend so ein Charity-Ding. Ich sage dir, das macht wirklich keinen Spaß.«

Nele sieht sie zweifelnd an und positioniert eine Sicherheitsnadel an ihrem Rucksack neu, weil das Loch noch weiter ausgerissen ist. Sie greift nach mir und kuschelt sich mit mir auf Constanzes breites Bett. Zärtlich streichen ihre Finger über meine feinen Nähte.

»Das Geld für den Urlaub habe ich fast zusammen, aber meine Mutter hat auch noch Geburtstag. Sie sagt immer, wir sollen ihr nichts schenken, aber ich kann doch ihren Vierzigsten nicht einfach ignorieren.«

Süß sieht Constanze aus, wenn sie die Stirn runzelt.

»Und wenn du ihr so eine Tasche nähst, wie du sie mir auf Pinterest gezeigt hast?«, schlägt Constanze vor und tippt schon auf ihrem Handy.

»Ich habe keine geeignete Jeans dafür. Und wenn ich eine Hose kaufen muss, wird es schon wieder zu teuer. Außerdem bin ich wirklich aus dem Alter raus, wo man Mama etwas Selbstgebasteltes schenkt.«

Constanze schüttelt ihren Kopf, die Haare halten wir festgetackert. »Aber sowas Cooles wie eine Tasche aus einer Jeans … Ich gebe dir eine Hose von mir.«

Nele ist so entgeistert, dass sie völlig vergisst, mich weiter zu streicheln. He, gleich kippt mein Schulterriemen zur Seite!

Beide starren auf Constanzes Handy eine Tasche an, die aus dem Gesäßteil einer Bluejeans genäht ist.

»Ich habe noch eine schwarze mit Strass-Steinen auf

der Tasche«, bietet Constanze an.

Nele und ich sehen beide ihren knackigen, kleinen Po an.

»Deine Hosen würden für ein Portemonnaie reichen, meine für einen Seesack. Vergiss es.«

Wieder geht die Tür auf, ohne dass die Mutter angeklopft hat. Sofort lässt Nele mich los und rutscht mit den Füßen auf den Boden, um aufzustehen.

»Constanze, bist du fertig? Wir müssen los. Hast du eine passende Tasche?«

»Oh Gott, die Tasche«, entfährt es Constanze. »Ich habe eine bestellt, aber ich habe sie noch nicht ausgepackt, warte.«

Sie greift mit einer Hand nach einem Päckchen auf ihrem Schreibtisch, während Nele ihr eine Schere reicht, die in einem Stiftehalter steckt.

»Constanze, du kannst doch nicht ...«, ruft Marliese entsetzt aus, während Nele ihre Freundin drückt und zur Tür hinaushuscht.

Die Tasche, die Constanze zum Strahlen und ihre Mutter zum Erbleichen gebracht hat, ist eine Clutch in Form eines zusammengeklappten Hochglanz-Frauenmagazins. Ihr Geruch nach Chemie lässt jeden Geruch von Unterarmschweiß verblassen. Constanze schnappt nach mir, nimmt ihre Geldbörse und zwei Taschentücher aus meinem Inneren, wirft ihr Handy in das Täschchen und meint aufmunternd zu ihrer Mutter, sie seien spät an, während sie hochkonzentriert an ihr vorbeistöckelt.

Seit ich in der Schule so viel schlafe, weiß ich kaum noch, wie ich die Nächte herumkriegen soll. Nachdem ich meine Vorfreude begraben habe, mit Constanze gemeinsam zu Empfängen und Bällen zu gehen, habe ich nicht einmal mehr Lust, Französischvokabeln zu rezitieren. Mit wem soll ich mich denn unterhalten? Und da Constanze im Gegensatz zu ihrer Mutter keinen Taschenschrank hat, kann ich mich auch nicht mit meinesgleichen austauschen.

Laut Radiowecker ist es schon mitten in der Nacht, als Constanze singend in ihr Zimmer kommt. In der einen Hand trägt sie die hohen Schuhe, in der anderen diese alberne Unterarmtasche, die sie ganz verliebt ansieht. Sie schlüpft nach nebenan in ihr Badezimmer, und ich kann durch die offene Tür sehen, wie sie sich auszieht. Diese halterlosen Strümpfe sind unglaublich sexy. Ich bin froh, dass ich aus meinen feinen Poren nicht schwitzen kann bei dem Anblick, Constanze wäre sicher erstaunt, wenn ihre Tasche plötzlich nass wäre. Würde sie es überhaupt bemerken? Sie hat nur noch Augen für diese Plastiktasche. Constanze kommt in einem T-Shirt und einer kurzen Hose zum Bett, und ich freue mich schon darauf, dass sie sich endlich zu mir legt. Manchmal redet sie im Schlaf, vielleicht erzählt sie mir ja, was sie heute Abend erlebt hat.

Das ist unfassbar, was soll das denn? He, so etwas macht man nicht. Ich platze gleich. Also ich meine, ich lasse gleich eine Naht platzen oder so. Das geht gar nicht. Da fegt Constanze mich doch mit einer einzigen Handbewegung vom Bett, legt stattdessen diese billige Plastiktasche neben ihr Kopfkissen und kramt darin nach ihrem Smartphone. Das ist nicht sehr schwierig, die Tasche ist nur unwesentlich größer als ihr Handy. Eigentlich hätte sie sich das Telefon auch direkt unter den Arm klemmen können. Dass die es überhaupt wagt, sich Tasche zu nennen. Aber sie nennt sich schließlich Clutch, sprich: Klatsch. Ein Accessoire, das nur einer flüchtigen Mode unterworfen ist, nicht viel mehr als ein Freund für eine Nacht. Das ist doch gar keine Konkurrenz zu mir, das ist einfach nur …

Constanze hat sogar ihr Handy weggelegt, sodass der letzte Rest Licht im Zimmer erloschen ist und ich gar nichts mehr sehe. Sie summt noch ein wenig vor sich hin, aber nach wenigen Augenblicken herrscht völlige Stille. Ich fühle mich einsam. Dieses Plastikding und ich sprechen nicht die gleiche Sprache. Wenn die Menschen also behaupten, Frauen würden Klatsch und Tratsch verbreiten, dann ist diese Clutch ganz sicher nicht gemeint, die ist so hohl, die sagt gar nichts. Sie kann mir daher nicht einmal erzählen, wie der Abend so war. War das noch schön in der Taschenboutique, da wurden immer wieder Taschen gekauft, die nach drei Tagen zurückgebracht wurden, weil sie angeblich farblich nicht zum Kleid passten. Interessanterweise wurden die immer freitags gekauft und kamen montags zurück. Und während die Verkäuferinnen brav das Geld zurückgaben, ergötzten wir anderen Taschen uns an den Geschichten, die unsere Kollegen am Wochenende erlebt hatten. Und sie hatten immer viel erlebt, denn die Taschen waren immer benötigt worden, um bei anderen vorzutäuschen, dass man sich etwas leisten könne, was man eigentlich gar nicht konnte. Es waren also immer große Gesellschaften, auf die die Taschen mitgenommen worden waren, Hochzeiten, Bälle, Abiturfeiern, Klassentreffen …

»Sieh einmal, ich war im Umsonstladen und habe eine wirklich coole Jeans gefunden. Ich habe sogar fünf

Euro in das Sparschwein getan, ich wollte die nicht einfach nur so mitnehmen.« Nele kramt in ihrem zerschlissenen Rucksack und hält eine Jeans mit weißen Stickereien und Strass-Steinen in die Höhe, die für sie selbst zu klein und für Constanze eindeutig zu groß ist. Die Hose ist am Knie abgestoßen, und ich kann ihre Begeisterung überhaupt nicht teilen.

»Es fällt mir zwar wirklich schwer, mich von meinem Rucksack zu trennen, aber neulich hätte ich beinah mein Portemonnaie verloren, weil das Loch inzwischen so groß ist. Hätte eine Frau im Bus mich nicht darauf aufmerksam gemacht, wäre alles weg gewesen: Geld, Fahrkarte und vor allem das tolle Portemonnaie, das du mir letztes Jahr aus dem Urlaub mitgebracht hast.«

Es ist so niedlich, wenn Constanze ihre Stirn runzelt, auf der gerade allerdings ein dicker Pickel prangt.

»Ich dachte, du willst die Tasche für deine Mutter nähen?«

Nele schüttelt den Kopf, dass ihre Haare nur so fliegen. »Ehrlich, das ist Kinderkram. Ich lasse mir irgendetwas anderes einfallen, vielleicht kann ich noch eine Straße dazunehmen und mehr Zeitungen austragen, dann bekomme ich auch genug Geld für ein richtiges Geschenk.«

Die beiden verlassen das Zimmer und lassen mich wieder einmal allein zurück. Ich muss sehen, dass ich mich mit einer anderen Tasche anfreunde, das Leben ist ganz schön öde hier. Bei Marliese lag ich wenigstens im Kleiderschrank bei den anderen Taschen, da hatten wir Gespräch, konnten uns austauschen über das, was wir erlebt haben, aber hier ist wirklich niemand außer mir und diesem Plastikding, mit dem man nicht reden kann.

Es ist unerträglich warm im Bus. Selbst Constanzes Schoß, den ich sonst immer genieße, gibt mehr Wärme ab, als mir lieb ist. Den Gesprächen entnehme ich, dass ab morgen Schulferien sind. Constanze ist bald in Urlaub, da wird sie mich sicher nicht mitnehmen. Ich habe gehört, dass sie in Urlaub fliegt, und aus meiner Erfahrung im Taschenladen weiß ich, dass es genaue Vorgaben für die Größe des Bordgepäcks gibt. Ich bin als Bordtasche zu klein und als Handtasche zu groß. Was für ein schreckliches Schicksal. Ich weiß nicht, was ich dann den ganzen Tag über machen soll. Andererseits gibt es viele Abende, an denen Constanze auch einfach nur abhängt, wie sie es nennt. Mein Wortschatz hat sich enorm erweitert in den letzten Wochen, aber im Wesentlichen um Worte, die ich bislang gar nicht vermisst hatte. Vielleicht wäre abhängen auch was für mich, ich fürchte nur, ohne Fernseher, Computer oder wenigstens Musik könnte das öde werden.

Constanzes Eltern geben heute ein Sommerfest in ihrem Garten, aber Nele ist natürlich nicht eingeladen. Die beiden Freundinnen jammern darüber, als würden sie sich für Wochen nicht sehen, dabei ist es nur ein einziger Abend. Von meinen Vorfahren weiß ich, dass die Frauen früher Handtaschen in Weiß und in Schwarz getragen haben. Mit der Sommergarderobe haben sie auf Weiß umgestellt und im Herbst auf Schwarz. Da ist manche Tasche für ein halbes Jahr im Dunkeln verschwunden. Und wenn es das Schicksal ganz übel gemeint hat, wurde man zu Saisonbeginn hervorgeholt, nur damit eine kritische Frau einen in Augenschein nahm und feststellte, dass man nicht mehr der aktuellen Mode entsprach. Dann wurde man einfach ausgemustert. Im besten Fall hieß das, man wurde verschenkt, im schlimmsten Fall kam man zusammen mit schmutziger Wäsche in die Altkleidersammlung oder direkt in den Hausmüll. Millionen Taschen sind da nicht mehr aufgetaucht, blieben für immer verschollen und vergessen. Und diese beiden jungen Damen beklagen sich wegen eines einzigen Abends?

Natürlich durfte ich nicht dabei sein. Da Constanze nicht einmal Geld oder Schlüssel brauchte, passte wieder alles in dieses dumme Plastikding. Ich kann nicht verstehen, dass sie ein solches Etwas einem echten Billy vorzieht, aber da merkt man immer wieder, dass sie noch viel zu lernen hat.

Mir ist langweilig. Wie lange sind die Ferien noch? Ach so, die haben gerade erst angefangen. Sechs Wochen scheinen ein langer Zeitraum zu sein, wenn man es daran misst, wie traurig viele der Mädchen gestern waren, sich so lange nicht zu sehen. Aber ich habe gehört, dass Nele heute wiederkommt. Ich weiß nicht, warum Constanze nie zu Nele nach Hause geht, sondern immer umgekehrt, obwohl das Constanzes Eltern gar nicht gern sehen. Vielleicht ist genau das der Grund, stille Rebellion der jungen Dame. Ich habe den Eindruck, hier im Haus gibt es mehr Annehmlichkeiten als bei Nele. Der Pool, die perfekt ausgestattete Küche mit einem Kühlschrank, der immer feine Sachen enthält ...

»Ich muss dir etwas zeigen«, sagt Nele beim Hereinkommen und hält eine Plastiktüte hinter ihrem

Rücken versteckt. Sie lässt sich wie immer auf Constanzes Bett plumpsen, während Constanze es sich auf dem Schreibtischstuhl bequem macht. Nele fummelt hinter sich in der Tüte und zaubert eine Tasche hervor, die mir im ersten Moment die Sprache verschlägt, genau wie Constanze. Was kürzlich noch eine Jeans war, ist jetzt ein Rucksack mit verschiedenen kleinen Außentaschen, die alle mit hübschen, verschiedenfarbigen Reißverschlüssen verschlossen sind.

Die Stickerei ist vollständig erhalten, Strass-Steine glitzern, ein kleiner Engel hängt sogar an dem Reißverschluss zu dem großen Fach, in dem, was mein geschulter Blick sofort sieht, auch ein Laptop und ein Ordner Platz haben werden. Jetzt verstehe ich, warum Constanzes Jeans zu klein für eine solche Tasche war.

»Oh, Nele, ich kann es gar nicht fassen«, sagt Constanze und zieht den Rucksack zu sich heran. Sie schwingt ihn auf ihren Rücken, nimmt ihn wieder in die Hand und blickt in alle Taschen. Das hätte sie besser bei mir einmal gemacht; in mir schlummert seit vier Tagen eine Brotdose mit einem Wurstbrot. Der Geruch beleidigt mich, und ich weiß nicht, wie lange diese Dose noch hinreichend dicht ist, damit ich keinen Schaden nehme.

»Die ist einfach nur genial. So etwas Schönes habe ich noch nie gesehen.«

Na, man kann es auch übertreiben. Der Vergleich hinkt vielleicht ein wenig, da wir nicht in der gleichen Liga spielen, aber sie kann wohl nicht behaupten, dieser selbstgenähte Beutel sei höherwertiger als ich. Ich gebe zu, er ist sehr gekonnt verarbeitet und mit viel Liebe zum Detail genäht, aber schöner als ich ... Das möchte ich mal in Abrede stellen.

»Wie lange hast du denn daran gesessen?«, möchte

Constanze wissen.

Es ist entzückend, wie Nele errötet.

»Na, ich hatte doch gestern nichts zu tun.«

»Das hast du an nur einem Abend geschafft?«

Fast scheint es Nele peinlich zu sein, aber ein wenig Stolz ist ihr auch anzusehen.

»Ich habe bis in die Nacht gesessen und noch Fäden vernäht, das Innenfutter gemacht und so, aber das ist kein so großer Auftrag.«

»Du musst unbedingt irgendetwas mit Design studieren, das ist der Hammer«, sagt Constanze, schwingt die Tasche wieder auf ihren Rücken und geht zum Spiegel, in dem sie sich von allen Seiten betrachtet.

»Ich habe die Idee doch nur geklaut, das ist keine eigene Kreation«, beschwichtigt Nele.

Constanze möchte wissen, ob Nele ihr auch so eine nähen kann.

»Du fliegst übermorgen früh und morgen schaffe ich das nicht. Ich muss erst eine passende Hose kaufen, und ich habe fast alle Reißverschlüsse verbraucht, die wir in der Altkleidersammlung und im Nähkästchen hatten. Ich muss erst alles zusammensuchen, das schaffe ich nicht vor deinem Urlaub.«

»Och bitte, wenn ich mal in unseren Beständen nachsehe? Dann hätte ich etwas, was mich den ganzen Urlaub an dich erinnert. Das wäre, als ob ich ein Stück von dir dabeihätte.« Schon wieder das gleiche Prinzip wie ihr Papilein-Trick. Nele kann doch nicht ...

Sie nimmt die Plastiktüte, faltet sie klein zusammen und steckt sie in ihre Hosentasche.

»Na gut, dann behalte sie eben. Ich werde mir eine neue nähen.«

»Wirklich?«, kreischt Constanze und fällt ihrer Freundin um den Hals.

Für einen Kerl wie mich ist dieses Mädchengesäusel ganz schön schwer zu ertragen. Aber vielleicht kann mir die Tasche anschließend wenigstens vom Urlaub erzählen, dann werden die restlichen vier Ferienwochen nicht mehr ganz so öde.

»Weißt du was? Dann nehme ich die danach auch als Schultasche. Ich kann mir jetzt schon nicht mehr vorstellen, einmal ohne diese Tasche zu sein.«

»Aber du hast doch ...«

Constanze drückt ihre Freundin eng an sich, schiebt sie dann von sich weg und greift nach mir. Ich bin sicher, im direkten Vergleich wird ihr auffallen, wie viel wertiger ich bin und wie viel geeigneter, eine Schultasche einer Constanze von Steffeln zu sein.

Sie schüttet meinen Inhalt auf ihr Bett und ich bin erleichtert, dieses eklige Wurstbrot endlich los zu sein.

»Ich wollte dir eigentlich Geld für eine neue Jeans geben, aber ich glaube, ich habe etwas viel Besseres. Nimm die Tasche doch für deine Mama zum vierzigsten Geburtstag.«

Nele will schon nach mir greifen, steckt ihre Hände dann aber tief in ihre Hosentaschen.

»Nein, das kann ich auf keinen Fall annehmen. Das ist ein viel zu teures Geschenk. Deine Mutter wird dir den Kopf abreißen, wenn sie erfährt, dass du mir die Tasche geschenkt hast. Vielleicht darf ich dann gar nicht mehr zu euch kommen. Das ist es wirklich nicht wert.«

Constanze drückt Nele fest an sich und streicht ihr die Haare aus dem Gesicht, das tatsächlich ein wenig rot angelaufen ist.

»Quatsch, meine Mutter hasst diese Tasche so sehr, sie wird erleichtert sein, wenn sie sie nie wieder sehen muss. Sie wird meine neue Tasche zwar gar nicht gut finden, aber das kennen wir ja nicht anders. Bitte, bitte, lass mich dir eine kleine Freude bereiten, du hast mir eine so große Freude gemacht.«

Nele zieht zögerlich die Hände aus den Hosentaschen und streckt ihre Finger nach mir aus. Ich glaube, bei ihr bin ich wirklich in besten Händen, sie weiß meinen wahren Wert zu schätzen. Da hatte ich hier im Haus andere Erwartungen, die erkennen gar nicht die inneren Werte, denen geht es nur ums Geld. Um Prestige, Anerkennung. Aber nicht um meine Gefühle.

Nele zeichnet mit dem Finger meine Nähte nach und pustet eine Fluse von meinem Reißverschluss, die sich von ihrer neuen Tasche gelöst hat. Ihr Atem fühlt sich warm und gut an.

»Du hast sicher recht, darüber freut sich deine Mutter vielleicht mehr als über eine selbstgenähte Tasche, weil sie das im Gegensatz zu mir gar nicht erkennen würde, was du für eine geniale Künstlerin bist.«

3 Nichts ist so gut wie selbstgemacht

Oh mein Gott, ich kann nichts mehr sehen! Ich habe schon gehört, dass das bei alten Leuten von jetzt auf gleich passieren kann, aber ich bin doch noch so jung. Ich habe doch mein Leben noch vor mir. Ich bin ein roter Star, nicht grau, nicht grün. Sehen und gesehen werden, das kann doch so schwer nicht sein. Mich umgibt ein goldener Schein, vielleicht ein Heiligenschein? Bin ich im Taschenhimmel? Aber was ist das für ein Rumoren in meinem Inneren? Ich habe das bei Constanze schon das ein oder andere Mal erlebt, wenn ihr Vater nicht zu Hause war: Sie zieht abends noch um die Häuser, wie sie es nennt, ist am nächsten Tag genauso müde wie ich gerade, weil sie kaum geschlafen hat – und klagt über Kopfschmerzen und Übelkeit. Ich habe auch kaum geschlafen …

»Alles Gute zum vierzigsten Geburtstag, meine Liebe«, höre ich gedämpft eine dunkle Stimme. Hilfe, ich kann auch nicht mehr richtig hören. Das Rumoren in meinem Inneren wird lauter und höher.

›Mensch, so können nur Männer leiden‹, scheint eine innere Stimme zu mir zu sprechen. Nein, das kann nicht sein, so etwas würde ich nie zu mir sagen.

›Los, komm raus und zeig dich‹, rufe ich und versuche, drohend meinen Henkel zu erheben, aber der ist fest an mich gepresst.

›Bist du mitten in der Nacht immer so aggressiv?‹, faucht mich ein Stimmchen an.

›Ich bin Billy von Wogner, was oder wer bist du?‹, versuche ich wie ein Ritter zu schmettern und meinen Gegner damit herauszufordern.

Ich höre ein zögerliches Schnurren zwischen meinen Henkeln.

›Ich habe keinen Namen, Nele hat mich selbst gemacht.‹

Nein, ich bin nachts nicht immer aggressiv, aber wenn Constanze mich schon einfach gegen ein selbstgenähtes Modell eingetauscht hat, dann kann es doch wohl nicht sein, dass mich bei Nele das gleiche Schicksal ereilt.

›Na gut, namenloses Etwas‹, beginne ich und werde rüde unterbrochen.

›Nenn mich nie wieder Etwas, du fetter, roter Sack! Ich bin eine Geldkatze aus feinstem, ungefärbtem Naturleder.‹

Ich habe keinen blassen Schimmer, was eine Geldkatze ist, und das sage ich ihr auch.

Ich mag es nicht, wie sie lacht.

›Du bist zwar arrogant, aber ahnungslos. Wirklich schrecklich. Kommst du aus China oder aus der Türkei?‹

Ich bin empört, das ist wirklich eine Unverschämtheit.

›Mit ein wenig Bildung wüsstest du, dass Geldkatzen die Portemonnaies des Mittelalters waren. Und wir sind noch immer ungemein praktisch und zum Glück wieder populär, gerade in Ländern, in denen man quasi keine Scheinfächer mehr braucht, sondern nur noch mit Kleingeld oder Kreditkarten bezahlt.‹

Sie schnurrt selbstgefällig.

›Und wo habe ich mir dich eingefangen?‹, frage ich verärgert. Sie fühlt sich an wie eine lästige Blähung, die ich gern loswerden würde.

›Nele ist zwar froh, ein so‹, sie zögert, ›teures Geschenk wie dich für ihre Mutter zu haben, aber sie wollte ihr darüber hinaus noch etwas von Wert schenken: mich.‹

Ich frage mich, ob Geldkatzen auch Krallen haben, sie ist jedenfalls ganz schön kratzbürstig. Ich lache auf.

›Du bist so wertvoll, dass sie dich vor ihrer Mutter verstecken muss?‹

Diese Pussy möchte mir gerade erklären, warum ich nichts sehen kann, als ich Neles vertraute Stimme leise höre.

»Auch von mir alles Liebe zum Geburtstag, Mamilein.«

Ich fühle vier Hände um mich herum, aber es ist, als würde ich einen dicken Wintermantel tragen, wie ich sie in Marlieses Ankleidezimmer gesehen habe.

Es raschelt und ich fühle mich wie neugeboren, als ich endlich das Licht der Welt erblicke, Kerstins Welt. Sie legt das sonnengelbe Papier, in das Nele mich gewickelt haben muss, während ich geschlafen habe, sorgsam zusammen und starrt mich mit einem Blick an, den ich nicht zu deuten weiß. Ich habe schon erlebt, dass Menschen mich neidvoll anstarren, meistens ernte ich Blicke voller Begehren und Bewunderung. Männer haben schon einmal schreckgeweitete Augen beim Anblick meines Preisschildes bekommen. Aber dieser Blick erinnert mich am ehesten an den Blick von August von Steffeln, als er begriff, dass ich von nun an zur Familie gehören werde.

Neles Mutter greift nach einem Sektglas, das ihr Mann Michael gerade eingegossen hat, und stellt es wieder ab, als ihr Tropfen über die Hand rinnen. Sie streift die Hände an ihrer Jeans ab und hält mich weit von sich. Ich vibriere in ihren zitternden Händen.

»Nele, die ist doch viel zu teuer«, haucht sie. »Bist du etwa dafür arbeiten gegangen?«

Als Nele ihr erklärt, dass sie mich gegen eine selbstgenähte Tasche eingetauscht hat, atmet ihre Mutter erleichtert auf, aber sie scheint keinerlei Interesse an mir zu haben.

»Da ist noch etwas für dich in der Innentasche«, murmelt Nele enttäuscht und greift sich das klebrige Sektglas, das ihre Mutter eben wieder abgestellt hat. Sie leert es mit einem Zug und füllt es wieder auf.

»Nele!«, rügt ihr Vater sie, während sich Kerstins Hände in mich graben. Ich genieße die Berührungen, auch wenn sie bei Weitem nicht so zärtlich sind wie die Berührungen ihrer Tochter. Ich mustere Kerstin mehr als sie mich. Ihre Fingernägel sind kurz und ohne Nagellack, aber durchaus gepflegt. Ihre Finger sind genauso stummelig wie die ihrer Tochter, aber viel rauer, fast schon schwielig. Ein großes Pflaster bedeckt die Kuppe ihres linken Daumens. Endlich hat sie diese Katze gefunden, die sich dienstbar in ihre Hand schmiegt. Sie zieht diese Pussy anscheinend am Schwanz heraus.

»Oh wie süß von dir, Nele«, ruft Kerstin aus und kramt einen rotglänzenden Glückscent aus dem ledernen Säckchen hervor, der dafür sorgen soll, dass ihr das Geld nie ausgehen möge.

Warum verfallen Menschen immer in kindliche Begeisterung, sobald sie Katzen sehen?

Kerstin legt uns beide beiseite und stößt mit ihrem Mann und ihrer Tochter auf ihren Geburtstag an. Das Lachen und der Alkoholdunst lullen mich in den Schlaf, es war schließlich nicht nett, mich kurz vor Mitternacht zu wecken.

Ich erwache von Kerstins fröhlichem Pfeifen. Sie schnappt mich und trägt mich in einen Raum, der wohl das Esszimmer ist. Auf einem modernen Sideboard liegt eine apfelgrüne Decke, auf die sie mich legt, direkt daneben legt sie diese Geldkatze.

»Sieh dich einmal um, du passt nicht ins Interieur«, schnurrt diese Pussy, wobei ihre Worte ihren schmeichelnden Tonfall Lügen strafen.

Ich weigere mich, ihr recht zu geben, und beharre darauf, ich würde einen Akzent setzen. Tatsächlich sehe ich aus wie ein roter Braeburnapfel inmitten einer ganzen Steige von Granny Smith. Ein apfelgrüner Tischläufer liegt auf dem mandelförmigen Esstisch. An den Enden läuft die Tischplatte spitz aus, sodass die Intarsien ihn wie ein Auge aussehen lassen. Zwölf Plätze sind mit weißem Geschirr und leuchtend grünen Servietten eingedeckt, die gut zu den Bildern an der Wand und einem Teppich auf dem Parkettboden passen.

›Du musst nicht gleich rot werden‹, lästert die Geldkatze und richtet sich auf, als die ersten Gäste den Raum betreten. Sie wackelt mit ihrem Hintern und hofft wohl, mit einem Klimpern die Aufmerksamkeit auf sich ziehen zu können, aber bisher rollt nur der eine Cent in ihrem hohlen Inneren hin und her.

Die Gäste bringen selbstgebackene Kuchen mit, die auf der üppigen Tafel so eng stehen, dass die drei Vasen mit Wiesenblumen und Gartensträußen auf den Gabentisch direkt neben mich gestellt werden. Ich sehe, wie sich eine kleine Spinne langsam von einer Dahlie abseilt, woraufhin sich diese feige Katze wie eine Raupe zusammenzieht und sich langsam nach vorn schiebt, bis sie in mein Innerstes plumpst, wo die Spinne sie nicht erreichen kann.

Rund um mich stapeln sich selbstgebastelte Halsketten, eine witzige, selbstgenähte Küchenschürze, selbstgekochte Marmeladen, selbsteingelegte Paprika und Öl mit Rosmarin und Chili.

Selbst, selbst, selbst, alles dreht sich um sie selbst. Dabei habe ich viel mehr Stil und verdiene viel mehr Beachtung.

Es ist sehr bunt um mich herum, türkis, lila, rosa und verschiedene Grüntöne. Eine Frau betrachtet mich interessiert, ihre hängenden Mundwinkel sind von tiefen Furchen eingerahmt.

»Sag mal, Schwesterherz, wer kennt denn deinen Geschmack so wenig?«, fragt sie, während sie meine Innentaschen durchwühlt.

Ich sehe, wie Nele fast so rot wird wie ich.

»Andrea, charmant wie immer, aber du kommst auch noch in mein Alter, dann lernst du auch noch Anstand«, tadelt das Geburtstagskind ihre Schwester.

Die angesprochene lacht trocken auf. »Danke, dass du mir zutraust, in den nächsten zwei Jahren doch noch erwachsen zu werden.«

»Dein Patenkind hatte die geniale Idee, dass ich mit einer solchen Tasche auf dem Handwerkermarkt viel mehr auffalle als mit einem Stoffbeutel. Die neuen Prospekte, die Michael und ich in den letzten Wochen entworfen haben, sind darin gut geschützt, und ich kann sogar besonders zerbrechliche Einzelanfertigungen sicher darin transportieren. Und Nele hat nicht einmal dafür bezahlen müssen, weil Marliese von Steffeln«, ein Stöhnen geht um den Tisch, »das gute Stück nach einmaligem Gebrauch ausgemustert hat.«

Andere Taschen haben mir erzählt, dass Frauen beim Friseur bevorzugt Zeitschriften mit Klatsch und Tratsch aus der high society durchblättern. Der Name *Marliese von Steffeln* scheint einen ähnlichen Effekt zu haben, die Frauen erzählen sich Geschichten über die

Familie, die sie nur aus der örtlichen Zeitung entnommen haben, während ich das alles selbst erleben durfte. Der Name scheint so etwas wie eine Legitimation für mich zu sein, plötzlich begegnen sie mir mit viel mehr Ehrfurcht. Aber sie diskutieren auch heftig über Nachhaltigkeit und Wegwerfmentalität, die ihnen wohl allen nicht entspricht.

Noch immer tasten Andreas Finger in mir herum.

»Was ist das denn?«, fragt sie und zieht diese Geldkatze aus mir heraus, die mir bislang wie ein Stein im Magen lag. Kaum zu glauben, da näht man einen Schlauch aus Leder, verschließt ihn an beiden Enden und lässt einen Schlitz an einer Längsseite, um dort Geld hineinzustecken oder herauszunehmen. Die daraus entstehenden beiden Säckchen, die man in der Mitte einfach über den Gürtel hängen kann, halten sich für Katzen, genau genommen für eine Katze, bei der man nicht erkennt, wo vorn und wo hinten ist.

»Oh wie süß, eine Geldkatze«, flötet eine der Frauen vom Tisch her.

»Wie niedlich, Geldkatzen findet man heute kaum noch. Bring die mal mit zum Tisch, die muss ich mir genauer ansehen«, ruft eine andere entzückt aus.

Ich sehe zu, wie die Katze am Tisch herumgereicht wird. Jeder, genau genommen, jede, denn Kerstins Mann hat sich in Sicherheit gebracht, möchte die Katze einmal selbst in die Hand nehmen und befühlen. Unglaublich, kaum ist so eine Katze im Raum, werden Frauen zu willenlosen Wesen, die mit sich überschlagenden, piepsigen Stimmchen die Vorzüge preisen. Wie soll ein echter Billy so etwas denn aushalten?

Aber auch, wenn es leider nicht mich selbst betrifft, muss ich zugeben, dass sich die Atmosphäre in diesem Haus wesentlich wärmer und wohlmeinender anfühlt als alles, was ich bisher erlebt habe. Schade nur, dass sich diese Zuneigung so gar nicht auf mich bezieht. Nachdem alle die Katze einmal gestreichelt haben, flanieren die Frauen am Geschenketisch vorbei und bewundern die selbstgemachten Präsente, betasten und beschnuppern sie, lassen mich aber geradezu links liegen. Ich werde sogar vom Tisch genommen und auf den Boden gestellt, damit ich nicht beim Umfallen alles andere kaputtmache. Als sei ich nicht standhaft. Aber na gut, dann betrachte ich die Welt eben von hier unten. Wenn die Damen sich bewusst wären, welch guten Ausblick sie mir auf ihre abgelaufenen Schuhe, ihre nicht rasierten Beine und ihre praktische Unterwäsche geben, wäre es ihnen vermutlich lieber, wir Handtaschen würden uns nie tiefer als ihr Rocksaum befinden.

Ich höre das hämische Lachen der Geldkatze, die inmitten von Sektgläsern auf dem Esstisch liegen darf und immer wieder gestreichelt und geknetet wird, während ich auf dem Boden liege und mein Verschluss eingeschnappt ist.

Die Luft ist ein wenig schwer von Proseccoperlchen und selbst aufgesetzten Likören, ich döse schon wieder ein und werde erst wach, als Kerstin mich zur Hand nimmt. Es duftet nach Kaffee, aber nicht mehr nach Alkohol, wir sind ganz allein im Esszimmer. Ich merke, dass ich keinen Alkohol gewöhnt bin, mal gespannt, ob das hier zum Alltag gehört oder nur der Geburtstag so feuchtfröhlich war.

»Was mache ich denn jetzt mit dir?«, sagt Kerstin und stellt mich auf einen Stuhl. Immerhin, sie spricht mit mir, das fühlt sich doch schon mal gut an. An ihrem Gürtel baumelt diese blöde Katze und grinst mich triumphierend an.

»Was für eine Party!«, sagt Kerstin und fasst sich an

die Stirn.

»Kopfschmerzen?«, fragt ihr Mann grinsend und küsst sie auf die Schläfe. »In deinem Alter solltest du nicht mehr so viel trinken.«

Blitzschnell löst sie ihren Gürtel, greift das Geldsäckchen und wirft es nach Michael. Ich höre, wie die Katze kreischt, aber sie scheinen es nicht zu hören. Ich muss lächeln, was sie leider auch nicht sehen können. Michael läuft vor seiner Frau weg in den angrenzenden Wohnbereich. Ich kann sie nicht mehr sehen, aber ich höre sie lachen und jauchzen und sehe Kissen zwischen ihnen hin- und herfliegen. Dann sehe ich Kerstins Bluse durch die Luft segeln und Michaels T-Shirt fliegt in die Gegenrichtung. He, die haben mich völlig vergessen. Ich kann von hier aus doch gar nichts sehen. Das finde ich rücksichtslos. Die Katze liegt im Wohnzimmer auf dem Boden und grinst triumphierend. Blöde Katze.

Es dauert eine Weile, bis die beiden wieder im Esszimmer auftauchen. Kerstin ist niedlich verstrubbelt, während Michael sich über den Dreitagebart streicht und meint, er bräuchte jetzt erst einmal einen Kaffee, er könne sich danach instand setzen.

»Milchkaffee für dich?«, fragt Michael und wirft seiner Frau einen Kuss zu.

»Wenn ich nicht schon zu alt für Koffein bin«, gibt sie zurück.

»Du hast mich eben vom ordnungsgemäßen Zustand des Ziehungsgerätes überzeugt, du bist alles andere als alt«, sagt Michael lächelnd. »Ich glaube, es ist auch noch Prosecco übrig, möchtest du ein Gläschen?«

»Bloß nicht«, sagt Kerstin und bückt sich nach der Geldkatze, die sie gekonnt nach mir wirft. Ich lehne mich im letzten Moment etwas zur Seite, sodass sie nicht in mich, sondern unsanft zu Boden plumpst. Der Sack scheppert und ich ahne, dass die Katze mir das heimzahlen wird. Egal, es hat sich gelohnt.

»Hast du noch mitbekommen, dass alle gestern beschlossen haben, sie müssten eine Münze in die Katze stecken, damit mir das Geld wirklich nicht ausgeht?«, fragt Kerstin.

Sie bückt sich kopfschüttelnd, dehnt meine Seiten auseinander und lässt das Säckchen in mich fallen.

»Ich muss gleich in die Stadt fahren und den Stand für den Handwerkermarkt aufbauen«, erklärt Michael. »Das Wetter soll am Wochenende leider nicht so gut werden, ich denke, ich nehme den größeren Pavillon mit, wenn wir Glück haben, stellen sich auch Leute bei uns unter, die sonst vorbeilaufen würden.«

Kerstin nickt zustimmend. »Und ich stelle hier zu Hause alles zusammen, was wir für den Markt brauchen. Möchtest du Nele mitnehmen, damit sie dir hilft? Sie kann ein paar Euro für ihren Urlaub gut brauchen, sie könnte sich ein bisschen was verdienen.«

Michael runzelt bedenklich die Stirn. »Es sollte für sie selbstverständlich sein, mit anzupacken, wir sind ein Familienbetrieb.« Er klingt ein wenig verärgert, das Gespräch scheinen sie häufiger ergebnislos zu führen.

»Sei ehrlich, es ist für sie selbstverständlich. Sie hilft nicht, weil sie weiß, dass sie dafür Geld bekommt, sondern sie hilft immer gern. Darum finde ich, sie sollte anschließend eine Belohnung bekommen. Ich finde es so toll, wie viele Gedanken sie sich um meinen Geburtstag gemacht hat.«

Ich stehe noch immer auf dem Stuhl neben Kerstin. Sie streckt den Arm nach mir aus und zieht mich an sich heran. Ihre Finger gleiten in mich, ich halte die Luft an, wodurch sich meine Außenwände zusammenziehen und ihr Handgelenk streicheln.

Aber Kerstin wühlt nur in mir herum und zieht diese blöde Katze aus mir hervor.

»Das ist so eine süße Idee. Ich werde die Geldkatze ständig benutzen.«

Nele kommt gerade zur Haustür herein und hat den letzten Satz gehört. Sie strahlt über das ganze Gesicht.

»Gefällt sie dir?«

»Sie ist einfach toll. Geh doch mal in mein Nähzimmer und sieh nach, ob wir noch Lederreste haben. Da müssten von einigen Stühlen, die wir neu bezogen haben, noch Abschnitte liegen. Nimm dir den kleinen Gartentisch mit und einen Gartenstuhl, nein, besser einen Stuhl, den Papa gebaut hat. Und das Werkzeug, das du brauchst, dann kannst du vielleicht ein paar Geldkatzen auf dem Handwerkermarkt auf Wunsch anfertigen. Und ein paar machst du auf Vorrat, falls die Leute nicht so lange warten möchten.«

Nele strahlt ihre Mutter an. »Meinst du das ernst?«

»Du hast doch gestern gesehen, wie gut die bei allen ankam. Wenn ich nur meinen Freundinnen erzähle, dass du Geldkatzen nach eigenen Wünschen anfertigst, hast du sicher schon die ersten Aufträge. Ich schreibe gleich mal eine Nachricht an alle.«

Nele fällt ihrer Mutter um den Hals.

»Ich war mir nicht sicher, was dir besser gefallen würde, so eine Geldkatze oder ein Säckchen mit einem Zugband.«

Ihre Mutter strahlt sie an. »Das ist auch eine gute Idee. Nimm dir noch ein paar Kordeln und Bänder mit, dann kannst du auch solche Säckchen anfertigen und verkaufen. Oben liegen sicher noch genug Reste.«

Nele drückt ihrer Mutter einen dicken Kuss auf die Wange und läuft aus dem Zimmer.

»Sie bekommt aber entweder ihre Arbeit bezahlt oder sie darf das Geld für ihre selbstgefertigten Sachen behalten«, insistiert Michael.

»Das sehen wir dann, wenn wir wissen, ob es ein Erfolg ist«, lenkt Kerstin ein und trinkt genüsslich ihren Kaffee.

»So, und das wird mein neues Büro«, sagt Kerstin mit Blick auf mich, während Nele Stoffbündel, Lederstücke und verschiedenste Bänder, Kordeln, Lederstreifen und eine Lochzange auf den Esstisch wirft und dabei so strahlt, dass man ihr sonst eher unscheinbares Aussehen fast vergessen kann. Unvermittelt ergreifen mich Kerstins Hände und sie dehnt meine Seiten sanft auseinander. »In das Fach kommen die neuen Prospekte, hier kann ich ein Klemmbrett mit Verträgen hineintun, da ist Platz für ein paar Werbekugelschreiber. Und die Katze kommt«, sie zögert, »nein, die Geldkatze kommt natürlich nicht in die Tasche, die kommt an meinen Gürtel, damit sie auch jeder sieht.«

Na, die wird sich wundern. *Mich* wird jeder sehen, *mich*, den roten Billy, nicht diese kleine, blöde Katze, die aussieht, als würde sie nach einer durchzechten Nacht tot überm Zaun hängen. Die vermehrt sich natürlich, wie das bei dahergelaufenen Straßenkatzen so ist, ich dagegen bin einmalig. Na ja, nicht ganz, es wurden durchaus mehrere von mir gefertigt, aber meinesgleichen findet man nicht mehrfach in einer Stadt, wogegen es bald eine Katzenschwemme geben könnte, wenn Nele fleißig ist.

Anscheinend habe ich laut gedacht.

›Eifersüchtig?‹, fragt mich diese Pussy doch glatt. Ich. Eifersüchtig. Worauf denn? Darauf, dass jede mich haben kann? Nein, meine Exklusivität macht mich schließlich zu einem Hingucker. Wenn jede Frau eine rote Billy-Wogner-Tasche von Format hätte, würde ich gar nicht mehr auffallen.

Kerstin stopft die Pussy in ihre Hosentasche und nimmt mich an meinen langen Henkeln mit in einen Raum, der vollgestopft ist mit Ordnern. Die Farbe des Schreibtisches ist kaum zu erkennen, weil überall Papiere und Holztäfelchen liegen. Über dem Schreibtischstuhl hängt eine Mustermappe mit Möbelstoffen. Kerstin bewegt eine Maus, der Bildschirm flackert auf, und ich sehe, wie die Katze in Kerstins Hosentasche zuckt. Kerstins kurze Finger huschen über die Tastatur und in der hintersten Ecke des Raums beginnt ein Drucker träge zu brummen.

Kerstin pfeift eine Melodie, die ich nicht kenne, aber ihre gute Laune ist ansteckend. Ich atme den Geruch von Lack und frisch geschnittenem Holz ein, der Staub von Sägespänen legt sich auf meine Seitenwand. Kerstin sieht das auch und fährt mir fast zärtlich über das Leder. Ich erschauere unter ihren Berührungen. Sie legt mich beiseite, um die Papiere aus dem Druckerschacht zu holen, die sie in eine ungewöhnliche Mappe legt. Zwei Holzseiten, etwas größer als ein Blatt Papier, auf der Rückseite mit einem Stück Nesselstoff, wie er für Sofarückwände verwendet wird, zusammengehalten. An der Vorderkante sind zwei Bänder durch Löcher gezogen, die Kerstin mit einer Schleife verschließt. Man hört, wie die Säge in der Schreinerei nebenan gerade abgeschaltet wird.

»Michael?«, ruft Kerstin. »Hast du noch ein paar Holzbuchdeckel? Dann nehmen wir noch Stoff und Bänder mit und Nele kann auch ein paar Mappen anfertigen, wie sie mir letztes Jahr eine zum Geburtstag gemacht hat.«

Während sich Michael und Nele mit dem

Lieferwagen auf den Weg machen, packt Kerstin Kisten mit Kleinteilen voll, die sie fast zärtlich in unbedrucktes Packpapier einschlägt. Flaschenhalter, Buchstützen und allerlei Dekoartikel legt sie vorsichtig in Kartons und Plastikkisten und schleppt sie zum Auto.

Ich ächze, nachdem Kerstin alles in mich gestopft hat, was sie unbedingt zum Handwerkermarkt mitnehmen möchte. Ich sehe, dass es der Pussy auch nicht besser geht, sie hängt inzwischen prall an Kerstins Gürtel. Kerstin möchte mich hochheben und merkt, wie mein Henkel bedenklich knarzt. Sie umfasst mich fürsorglich mit beiden Händen und trägt mich in ihr funktionales, aber schrecklich hässliches Auto. Da bin ich wirklich besseres gewöhnt. Sie stellt mich auf einen Karton auf den Beifahrersitz, wodurch ich wenigstens aus dem Fenster sehen kann. Erst jetzt wird mir bewusst, dass Nele nicht wie Constanze mitten in der Stadt wohnt, sondern ganz schön ländlich. Das Haus, vor dem wir stehen, ist in freundlichem Gelb gestrichen, vor der Tür steht eine grüne Holzbank, die Holzfenster sind leuchtend blau. Zur Werkstatt geht man durch ein kunstvoll gestaltetes Scheunentor. Alles sieht einladend und freundlich aus, aber bei weitem nicht so prunkvoll wie bei von Steffelns. Hier sieht man, dass sich die Bewohner alles mühsam erarbeitet haben, nichts ist schon aus dem vorvorigen Jahrhundert und basiert auf geerbtem Geld.

Die Katze kreischt, als Kerstin den Sicherheitsgurt über ihr festzieht. Ob Kerstin das auch gehört hat? Jedenfalls zerrt sie die Pussy unter dem Gurt hervor und zieht diesen wieder enger. Die Katze stöhnt auf. Sie kann nicht sehen, wo wir hinfahren. Es geht an Kuhweiden vorbei, durch eine wunderschöne Allee, an einem Bach entlang und endlich in die Stadt, wo die

Pavillons des Handwerkermarktes schon von weitem zu sehen sind. Kerstin fährt mit ihrem Auto nah heran und sucht den Stellplatz ihrer Schreinerei. Überall wird gehämmert und gerufen, es ist laut und hektisch. Michael und Nele lachen, als sie Kerstin sehen. Zusammen mit einem Gesellen haben sie eine Drehbank aufgebaut, mehrere Holzmöbel stehen einladend unter dem schützenden Dach des Pavillons, kunstvolle Skulpturen warten darauf, in blühenden Gärten aufgestellt zu werden. Nele hat sich einen Arbeitsplatz eingerichtet und hat vor sich einen Tisch, auf dem sie verschiedene Holz- und Lederarten präsentiert. Um ihren Hals hängen bunte Bänder wie Schmuck.

»Ich hole die Tasche mit deinen Unterlagen«, bietet Nele fröhlich an und hebt mich stöhnend aus dem Auto. Sie stellt mich vor ihrem Arbeitsplatz auf den Tisch, wo alle mich sehen können. Aber Kerstin schnappt mich und trägt mich hinter den Verkaufstisch.

»Wenn dieses Monster dort steht, kann man dich gar nicht mehr sehen, Herzchen«, erklärt sie Nele, deren Blick zwischen Stolz und Enttäuschung schwankt.

Ich bin kein Monster, das kann doch nicht wahr sein. Das habe ich im Hause von Steffeln schon immer gehört. Wie kann es sein, dass zwei Frauen aus so völlig unterschiedlichen Milieus, die eine so kalt, die andere so warmherzig, mich beide für Monster halten?

»Nele, ich bitte dich, lass die Tasche hinter dem Tisch und zeige sie den Leuten nicht so offen. Ich finde sie ungemein praktisch, aber die Leute wissen doch nicht, dass Constanze sie dir kostenlos überlassen hat. Das sieht so aus, als würden wir mit unseren Holzarbeiten so viel verdienen, dass wir uns so eine Tasche leisten können. Dann fangen die Kunden sofort an, mit dir über den Preis deiner Mappen oder Geldkatzen zu verhandeln, weil sie denken, unsere Preise müssen hoffnungslos überzogen sein.«

Nele starrt mich einen Moment nachdenklich an, dann zerrt sie alles, was Kerstin zuvor in mir verstaut hatte, heraus und verteilt es in einem Regal hinter dem Verkaufstisch und zwischen der Auslage. Sie nimmt mich, stellt mich in einen leeren, staubigen Karton und stopft auch noch Packpapier obenauf. Geht's noch? Ich sehe doch gar nichts mehr. Ich kann sogar nur noch gedämpft hören. Na gut, das ist gar nicht schlecht, denn in der Nähe hat sich eine Mittelaltergruppe postiert, deren Musik für mich klingt, als würden sie eine Katze quälen. Ich habe Hoffnung, dass sie die Geldkatze vernichten werden.

»Kann ich noch etwas helfen?«, fragt Nele voller Tatendrang.

»Mach doch mal zwei Geldkatzen, eine für dich selbst und eine, die du auf dem Tisch vor dir ausstellen kannst. Dann machst noch zwei Mappen; Leim, um die Buchrücken festzukleben, findest du dort hinten«, schlägt Michael vor.

»Und vergiss nicht, ein paar Lederkreise für die Geldsäckchen vorzuschneiden und die Löcher hineinzustanzen. Die Kundinnen können dann die Farbe und Beschaffenheit der Zugbänder selbst aussuchen, das macht es viel individueller«, ergänzt ihre Mutter.

Als es dunkel wird, ist alles für den Markt an den folgenden beiden Tagen aufgebaut.

»So, wir können echt zufrieden sein, wir sind gut gerüstet für morgen«, sagt Michael. »Der Würstchenstand grillt heute schon mal an, nur für uns Aussteller, lasst uns etwas essen und dann nach Hause fahren.«

Mich lassen sie achtlos in dieser blöden Kiste

zurück. In der Nacht läuft ein Wachdienst über den Platz, aber niemand beachtet mich. Ich bin zum ersten Mal froh, dass dieses Packpapier mich wenigstens vor Kälte und Feuchtigkeit schützt, während sie diese alberne Katze natürlich mit nach Hause genommen haben.

Den ganzen Tag hocke ich in dieser Kiste. Immer wieder mal stupst jemand den Karton mit dem Fuß an und ich hoffe, der Karton würde umkippen und ich läge auf dem Boden, von dem ich wenigstens etwas sehen könnte. Ab und zu wird es hell um mich, weil jemand Packpapier braucht, um Holzmappen oder kleine Geschenke zu verpacken. Immer wieder steckt mir jemand einen Auftrag in die Innentasche: eine Gartenbank, die gefertigt werden soll, ein Wohnzimmertisch, Michael kann sogar einen Vorvertrag für ein komplettes Ankleidezimmer abschließen. Und immer wieder höre ich Frauen beim Anblick dieser blöden Katzen aufjauchzen.

»Aber wieso denn Geldkatze?«, fragt gerade eine junge Stimme.

»Wahrscheinlich war ursprünglich die Kasse gemeint. Aber hast du schon mal gesehen, wenn man sich eine Katze über die Schulter legt? Das sieht genauso aus, wahrscheinlich heißen sie daher Geldkatzen«, erklärt Nele geduldig.

»Oma, darf ich eine Geldkatze haben?«, sagt das Mädchen hinter sich gewandt. Dann spricht sie wieder in Neles Richtung. »Aber ich möchte sie mit Ohren und Schnurrhaaren, kannst du das?«

Ich höre Neles Lachen und gleich darauf schnurrt die Nähmaschine und es dauert nicht lange, bis das Mädchen in Entzücken über ihre neue Katze ausbricht. »Da kommt kein Geld rein. Ich werde sie mit Watte füllen und mir über die Schulter legen wie eine richtige Katze«, erklärt sie und Nele bedankt sich für ein großzügiges Trinkgeld.

Am Abend ist alles Packpapier aufgebraucht, sodass Kerstin mich sieht, als sie zusammenpackt. Sie nimmt mich mitsamt dem Karton mit zu ihrem Auto und legt mich auf die Ladefläche.

»Mami, wieviel Geld soll ich denn für morgen als Wechselgeld behalten?«, fragt Nele und ich sehe, wie sie sich erschöpft zurücklehnt.

»Das musst du schon selbst entscheiden. Ich möchte gern zwanzig Euro für das Material, das ich dir zur Verfügung gestellt habe, der Rest ist für dich.«

Nele klimpert mit ihrer Geldkatze und ich höre, wie diese überfressen rülpst, was Nele aber nicht zu hören scheint.

»Ich habe fast dreihundert Euro heute eingenommen«, sagt Nele glücklich. »Die kann ich doch unmöglich behalten.«

Ihre Mutter schlägt ihr vor, das Geld für ihren nächsten Sommerurlaub zu sparen, dann müsste sie nicht vorher so viel arbeiten.

»Darf ich morgen auch wieder mitkommen und Katzen und Buchdeckel und Säckchen verkaufen?«, fragt Nele enthusiastisch.

Ihre Mutter dämpft ihre Erwartungen, am nächsten Tag soll es fast durchgehend regnen, da ist die Frage, ob sie überhaupt etwas verkaufen kann. Als wir zu Hause ankommen, hilft Nele, das Auto auszuräumen, und läuft nach oben in ihr Zimmer.

Ich darf noch einmal in das Büro und werde erneut gefüttert, bis ich genauso prall und träge bin wie diese Katzen, denn auch Kerstins Katze hat sich gut gefüllt. Michael war sogar zwischendurch bei der Bank, um

Geld einzuzahlen, so gut haben sie verkaufen können. Kerstin nimmt mich mit ins Wohnzimmer und lehnt mich ans Sofa, als das Telefon klingelt. Sie rollt sich mit dem Telefon auf dem Sofa zusammen, sodass ich jedes Wort mithören kann.

»Hallo Kerstin, alles klar bei dir?«, höre ich laut aus dem Hörer.

Ich erinnere mich sofort an diese Stimme, Kerstins freudlose Schwester Andrea. Die mit den hängenden Mundwinkeln und den hängenden Brüsten. Sie ist größer als Kerstin und deutlich schlanker, was daran zu liegen scheint, dass sie an nichts Freude hat, vermutlich auch nicht am Essen.

»Ach, Andrea, ich bin wirklich platt. Wir waren den ganzen Tag auf dem Handwerkermarkt und morgen früh geht es direkt wieder los. Ich würde am liebsten in die Badewanne gehen, mir tut alles weh und ich bin hundemüde. Was steht an?«

Also, wenn ich diese Andrea wäre, würde ich mich jetzt zurückziehen. Sie muss doch merken, dass ihre große Schwester ihre Ruhe braucht. Kerstin schließt die Augen und kuschelt sich in die Kissen. Ich rechne damit, dass sie einschläft, und Andrea wird dann reden und reden, weil niemand sie unterbricht.

Michael kommt zur Tür herein, setzt sich ans Fußende des Sofas und beginnt, Kerstins Füße zu massieren. Kerstin stöhnt wohlig auf.

»Störe ich?«, blafft Andrea in den Hörer.

Kerstin schlägt sich die Hand vor den Mund und wird so rot wie ich, während Michael, der Andreas laute Stimme deutlich hören konnte, breit grinst und nickt.

»Ja, ich möchte jetzt nicht telefonieren. Was ist denn so wichtig?«, ringt Kerstin sich ab.

»Nie bist du für einen da«, mault Andrea. Ich finde das ganz schön dreist, ich habe einen ganz anderen Eindruck von Kerstin.

»Komm doch morgen am Stand vorbei oder ruf mich am Montag an. Mein Badewasser läuft gleich über, ich muss jetzt mal schnell nach oben«, behauptet Kerstin und drückt das Gespräch weg, bevor Andrea noch etwas sagen kann.

»Der große Weltschmerz wie immer?«, fragt Michael und knetet weiter Kerstins Füße.

»Wahrscheinlich«, murmelt Kerstin nur noch und ist wenige Augenblicke später eingeschlafen.

»Sieh mal, der Karton ist völlig aufgeweicht, hoffentlich ist nichts an die Tasche gekommen«, ruft Nele aus und holt mich nach stundenlanger Ödnis endlich aus meinem dunklen Verlies unter dem Verkaufstisch. Als sie mich in den Arm nimmt, merkt sie, dass ich untenherum total feucht bin. Sie wischt mich mit ihrem T-Shirt ab und ich möchte gar nicht trocken werden, so gut fühlt sich das an.

»Das ist ja blöd. Dieser Stoff dort ist saugfähig, stell die Tasche einfach drauf«, schlägt Kerstin ihr vor und endlich komme ich auf Neles Tisch und darf mich in einen dunklen Baumwollstoff kuscheln. Ich freue mich, endlich mitten im Geschehen zu sein, aber heute gibt es gar nichts zu sehen. Fast niemand hat sich auf das Fest verirrt. Die Musiker haben sich unter dem Bierstand untergestellt und ich bin nicht sicher, ob das ihrer Musik zuträglich sein wird. Vermutlich spielen sie nachher nur noch irische Trinklieder.

Vor Nele liegt ein Stapel verschiedener Lederkreise und -streifen und vier oder fünf verschiedene Geldsäckchen, eins davon mit Katzenohren und Schnurrhaaren und sogar zwei aufgeklebten Augen. Zwei ihrer Holzmappen warten auf Käufer, die aber weit und breit nicht zu sehen sind. Die Händler besuchen sich gegenseitig an ihren Ständen oder kauern sich in trockene Ecken und tippen auf ihren Handys.

»Soll ich uns eine Bratwurst holen?«, schlägt Michael nach einem Blick auf die Uhr vor.

»Gestern ist die Zeit bis Mittag so schnell vergangen, dass es fast drei Uhr war, bis wir endlich etwas gegessen haben. Heute zieht sie sich wie Kaugummi«, sagt Kerstin und kramt Kleingeld aus ihrer prallen Geldkatze.

»Hast du heute doch schon etwas eingenommen?«, fragt Michael erstaunt, aber es ist das Kleingeld vom Vortag, das Kerstin als Wechselgeld behalten hatte.

Einer der Musiker begleitet Michael auf dem Weg vom Wurststand und trägt zwei Bratwürste, während Michael zwei Bier, eine Cola und eine weitere Bratwurst balanciert.

»Hier kommt das Mittagessen, werte Jungfer«, sagt der mittelalterlich gewandete junge Musiker strahlend und hält Nele ihre Wurst hin. »Cola dazu?«, fragt er, als hätte er gerade eine gute Idee gehabt. »Es regnet heute wirklich Katzen und Hunde«, sagt er und wundert sich über Neles helles Lachen. Sie weist auf die Auslage vor sich.

»Oh nein, bist du das etwa, die diese grandiosen Katzen zaubert? Ich habe gestern einige Leute damit herumlaufen sehen. Also, wir sind zu sechst, wir könnten alle so eine Geldkatze brauchen. Machst du uns einen guten Preis?«

Nele sieht ihre Mutter hilfesuchend an. Die Röte, die ihre Wangen überzieht, liegt nicht nur an ihrer Unsicherheit wegen des Preises, sie ist auch sichtlich geschmeichelt. Und der stattliche Musikus flirtet so offensichtlich mit ihr, dass es sie völlig aus der Fassung bringt. Nele stößt beim Versuch, die unterschiedlichen Lederstücke vor dem jungen Mann auszubreiten, gegen mich. Er kann mich gerade noch auffangen, bevor ich in den Matsch falle.

»Ich heiße übrigens Malte. Und du?«

›Angenehm, Billy‹, sage ich, aber er scheint mich nicht zu verstehen. Er hat mich schon ganz vergessen, wie mir scheint, denn er starrt nur Nele an.

»Nele«, haucht die und räuspert sich. »Komm, ich stelle die Tasche mal weg, die stört hier nur, wenn ich arbeite.« Sie greift nach mir und ihre Hände berühren sich, weil Malte mich gar nicht hergeben möchte.

»Die Tasche passt gar nicht zu dir, die ist viel zu protzig. Du bräuchtest eher etwas mit Perlen oder Stickereien«, meint Malte.

»Ich habe meiner Freundin eine ganz tolle Tasche genäht, wenn ich Zeit habe, möchte ich mir auch so eine machen. Möchtest du mal sehen?« Sie kramt ihr Handy aus der Hosentasche, denn natürlich möchte Malte sie sehen. Er hält mich noch immer im Arm und dreht mich hin und her. »Wogner, alle Achtung. Haben deine Geldkatzen auch Wogner-Preise?«

»Die Tasche habe ich geschenkt bekommen, Sie haben recht, es ist eigentlich nicht unser Stil«, springt Kerstin ihrer Tochter bei. »Was halten Sie denn davon, wenn Nele sechs Geldkatzen zum Preis von fünf macht? Und solange Nele daran arbeitet, spielen Sie mit ihren Kollegen hier unter unserem Pavillon, der ist ja groß genug. Vielleicht kommt dann doch noch der eine oder andere Kunde.«

Malte wirft einen Blick auf das Foto von Constanzes Jeans-Tasche und lobt Neles Geschick und ihren guten Blick für schöne Dinge. Ob er damit auch sich selbst meint?

»Berate mich doch, welches Leder am besten zu mir passt«, fordert er Nele auf. Er trägt eine beige Leinenhose und einen schwarzen Gürtel. Nele kramt zwei Lederstücke heraus, die farblich fast genau zur Hose passen. Malte schwingt sich auf den Tisch, greift Neles Hände mit den Ledermustern und neigt sie auf seinen Oberschenkel, sodass die Farbentscheidung sehr leichtfällt.

»Und dann hätte ich gern noch eine aus diesem dunkelroten Leder für meine Schwester, die dürfte etwa so alt sein wie du«, sagt er und lässt ihre Hände noch immer nicht los. »Mit Ohren und Schnurrhaaren. Ich hole die Jungs, wir sind gleich bei euch.«

Malte hat mich auf dem Tisch abgestellt und Nele nimmt mich und dreht sich um, um mich im Regal hinter ihrem Stuhl abzustellen. Mit dem Rücken zu ihrer Mutter führt sie mich an ihr Gesicht und riecht an mir, wo Malte mich zuvor festgehalten hat.

»Schätzchen, direkt ein Großauftrag, das ist doch toll«, sagt Kerstin und umarmt ihre Tochter von hinten.

»Danke, Mami, eine tolle Idee, sie an unseren Stand zu holen«, sagt Nele und legt mich achtlos ins Regal, wo ich schon wieder nichts sehen kann. Ich verstehe nicht, warum die Leute alle auf Selbstgemachtes stehen, dabei bin ich doch viel kunstvoller gearbeitet. Na ja, um ehrlich zu sein, ist an mir gar nichts Kunstvolles, ich wurde maschinell hergestellt in einer Fabrik, in der es alles andere als gemütlich zuging. Da gab es keinen Mittelalterfolk am Arbeitsplatz, keine lächelnden

Näherinnen. Meine Vorfahren wurden in einer bayrischen Sauerkrautfabrik hergestellt, aber das ist längst schon Geschichte. Jetzt findet sich Bayern nur noch in dem großen B wieder.

Einen Moment lang prasselt der Regen weniger heftig auf unseren Pavillon und schon höre ich, wie sich uns Musik nähert. Der Pavillon ruckelt, mein Regal wankt ein wenig, die Musik ist ganz nah bei mir, während sich die Band unter dem Dach zusammenrottet. In die Mittelalterklänge von Laute, Trommel, Flöte und Tastenfidel mischen sich Geigentöne und eine tiefe Bassstimme. Wer davon wohl dieser Malte ist?

Mein ganzes Regal vibriert und ich rutsche nach vorn, bis ich über die Kante stürze und aufrecht am Regal gelehnt zum Stehen komme. Ich sehe Beine in Stiefeln, nackte Füße und Ledersandalen, die den Dreck aufspritzen, der vom Regen langsam unter unseren Pavillon gespült wurde.

Ich finde Maltes sandfarbene Hose und erkenne, dass er der wilde Geiger ist, was ich aber auch daran hätte erkennen können, dass er auf Neles Tisch sitzt und mit dem Bein den Takt wippt. Nele starrt ihn fasziniert an, bis plötzlich ein Ruck durch sie hindurchzufahren scheint, sie packt das beige Lederstück und beginnt, im Takt der Musik die Nähmaschine zu bedienen.

Immer mehr Leute strömen herbei, bleiben zum Teil unter den umliegenden Ständen stehen, zum Teil trotzen sie dem nachlassenden Regen und stellen sich vor der Band auf. Nele führt zwischendurch weitere Verkaufsgespräche, findet Interessenten für beide Holzmappen, die bereits fertig sind, sowie für ein Geldsäckchen und eine Geldkatze. Ihre Mutter verteilt Visitenkarten und bittet die Interessenten, ihre

90

Mailadressen zu hinterlassen, damit Nele ihnen Angebote schicken und ihre Bestellungen entgegennehmen könnte.

Nach einem sehr schnellen Folksong macht die Band eine kurze Pause und alle suchen sich ihr Lederstück aus. Einer möchte ein grünes Band auf seine Katze genäht bekommen, die aussehen soll wie eine Schlange. Zwei bestellen zusätzlich Geldsäckchen. Nele singt bei den Liedern mit und klopft den Takt mit dem Fuß, der nicht die Nähmaschine bedient. Die Stimmung ist ausgelassen und die Verkäufe laufen prima. Endlich fällt Kerstin auf, dass ich im Dreck stehe, als sie zwei Aufträge in mein Innerstes stecken möchte.

»Ach, so ein Mist, die Tasche ist nass, die ist wohl hin«, sagt sie und es klingt fast ein wenig erleichtert, was mich ehrlich kränkt.

»Keine Sorge, Mami, ich nähe dir eine Tasche, wie du sie haben möchtest«, verspricht Nele ihrer Mutter und legt die vierte fertige Geldkatze beiseite.

»Ich habe dich singen hören, wir könnten dringend noch eine Frauenstimme brauchen«, sagt der Trommler, der sich als Leon vorstellt. Er lockert seinen Gürtel und nestelt seine dunkelgrüne Geldkatze hindurch.

»Möchtest du am Mittwoch zum Proben kommen?« Leon nimmt den Kugelschreiber, der neben Nele auf dem Tisch liegt, und notiert seine Adresse und seine Handynummer auf der Rückseite einer Visitenkarte. »Der Holz-Kaufmann, das klingt witzig. Ist das irgendwo auf dem Land?«

Nele erklärt ihm, dass die Busverbindung abends schlecht ist und sie wohl nicht kommen könnte.

»Wir klären das«, verspricht Malte und sie stimmen das nächste Lied an.

Am Abend ist die Kasse noch besser gefüllt als am Vortag. Nele hat durch die Aufträge der Band und der Kunden, die durch die Musik an ihrem Stand hängengeblieben sind, fast vierhundert Euro verdient, dazu kommen die Aufträge, die sie in den nächsten Tagen ausführen muss. Ich denke darüber nach, dass sie zwei Tage arbeiten musste, damit sie sich eine Tasche wie mich hätte kaufen können. Das ist etwas ganz anderes als im Hause von Steffeln, wo ich wirklich nicht das teuerste Teil war, das im Ankleidezimmer lag.

Die Katze hatte den ganzen Tag so viel zu tun, dass sie nur noch schläft. Das erleichtert mich, sicher wäre sie stolz auf sich und hätte mir erzählt, dass sie es war, die das Geld in die Kasse gespült hat. Sie sieht satt und zufrieden aus, wie sie da auf dem Sofatisch liegt, während Nele mit dem Handy nach oben verschwindet.

Kerstin greift in mein Innerstes und holt die Mappe mit den Aufträgen sowie die letzten Flyer aus mir heraus.

»So ein Mist, die Flyer müssen wir wegwerfen, die sind nass geworden«, sagt sie und geht mit mir in die Küche, um ein Tuch zu holen. Die Flyer wirft sie in den Papiermüll. Sie öffnet die Terrassentür und rubbelt den Dreck von mir ab. »Wenn sie trocken ist, gehe ich mit Lederpflege ran«, sagt sie zu Michael, und ich freue mich schon darauf, sanft von ihr eingerieben zu werden.

»Unsere Kleine ist verliebt, wie süß«, sagt Kerstin lächelnd, aber Michael erwidert ihr Lächeln nicht.

»Dieser Malte ist doch viel zu alt für sie!«

»Malte ist gerade neunzehn, Nele wird sechzehn.

Das ist normal. Freu dich doch einfach für sie.«

Das Telefon klingelt und Michael scheint froh zu sein, dass er nicht weiter darauf eingehen muss. Er reicht Kerstin den Hörer, die ihn nimmt und sich auf die Couch setzt. Mich legt sie neben sich und betastet vorsichtig meine noch immer feuchte Stelle, an der das Leder ein wenig aufgequollen ist.

»Hast du heute wenigstens Zeit für mich?«, fragt Kerstins Schwester fordernd.

Au, Kerstin muss doch nicht mich kneifen, nur weil sie sich über Andrea ärgert. Wenn sie jemanden kneifen möchte, hat sie doch immer noch diese blöde Katze.

Michael stellt ein Glas Wein vor Kerstin auf den Tisch und zeigt ihr, dass er in die Werkstatt geht. Kerstin winkt ihn heran und drückt ihm wortlos die Mappe mit den Aufträgen in die Hand.

»Lieblingsschwester, was hast du auf dem Herzen?«

»Du hast außer mir keine Schwester«, blafft Andrea.

Ich sehe, wie Kerstin die Augen verdreht. Tja, so ist das, wenn man die einzige ist, ist man auch die liebste, dachte ich bislang. Aber ich bin Kerstins einzige große, rote Tasche, und dennoch liebt sie mich nicht.

»Du bist die Beste, auch wenn ich noch fünf hätte«, schmeichelt Kerstin. »Du rufst bestimmt nicht an, um uns zu den grandiosen Umsätzen auf dem Handwerkermarkt zu gratulieren, was möchtest du also?«

»Kann ich vorbeikommen?«, fragt Andrea.

Kerstin tritt mich unsanft vom Sofa und legt die Beine hoch, sodass ich zu weit weg bin, um Andrea zu verstehen.

»Na gut, dann komm eben her, wenn es so wichtig ist«, sagt Kerstin und kippt ihren Wein hinunter.

»Komm erst mal rein und setz dich«, sagt Kerstin und schiebt ihre Schwester zum Sofa. Andrea sieht noch verhärmter aus als sonst. Sie hat dunkle Ringe um die Augen, die Furchen um ihren Mund sehen aus, als sei dem Bildhauer der Meißel abgerutscht.

»Möchtest du auch ein Glas Wein?«, fragt Kerstin und gießt sich nach. Da ich direkt vor dem Sofa liege, bückt Andrea sich und hebt mich auf. Ich rechne damit, dass sie mich in die Ecke wirft, aber sie presst mich an ihren Bauch und beginnt zu weinen. He, ich war heute schon nass genug, noch mehr Tropfen kann ich wirklich nicht brauchen. Wider Erwarten schmiegt sie beide Arme um mich und wiegt sich vor und zurück.

»Andrea, was ist denn los?«, fragt Kerstin entsetzt und möchte deren Arme um mich lösen, um Andreas Hand zu ergreifen, aber Andrea krallt sich an mir fest wie eine Ertrinkende.

»Ich bin endlich schwanger«, bringt Andrea zwischen zwei Schluchzern mühsam hervor.

»Andi, das ist doch super«, sagt Kerstin und drückt ihre Schwester heftig an sich, die wiederum mich an sich drückt.

»Sowas in dem Format werde ich wohl bald als Wickeltasche brauchen«, sagt Andrea und legt mich beiseite, um die Umarmung ihrer Schwester zu erwidern.

»Erzähl erst einmal und dann kannst du sie mitnehmen, dein Patenkind gönnt sie dem neuen Baby sicher«, sagt Kerstin und setzt sich erwartungsvoll Andrea gegenüber.

4 Ganz der Vater

Ein Leben als Wickeltasche? Das sind düstere Aussichten. Immer ein plärrendes Kind um mich herum. Umgeben von Müttern, deren Bauch sich erst allmählich wieder zurückbildet, falls überhaupt. Jetzt kann ich es endgültig vergessen, ins Theater oder zu interessanten Veranstaltungen mitgenommen zu werden. Stattdessen werde ich in Krabbelgruppen herumliegen und beim Kinderarzt.

Der einzige Trost ist, dass ich diese dämliche Katze los bin.

Andrea fährt langsam die vollgeparkte Straße entlang, bis sie endlich eine Parklücke gefunden hat. Die Häuser stehen fast genauso eng beieinander wie die Autos. Sie sieht an einer Fassade hoch, ich folge ihrem Blick. Im sechsten Stock steht ein Mann auf dem Balkon, der ihr zuwinkt, aber Andrea winkt nicht zurück.

Ich bin bislang noch nie mit einem Aufzug gefahren. Es ist eng und muffig hier drin und riecht wie auf einer öffentlichen Toilette. Im vierten Stock steigen wir aus, eine Tür am Ende des Gangs wird aufgerissen.

»Wo hast du dich denn jetzt schon wieder herumgetrieben?«, fragt ein junger Mann in Jogginghose und T-Shirt. Sein Atem riecht unangenehm nach Alkohol, aber nicht nach Prosecco oder Champagner, sondern nach Bier und billigem Schnaps.

Er zerrt mich von Andreas Arm und betrachtet mich angewidert, bevor er mich so auf den Boden wirft, dass ich über den abgenutzten PVC-Boden bis ins Wohnzimmer schlittere.

»Für was für einen Scheiß hast du denn schon wieder Geld ausgegeben?«, schreit er Andrea an und stößt sie vor sich her ins Wohnzimmer. Ein riesiger

Bildschirm nimmt einen großen Teil der Wand ein, auf dem Tisch stehen drei leere Bierflaschen neben einer offenen Tüte Kartoffelchips. Im Fernseher löst Werbung gerade eine Sendung ab.

»Aua, du tust mir weh, was soll das denn?«, schreit Andrea zurück.

Ich verstehe jetzt, warum sie immer so verhärmt aussieht. Nach dem glücklichen Familienleben bei den Kaufmanns ist das hier ein übles Kontrastprogramm. Aber das ändert sich hoffentlich bald, wenn das Kind kommt.

»Ich habe gar kein Geld ausgegeben, du hast mir ja schon lange keines mehr gegeben. Und mein Gehalt reicht gerade für die Miete, den Kredit und die Autos. Die Tasche hat Kerstin mir geschenkt.«

»Wir brauchen keine Almosen von deiner blöden Schwester«, plärrt ihr Mann. Aus der Nachbarwohnung sind Schläge mit der Faust gegen die Wohnzimmerwand zu hören.

»Ich geh' gleich mal da rüber und sag' dem, was er mich mal kann.«

»Christian, verdirb es dir doch nicht mit allen Nachbarn. Die Leute grüßen mich schon nicht mehr, wenn ich ihnen im Aufzug begegne. Reiß dich doch mal zusammen«, fleht Andrea.

Christian lässt sich auf das Sofa fallen und schüttelt die leeren Flaschen. »Es ist kein Bier mehr da«, schreit er.

»Dann kauf welches«, schreit Andrea zurück. »Oder trink Wasser.«

Christian mustert sie grimmig. »Das würde dir auch guttun, du bist schon wieder fetter geworden.«

Andreas Hand schnellt zu ihrem Bauch. Es wundert diesen Schwachkopf doch hoffentlich nicht, dass eine

Frau während einer Schwangerschaft dicker wird?

»Wie war es bei der Arbeit?«, fragt Andrea und hebt mich vom Boden auf. Sie knibbelt an der Stelle, die auf dem Handwerkermarkt nass geworden war. Ja, ich bin auch ein wenig aufgequollen, sie muss mich nicht daran erinnern.

»Der gleiche Scheiß wie immer«, sagt Christian und macht die Show wieder lauter, da er während der Werbung die Lautstärke etwas reduziert hatte. Das Gespräch scheint somit beendet zu sein. Andrea wirkt aber auch nicht so, als wolle sie weiter mit ihm sprechen. Sie nimmt eine Zeitschrift aus ihrer Handtasche und steckt sie zusammen mit einer anderen Zeitschrift, die sie vom Tisch greift, in mich hinein. Sie nimmt mich mit ins Bad und putzt sich die Zähne. Als sie die Bluse auszieht und ihren BH ablegt, sehe ich, dass ihre Brüste ganz schön prall sind. Der Nabel steht ein wenig vor, aber der Bauch ist erstaunlich flach für eine Schwangerschaft, der Hosenknopf spannt jedoch.

Sie wirft sich ein Nachthemd über und geht ins Bett, wo sie sich im Dunkeln einen Film auf ihrem Tablet ansieht. Mich hat sie unter ihr Bett geschoben. Als die Toilettenspülung zu hören ist, lässt Andrea das Tablet schnell in mich gleiten und gibt keinen Mucks von sich, als Christian sich polternd auf die andere Hälfte des Bettes fallen lässt.

»Mach den blöden Wecker aus, ich will noch ein paar Minuten schlafen«, knurrt Christian in dem Moment, wo auch ich von einem schrillen Pfeifen geweckt werde.

»Du kommst aber zu spät zur Arbeit. Ich mach dir

schon mal einen Kaffee«, sagt Andrea und schwingt die Beine aus dem Bett. Sie bleibt eine Weile auf der Bettkante sitzen, während Christian wieder schläft, nachdem er auf den Wecker gehauen hat. Andrea öffnet das Fenster und lässt den Mief der Nacht hinaus und frische Luft hinein. Ich atme tief ein, die Mischung aus Bier-Atem und Knoblauch hat mich fast umgebracht. Dazu noch Christians Schnarchen, ich fühle mich wie gerädert. Andrea zieht mich unter dem Bett hervor und nimmt mich mit in die Küche. Sollte sie anhänglicher sein, als ich erwartet hatte?

Es dauert fast vierzig Minuten, bis Christian in die Küche geschlichen kommt. Er hat sich nicht gründlich rasiert, ich sehe noch Stoppeln auf seiner Wange, aber ich schätze, dort, wo er arbeitet, ist das nicht so schlimm.

»Dein Kaffee war schon fast kalt, ich habe ihn getrunken und dir einen frischen eingegossen. Trink vorsichtig, der ist jetzt ziemlich heiß«, warnt Andrea ihn. Sie schiebt ihm eine Brotdose hin, in die sie zwei belegte Brote und einige Paprikastreifen gelegt hat. Er nimmt die Paprika und wirft sie auf den Tisch.

»Steck dir deine Vitamine sonst wo hin, sowas esse ich nicht«, mault er.

Andrea nimmt das Gemüse und beißt selbst hinein.

»Wann kommst du denn heute Abend nach Hause? Wir müssen etwas besprechen«, fragt Andrea zaghaft.

»Dann komme ich spät.«

»Im Ernst jetzt, es ist wichtig.«

»Im Ernst jetzt, es ist wichtig«, äfft Christian sie in einem weinerlichen Tonfall nach. »Wichtig ist, dass etwas zu essen auf dem Tisch steht, wenn ich komme, dass das Bier kalt steht, wenn ich komme. Und dass ich komme, wenn ich komme. Also zieh dir mal wieder was Nettes an heute Abend.«

Er schnappt seine Brotdose und verlässt grußlos die Wohnung.

Andrea zieht mich zu sich heran und nimmt die beiden Zeitschriften von gestern heraus, eine alte Fernsehzeitung und eine Zeitschrift für die junge Mutter, die sie in der anderen versteckt. Sie beginnt zu lesen, und ich höre, wie Tränen auf das Hochglanzpapier tropfen und sie sich schnäuzen muss.

»Bereiten sie sich gemeinsam mit ihrem Partner auf die Geburt vor«, liest Andrea plötzlich laut vor und lacht höhnisch. »Daraus wird wohl nichts, ich bereite mich jetzt ganz allein darauf vor.«

Sie greift zum Telefon und meldet sich für einen Geburtsvorbereitungskurs an. »Fünfter Monat«, höre ich sie sagen. Ich habe im Taschenladen schon viele Schwangere gesehen, da drehen sich alle Gespräche nur um den Babybauch. Um im fünften Monat so schlank zu sein, muss sie seit Monaten aufs Essen verzichtet haben. Das kann doch für das Kind nicht gesund sein.

»So, es wird Zeit, dass ich mich auf das Kind vorbereite«, sagt sie. Sie streichelt über ihren Bauch. »Vor allem wird es Zeit, dass ich mir einen Namen für dich überlege. Einen hübschen Jungennamen für einen hübschen Jungen.«

Wie wäre es denn mit Billy? Aber sie kann mich ja nicht hören. Ich bin erleichtert, dass es ein Junge wird. Dann bin ich nicht allein in einem Haushalt mit zwei Frauen und einem Idioten, sondern wir Männer bilden die Mehrheit. Ich harmoniere auch viel besser mit blau als mit rosa.

Andrea nimmt mich tatsächlich mit zum Einkaufen. Ich freue mich, mal wieder unter Leute zu kommen, andere Taschen zu sehen, mich ein wenig austauschen zu können. Als die Aufzugtür sich öffnet, stehen schon zwei Personen darin, eine ältere Dame mit einem leicht muffigen Geruch und ein junger Mann, den ich eindeutig schon mal gesehen habe. Er trägt Chucks und eine hautenge Jeans, die über dem Knöchel gekrempelt ist. Sein Oberkörper wird von einem engen, schwarzen T-Shirt betont.

»Guten Morgen, Frau Bischof«, grüßt die Alte.

›Grrrrrüüüßß Gott!‹, grüßt ihre Tasche mit einem gerollten r, wie ich es nur aus einem Film aus Constanzes Geschichtsunterricht kenne.

»Guten Morgen«, grüßt Andrea zurück und quetscht sich mit der leeren Bierkiste, die sie mit zwei Händen vor sich hält, in die enge Kabine.

›Hi‹, grüße ich lässig, um deutlich zu machen, dass ich mit der Zeit damals nichts zu tun habe.

»Kennen Sie Herrn Oktay schon, er wohnt auf meiner Etage?«, fragt die Alte.

Andrea errötet. »Ja sicher, hallo.«

»Ich bin gar nicht sicher, ob er Sie versteht«, flüstert die Alte so laut, dass ich ahne, dass sie eigentlich ein Hörgerät tragen sollte.

»Frau Weber, ich bin hier geboren und aufgewachsen«, sagt dieser Oktay in akzentfreiem Deutsch, und ich erkenne die Stimme sofort wieder. Er hat doch den von-Steffeln-Preis für Innovation gewonnen.

›Wir kennen uns doch‹, möchte ich ihm gern sagen, aber er hört mich ja nicht. Stattdessen steht er ganz nah neben Andrea, die ihn anlächelt.

»Es ist fast zu warm, um shoppen zu gehen«, sagt Andrea in die Runde.

»Für einen Schoppen ist es nie zu warm, aber noch zu früh«, erwidert die Alte und die beiden Jüngeren grinsen.

»Einen schönen Tag noch«, wünscht Andrea und wendet sich in die Richtung, wo sie gestern ihr Auto abgestellt hat. Der junge Mann nimmt ihr die Leergutkiste ab und begleitet sie zu ihrem Auto.

»Christian war gestern wieder unausstehlich«, sagt sie und öffnet den Kofferraum. Dieser Oktay stellt die Kiste ab und Andrea wirft mich achtlos daneben.

Ich bekomme von der Fahrt im dunklen Kofferraum leider nichts mit. Es dauert sicher eine Viertelstunde, bis Andrea den Kofferraum öffnet und ich wieder durchatmen kann. Dieser Oktay hebt mich auch wieder aus dem Kofferraum in einen Einkaufswagen.

»Danke, das schaffe ich jetzt allein, du musst doch in die andere Richtung. Bis bald«, sagt sie. Sie blickt ihm hinterher, schultert mich und schiebt den Einkaufswagen zunächst zum Leergutautomaten und dann in das Einkaufszentrum.

Ich erwarte einen netten Einkaufsbummel und bin erstaunt, als Andrea mich in einen Spind stellt und mich dort für die nächsten sechs Stunden stehen lässt. Als sie mich wieder hervorholt, sieht sie abgearbeitet und müde aus.

»So, dann lassen wir jetzt mal das Geld wieder bei unserem Arbeitgeber und nehmen die Sachen aus den Regalen, die wir eben eingeräumt haben«, sagt eine Kollegin lachend und sucht einen Euro in ihrem Geldbeutel, um einen Einkaufswagen zu holen.

›Hallo Tasche‹, sage ich zu ihrem braunen Shopper aus Kunstleder. ›Ich bin Billy, ich bin neu hier.‹

›Ich nicht verstehen‹, antwortet die Tasche, in der gerade das Portemonnaie der Kollegin verschwindet.

›Bil-ly‹, sage ich und zeige mit einem Henkel auf mich.

›Ta-sche‹, sagt die andere ratlos.

Sie ist eindeutig weder hier geboren, noch hier aufgewachsen.

Die Bekleidungsabteilung ist vorn am Eingang. Hier gibt es auch Taschen und Koffer, aber ich sehe gleich, dass es ein einfaches Geschäft ist. Meinesgleichen kann ich hier nicht treffen, wahrscheinlich auch unter den Kundinnen nicht. Andrea geht an einen Ständer mit reduzierten Kleidchen und T-Shirts. Sie findet drei Teile, die ihr auch bei einer fortgeschrittenen Schwangerschaft noch passen könnten, hängt aber eines davon nach einem Blick auf das Preisschild wieder zurück. Dann wirft sie zwei Leggings in den Wagen und geht in die Babyabteilung. Die Auswahl ist nicht sehr groß, aber auch hier gibt es günstige Angebote.

›Was bist du denn?‹, frage ich eine große Tasche im Regal, der anscheinend kalt ist, denn sie ist zusätzlich in eine Plastikdecke gehüllt.

›Ich bin eine Wickeltasche‹, antwortet die Tasche schnippisch.

›Das sehe ich. Kerstin, meine frühere Besitzerin, hatte einen Wickelrock, daher kenne ich das Prinzip. Aber hier im Laden ist es doch wirklich warm genug, warum brauchst du diese Decke?‹

Sie schüttelt verständnislos ihren Tragegurt.

›Die Frage ist nicht, *warum*, sondern *wozu*‹, entgegnet sie wenig hilfreich.

Zum Glück geht Andrea mit mir weiter, diese Tasche scheint völlig ahnungslos zu sein.

Andrea entscheidet sich für einige Bodys und einen Schlafsack, einen Schlafanzug und eine winzige Mütze. Sie bleibt lange vor einem Stoffbären stehen. Als sie sich vorbeugt, berührt mich der Bär an der Seite. Es

102

fühlt sich ganz weich und flauschig an. Aber Andrea legt auch ihn wieder zurück. Dann bummelt sie durch die Abteilung mit Babynahrung und Pflegemitteln, kauft aber nichts. Am Ausgang stehen die Getränke. Als Andrea eine Bierkiste in den Wagen heben möchte, spricht ein Mann sie nach einem Blick auf die Sachen in ihrem Wagen an, dass sie die Kiste nicht heben müsste, er würde das für sie erledigen. Andrea stammelt ein Dankeschön und legt ihre Hand auf den Bauch.

Hinter der Kasse stopft Andrea alles in mich hinein. Die Bettwäsche nimmt sie aus der Verpackung, wirft diese in einen Müllbehälter und drückt die Wäsche fest in mein großes Fach, sodass sie meinen Reißverschluss gerade noch schließen kann. Als sie sich zum Ausgang wendet, werfe ich einen Blick hinter die Kassen in die Getränkeabteilung und glaube einen Moment lang, ich hätte Christian gesehen.

Andrea nimmt mich dieses Mal im Auto mit nach vorn. Sie muss erst einmal ein paar Minuten auf ihrem Sitz verharren, bevor sie das Auto startet und losfährt. Die Schlepperei scheint sie angestrengt zu haben, sie atmet laut und mit offenem Mund. Zu Hause geht sie ohne die Bierkiste nach oben. Sie trinkt ein großes Glas eiskaltes Wasser und öffnet die Post, die sie mit nach oben genommen hat.

»Das kann ja wohl nicht wahr sein. Der hat schon wieder nicht bezahlt«, flucht sie und greift zu ihrem Handy.

»Ach Scheiße, geh doch dran, du Idiot«, flucht sie weiter. Sie nimmt stattdessen das Festnetztelefon zur Hand und wählt eine Nummer aus der Kurzwahl.

»Hallo, hier ist Andrea Bischof«, sagt sie in den Hörer. »Ich dachte, ich hätte die Durchwahl meines

Mannes angerufen, kann ich ihn bitte sprechen?«

Sie hört schweigend zu, zieht sich einen Stuhl heran und setzt sich neben mich. Ich betrachte sie besorgt, sie ist aschfahl geworden.

»Nein, nein, er wollte mich sicher nicht beunruhigen. Ich bin im fünften Monat schwanger, er wollte vermutlich jede Aufregung für mich vermeiden. Danke, ja, Ihnen auch alles Gute.«

Andrea legt den Kopf auf den Küchentisch und weint. Zwischendurch verflucht sie ihren Mann, dann weint sie wieder.

In der hinteren Ecke der Küche sehe ich einen Vorhang, der bis auf den Boden reicht. Andrea schiebt ihn zur Seite und stellt mich zwischen eine Packung Cornflakes und einen Karton mit Milchtüten auf den Boden, weit nach hinten.

»Das ist der letzte Platz in der Wohnung, wo Christian etwas suchen würde«, murmelt sie und wischt sich die Tränen von der Wange. Sie hantiert ein wenig in der Küche und zieht irgendwann den Vorhang vor. Es riecht bei Weitem nicht so lecker wie all das Essen, was ich bislang gerochen habe.

Irgendwann höre ich den Fernseher, ein Vorabendkrimi. Es ist blöd, wenn einem das Bild zum Ton fehlt, aber plötzlich dringt mehr Ton zu mir durch, als mir lieb ist, und ich bin ganz froh, dass mir die Bilder erspart bleiben.

»Hast du wieder den ganzen Tag faul vor dem Fernseher gelegen, während ich arbeiten war?«, schreit Christian seine Frau an.

»Ich war nach der Arbeit zum Beispiel noch Bier für dich kaufen, es ist noch im Auto«, sagt Andrea tonlos.

»Dann geh es doch holen«, erwidert Christian, und ich höre, wie der Fernseher auf irgendeine Spielshow umgeschaltet wird.

»Das Essen ist fertig, ich wusste ja nicht, wann du heute von der Arbeit kommst«, sagt Andrea und die Stimmen kommen näher. Anscheinend ist Christian zu faul, um noch einmal zum Auto zu gehen, er scheint eher auf sein Bier zum Abendessen verzichten zu wollen.

»Spaghetti Bolognese, kannst du nicht mal wieder was Anständiges kochen?«, klagt Christian, und ich höre, wie er den Topfdeckel unsanft fallen lässt.

Andrea erklärt ihm, für mehr sei kein Geld da.

»Dann such dir eben einen anderen Job, der besser bezahlt ist. Oder geh zusätzlich putzen oder so«, sagt Christian mit vollem Mund.

»Das geht nicht«, sagt Andrea und lässt den Satz unkommentiert im Raum stehen. Der Vorhang zur Vorratskammer schwingt auf und Andrea greift nach einer Dose mit Reibkäse. Ich habe freien Blick auf den Tisch, wenn auch nur vom Boden aus.

»Warum soll das nicht gehen?« Christian reißt Andrea die Dose aus der Hand und bedient sich zuerst. Ich sehe, wie sein Bein unruhig unter dem Tisch wackelt.

»Weil niemand einen einstellt, wenn man schwanger ist.« Andrea hält die Luft an.

Christians Gabel fällt scheppernd zu Boden, seine Beine stehen still.

»Wie, schwanger?«

»Ich bitte dich, ich muss dir doch wirklich nicht erklären, wie man schwanger wird.«

»Aber wann …?«

»Mensch, Christian, jedes Mal, wenn du zu viel getrunken hast – und das ist ziemlich häufig. Du musst deinen Schwanz unter Kontrolle halten, wenn du nicht willst, dass ich schwanger werde. Ich freue mich jedenfalls auf das Kind, ich wollte immer Kinder haben«, braust Andrea auf.

»Aber du bist achtunddreißig.«

»Ja, und du sechsunddreißig, also in einem guten Alter, um die Verantwortung für ein Kind zu übernehmen.«

Plötzlich ändern sich Christians Gesichtszüge. »Dann bekommen wir künftig Kindergeld? Welche Zuschüsse gibt es sonst noch für junge Eltern?«

»Du könntest in Elternzeit gehen«, schlägt Andrea vor, und Christians Spaghetti, die er gerade in den Mund stecken wollte, fallen zurück auf den Teller.

»So einen schwulen Scheiß mach ich nicht«, schreit Christian.

»Eltern sein hat mit schwul sein nur selten zu tun«, sagt Andrea. Christian starrt sie nur an, er scheint sie nicht zu verstehen.

»Gibt es von deinem Arbeitgeber Geld zur Geburt?«

»Ganz sicher nicht.«

»Ganz sicher nicht, weil du gar keinen Arbeitgeber mehr hast?«

Christian springt auf, reißt den Kühlschrank auf und wirft ihn wieder zu, sodass die Flaschen in der Tür scheppern. »Kein Bier da.«

»Du hättest selbst Bier kaufen können, du hast schließlich den ganzen Tag Zeit«, schreit jetzt Andrea. »Wie lange gehst du denn schon jeden Tag aus dem Haus, ohne dass du zur Arbeit gehst? Kein Wunder, dass das Konto überzogen ist und du die Rechnungen nicht bezahlst. Wann hättest du mir das denn endlich sagen wollen?«

»Du willst mir doch hoffentlich nicht vorwerfen, ich hätte Geheimisse vor dir, dabei hast du mir verschwiegen, dass du schwanger bist.«

»Das willst du wohl nicht ernsthaft miteinander vergleichen.«

In den folgenden Minuten lerne ich einige Ausdrücke, die ich bislang noch gar nicht kannte. Ich glaube nicht, dass ich sie jemals gebrauchen werde, denn die billigen Taschen verstehen sowieso kein Deutsch, aber ich bin immer bereit, meinen Horizont zu erweitern. Ich kann mir nicht vorstellen, mit Taschen in Berührung zu kommen, die ich jemals so titulieren würde.

»Und wie lange dauert es noch, bis durch das Balg wenigstens Geld reinkommt?«, will Christian wissen.

»Wichtiger ist, dass du dir eine neue Stelle suchst. Du hast bald die Verantwortung für eine Familie, das wirst du doch wohl hinbekommen.«

»Wann kommt das Balg?«

»Ende November.«

»Das sind ja nur noch vier Monate«, ruft Christian erstaunt aus. »Einen blöderen Zeitpunkt hättest du dir wohl nicht aussuchen können.«

»Hätte ich gewusst …«

Ich rutsche noch ein wenig weiter an die Rückwand der Vorratskammer, raschele ein wenig mit den Cornflakes und hoffe, dass ich diesen Streit nicht länger hören muss.

Endlich muss Andrea mich nicht mehr verstecken. Es gibt kein Kinderzimmer, sodass Andrea ein Fach in ihrem Kleiderschrank leerräumt, um die Babysachen darin zu verstauen. Vieles hat sie von einer Freundin geschenkt bekommen, die kein weiteres Kind mehr möchte. Ihre Schwester hat nichts mehr, was sie ihr abgeben kann, aber sie bringt ihr immer wieder Kleinigkeiten mit. Inzwischen arbeitet Andrea nicht mehr und mir fällt auf, dass Kerstin nie kommt, wenn Christian zu Hause ist.

Es klingelt an der Tür, ich hänge direkt gegenüber an der Garderobe und freue mich auf Besuch. Es kommt so selten jemand hierher.

»Hier ist Nele mit Mami und Papi«, schallt es aus der Sprechanlage.

Wenig später klopft es und Andrea schleppt sich zur Tür. Als sie öffnet, steht dort eine Wiege aus hellem Holz. Andrea schlägt die Hand vor den Mund, Tränen kullern ihr über die Wange.

»Wir wollten ein wenig Vorfreude mitbringen«, sagt Kerstin und umarmt ihre Schwester.

»Gutes Gelingen«, sagt Michael und umarmt seine Schwägerin.

»Darf ich Patin werden?«, fragt Nele aufgeregt.

Andrea bittet alle herein und sie verschwinden aus meinem Sichtfeld. Nur eine riesige Eule bleibt an der Garderobe zurück.

›Du musst Billy sein. Ich bin Hedwig.‹

›Hat Nele dich genäht?‹, frage ich, obwohl ich die Antwort schon weiß.

Die Tasche ist aus braunem Stoff mit Federn und großen Knopfaugen.

›Eigentlich müsste ich bei dem Namen weiß sein, aber Nele hat ihrer Freundin Constanze erzählt, ich sei ein Beispiel für Integration. Darum wäre ich eine braune Eule. Was auch immer sie damit meint‹, erklärt mir Hedwig. ›Ich darf zu jeder Ausstellung und zu jeder Messe mit. Nele hat inzwischen eine eigene Internetseite. Sie näht ständig Taschen, Geldbörsen, Geldkatzen - und sie probiert immer wieder Neues aus. Sie möchte jetzt eine Ausbildung als Schneiderin machen, aber ihre Mutter hätte gern, dass sie das Abitur macht und Design studiert.‹

›Ich kenne einen Designer, der sogar den Innovationspreis meiner früheren Besitzerin gewonnen hat‹, erzähle ich stolz. ›Ich treffe ihn immer wieder im Aufzug, ich habe den Eindruck, er ist ein guter Freund von Andrea. Leider hat er keine Tasche, mit der ich Kontakt aufnehmen könnte, um Nele und ihn miteinander bekannt zu machen. Aber vielleicht fällt mir noch etwas ein.‹

›Du kennst Nele?‹, fragt Hedwig.

Ich überlege, wie ich das erklären soll, ohne blöd dazustehen.

›Nele hat mich ihrer Mutter zum vierzigsten Geburtstag geschenkt, ich war der Star des Tages. Beim Handwerkermarkt habe ich dafür gesorgt, alle Aufträge nach Hause zu bringen.‹ Das ist nicht einmal gelogen. Hedwigs Augen werden noch größer. ›Aber dann wurde Andrea schwanger und ich wurde hier dringender gebraucht, da hat Kerstin großherzig auf mich verzichtet.‹

Die Eule sieht mich erstaunt an. ›*Du* hast Kerstin gehört? Du passt aber gar nicht zu ihr.‹

›Ich glaube, Kerstin hatte ein wenig den Eindruck, sie hätte mich nicht verdient, darum hat sie mich hergegeben. Ich muss gestehen, es ist ein sehr netter Haushalt, in dem du jetzt gelandet bist, gib dir Mühe, dass du dortbleiben kannst. Ich habe hier meine liebe Not, alles zusammenzuhalten.‹

Ich verfalle in tiefgründiges Schweigen und überlasse es Hedwig, sich auszumalen, wie dieses Zusammenhalten wohl aussehen könnte. In Wirklichkeit ist es schwierig, alles zu tragen, was Andrea fast täglich in mich hineinstopft. Andrea muss jetzt nicht mehr arbeiten, die Geburt steht in Kürze bevor. Sie hat schon alles für Weihnachten eingekauft, weil sie nicht abschätzen kann, wie der Dezember verlaufen wird. Sie hat alle Babysachen besorgt. Sie hat auch viel Papierkram erledigt, ein eigenes Konto angelegt, hat Sachen zu ihrer Schwester gebracht, von denen Christian nichts wissen soll. Und immer wieder hat sie sich hübsch gemacht und ich habe mich schon gefreut, jetzt endlich einmal mit ihr auszugehen. Aber dann hat sie mich einfach hängenlassen, hat mich an der Garderobe vergessen und kam frühestens nach zwei Stunden wieder. Und sie sieht jetzt nicht mehr so aus, als sei sie in der Zwischenzeit joggen gewesen oder so.

»Sieh mal, ich habe meine Krankenhaustasche schon an der Wohnungstür stehen, falls es losgeht«, sagt Andrea, während Kerstin die Eule vom Haken nimmt. »Und deine alte Tasche habe ich auch gepackt, die nehme ich mit ins Krankenhaus mit der Erstausstattung fürs Baby. Ich weiß nicht, ob ich mich auf Christian verlassen kann. Er hat jetzt einen neuen Job, nachdem ich ihm mehrere Sachen herausgesucht und seine Bewerbungen aufgemotzt habe. Aber ich weiß, wie er ist, wieder ein paar dumme Sprüche, ein paar Kundinnen dumm angemacht, nicht pünktlich … Es wird immer die gleiche Leier bleiben.«

»Warum bekommst du dann auch noch ein Kind mit ihm, wenn du ihm nicht vertraust?«, fragt die große Schwester unverblümt.

»Damit ich endlich Tante werde«, strahlt Nele und versucht, Andrea zu drücken, was aber schwierig ist, da deren Äquator in Neles Brusthöhe ist. Also streicht sie ihr nur über den Bauch.

»Warum strampelt das Baby nicht mehr, schläft

es?«, will Nele wissen.

»Er ist schon zu groß, er hat keinen Platz mehr. Aber bald kannst du ihn richtig in den Arm nehmen.«

»Melde dich, wenn du Hilfe brauchst«, sagt Michael.

»Danke für die Wiege, die ist echt gigantisch«, antwortet Andrea und drückt ihren Schwager.

›Tschüss Billy, vielleicht sehen wir uns mal wieder. War nett mit dir‹, sagt Hedwig mit ihrer tiefen Stimme.

Ja, ich würde mich auch freuen, sie noch einmal zu sehen. Dieser komische Vogel war mir wesentlich lieber als die selbstverliebte Katze.

Das Licht im Flur geht an und Andrea schnappt sich ihren Mantel.

»Christian, jetzt komm schon«, ruft sie, aber Christian erscheint natürlich nicht.

»Ich kann so kein Auto fahren«, schreit Andrea und stöhnt, wie ich noch nie einen Menschen habe stöhnen hören.

Sie fummelt ihr Handy aus ihrer kleinen Handtasche und watschelt damit ins Bad; von laufen kann keine Rede mehr sein. Ich höre sie telefonieren, mitten in der Nacht. Ob sie ihre Schwester anruft? Oder ein Taxi bestellt?

Sie greift ihre Krankenhaustasche, wirft mich über ihre Schulter und nimmt auch noch ihre kleine Handtasche. Die Tür fällt krachend ins Schloss, sie drückt den Aufzugknopf und fährt hinunter. Sie wirft alles in den Kofferraum und schon wird es wieder dunkel um mich herum. War das überhaupt ihr eigenes Auto oder doch ein Taxi? Ich bin noch nie Taxi gefahren, ich kenne mich damit nicht aus. Hatte sie nicht gesagt, sie kann kein Auto fahren?

Stimmt, das kann sie wohl wirklich nicht, sie fährt schnell und hektisch. Ein anderes Auto hupt. Die Handtasche ist offen, die Einzelteile fallen im Kofferraum hin und her. Ich klemme mich zwischen die Kofferraumwand und die Tasche mit Andreas Nachthemden und Jogginghosen, Hausschuhen und Kulturbeutel. Die Reisetasche schläft noch, sie ist sehr verschlossen.

Der Kofferraum springt auf, ich sehe, dass die Warnblinkanlage eingeschaltet ist. Andrea flucht, während sie alles zusammenrafft und in die Tasche stopft.

Der Fahrer hievt uns Taschen hinaus. Er kommt mir unglaublich bekannt vor, den habe ich doch in anderem Zusammenhang schon mal gesehen. Wenn man mich nachts so aus dem Schlaf reißt, kann ich wirklich nicht klar denken.

Andrea schreit auf und gibt wieder dieses animalische Stöhnen von sich.

»Bring mein Auto nach Hause, du kannst jetzt nicht mitkommen«, ruft sie dem Taxifahrer zu. »Vielleicht kommt mein Mann doch noch nach.«

Natürlich kann der Taxifahrer nicht mit ins Krankenhaus, vielleicht ist Andrea auch noch müde.

Andrea schleppt sich stöhnend zur Eingangstür. Als eine Krankenschwester sie sieht, kommt sie gelaufen und drückt Andrea in einen Rollstuhl. Uns Taschen wirft sie ihr geradezu auf den Schoß und schiebt Andrea rasch zu einem großen Aufzug. Der ist sauber und hell und riecht frisch geputzt. Es geht also auch anders.

»Wie häufig kommen die Wehen?«, fragt die Krankenschwester.

Aber Andrea kann gerade nicht antworten und ich nehme an, die Schwester hat dieses Stöhnen gemeint.

»Sie hätten nicht ihren ganzen Hausstand mitbringen müssen, ihre Versichertenkarte und der Kulturbeutel hätten gereicht, alles andere können wir hier überbrücken, bis der Vater des Kindes die Sachen bringt.«

Der Aufzug stoppt und die Schwester schiebt Andrea einen langen Gang entlang. Sie nimmt ihre Sachen, also leider auch mich, und legt uns ins Schwesternzimmer.

Tränen laufen über Andreas Gesicht.

»Alles wird gut, Kindchen, wenn Ihr Mann erst mal hier ist, schaffen Sie das zusammmen.«

Eine Wehe erspart Andrea die Antwort.

Die nächsten Stunden stehen wir Taschen unbeachtet in der Ecke. Hektische Betriebsamkeit wechselt sich mit Telefonaten und Schichtübergaben ab.

»Ich bringe die Sachen von Frau Bischof mal in Zimmer vierzehn. Sie hat es geschafft, der Junge ist gesund und bildhübsch.«

Sie schnappt uns und bringt uns in ein Zimmer, in dem gerade eine andere Frau zu Abend isst. Waren wir nicht vor dem Frühstück gekommen?

Der Platz an der Tür ist leer, Andrea scheint noch irgendwo anders zu sein. Am Nachbarbett steht ein kleines Beistellbettchen, eine rosa Mütze umschließt etwas in der Größe einer Männerfaust. Ein Geräusch ist aus dem Bett zu hören und sofort stürmt eine Frau hin, die vermutlich die Oma des Mädchens ist. Schade, wer als Baby schon rosa trägt, wird vermutlich nie eine Tasche wie mich an seiner Seite haben. Aber vielleicht eher als ein Baby, das blau trägt.

Die Tür schwingt auf und zwei Krankenschwestern

schieben Andrea in einem Bett herein, im Arm hält sie ein winziges Bündel Mensch.

»So, Frau Schmied, das ist ihre neue Bettnachbarin, die Frau Bischof. Und sie hat einen Prachtjungen dabei. Ist der Vater eigentlich auch so dunkel?«, plappert die Krankenschwester gut gelaunt.

Andrea antwortet nicht, sie blickt lächelnd ihren kleinen Sohn an.

»Wie heißt er denn?«, fragt die Oma vom Nachbarbett und kommt neugierig zu Andrea. Das täte ich jetzt auch gern, ich würde mir sehr gern ansehen, wen ich in Zukunft rund um die Uhr um mich haben werde.

»Das ist Timur«, sagt Andrea und streicht dem Bündel über die langen, schwarzen Haare.

»Wie schade, dass die Haare wieder ausfallen werden«, sagt die Frau vom Nachbarbett. »Den Namen kenne ich gar nicht.«

»In der Nachbarschaft gibt es einen Timo und wir kennen noch einen Timon. Das finde ich alles schön, aber er soll nicht wie alle heißen, da bin ich auf Timur gestoßen«, erklärt Andrea.

Ich wundere mich, wann immer ich an ihrer Seite war, haben wir noch nie einen Ti-irgendwas getroffen.

Es klopft zaghaft und ich freue mich, Kerstin, Nele und Hedwig zu sehen. Sie gehen an den Spender mit Desinfektionslösung, dann läuft Nele ans Bett, küsst ihre Tante und beugt sich ganz dicht über das Baby.

Kerstin nimmt ihre Schwester in den Arm und gratuliert ihr herzlich.

›Hu, ein neues Küken‹, sagt Hedwig mit ihrer tiefen Eulen-Stimme. ›Erschreckend, wie unfertig so ein Menschlein ist, nicht wahr?‹

›Stell dir vor, wir Taschen kämen in einem solchen Zustand in die Läden und würden uns erst allmählich zu etwas Brauchbarem entwickeln‹, pflichte ich ihr bei.

›Die langsame Entwicklung von der Geldbörse zum Koffer‹, ergänzt die Eule.

»Der ist ja niedlich, gar nicht verknittert«, sagt Kerstin, und ich sehe, wie sie mit dem Daumen ein Kreuzzeichen auf seine Stirn malt.

»Er hat deine Nase«, sagt Nele und streicht mit ihrem Finger die winzige Nase entlang. Timur sperrt den Mund auf und möchte an ihrem Finger saugen. »Die Lippen sind so süß. Der Mund sieht aber gar nicht aus wie deiner.«

»Wie hat Christian sich während der Geburt gehalten?«, fragt Kerstin und blickt entsetzt, als sie mit der Frage eine Tränenflut auslöst. Der Kleine fängt ebenfalls an zu weinen und Andrea möchte schon nach der Krankenschwester klingeln, als Kerstin ihr rät, ihm einfach die Brust zu geben.

Das ist etwas, was uns Taschen leider fehlt. An so eine Frauenbrust würde ich auch gern … Ach, ein Taschenleben ist nicht immer einfach. Hedwig blickt mich an, als könne sie meine Gedanken lesen und fände sie gar nicht gut. Ich schweige besser.

Ich bin fasziniert, wie schwierig es für so ein Menschlein ist, bis es elementare Dinge verstanden hat. Trinken kann doch nicht so schwer sein. Ich musste als Tasche doch auch nicht erst lernen, wie ein Reißverschluss sich öffnet oder wie ich Sachen zu tragen habe. Aber diese dummen Menschen können wirklich gar nichts. Andrea klingelt doch nach der Krankenschwester, während Kerstin ihr Handy zückt und sich in die Ecke verzieht, in der ich gerade stehe.

»Christian, warum bist du nicht bei deiner Frau?«, sagt Kerstin in einem Tonfall, den ich ihr gar nicht zugetraut hätte. »Du kommst jetzt sofort hierher. Was heißt, du kannst kein Auto mehr fahren? Du sollst nicht saufen, du sollst deiner Frau beistehen. Und dich allmählich darauf vorbereiten, dass du jetzt die Verantwortung für eine ganze Familie hast. Ich schicke dir Michael vorbei, der bringt dich her. Falls du aussiehst, wie du klingst, solltest du die Zeit nutzen, um noch unter die Dusche zu gehen.«

›Manchmal haben wir Taschen es aber auch besser als Menschen, wir sehen immer gut aus, wir müssen uns dafür nicht lange zurechtmachen‹, sagt Hedwig.

Wie gut, dass Andrea das Telefonat nicht mit angehört hat. Kerstin hat zwischenzeitlich Michael instruiert, seinen Schwager abzuholen, jetzt greift sie nach der Reisetasche und packt Andreas Sachen in den Spind und ins Bad.

»Die rote Tasche kannst du mir geben, die kommt nachher in meinen Nachtschrank«, sagt Andrea müde. Timur ist nach wenigen Schlucken in ihren Armen eingeschlafen.

»Sollen wir dich in Ruhe lassen?«, bietet Kerstin an, aber Andrea ist dankbar, dass jemand bei ihr ist und sich gemeinsam mit ihr freut. Ich stehe am Fußende des Bettes und bin froh, mittendrin sein zu dürfen. Ich muss zugeben, dass ich mich auch freue, Hedwig wiederzusehen, auch wenn sie, wie die meisten Frauen, fast nur Augen für das Baby hat und mir nicht die Aufmerksamkeit schenkt, die ich mir erhofft hatte.

Der Kleine sieht echt süß aus, das muss ich zugeben. Die dunklen Haare, der dunkle Teint … Ich weiß aus dem Taschenladen, dass einige Frauen viel Zeit und Geld in Sonnenbänke investieren, bis sie so eine schöne Farbe bekommen.

Die Tür wird ohne anzuklopfen aufgerissen und Christian stürmt herein, dicht gefolgt von Michael, der seine Schwägerin anlächelt und ihr herzlich gratuliert. Er nimmt seine Frau und seine Tochter in den Arm und strahlt. Also Michael, nicht etwa Christian. Der ignoriert seine Frau völlig und sieht nur Timur an. Er streicht sich die blonden Haare aus der Stirn und kneift seine wässrigen Augen zusammen, um das Kind genauer betrachten zu können.

»Ich habe mich gefragt, woher der Kleine diesen süßen Mund hat, aber er ist ganz der Vater«, sagt die Oma von nebenan und gratuliert Christian überschwänglich, der sie nur irritiert anstarrt. Er ist ganz bleich geworden und fährt sich mit der Hand über die Lippen.

Ich folge den Blicken aller, die wie eine Acht hin und her schauen: von Christian zu Timur, von Timur zu Andrea, von Andrea zu Timur, dann wieder zu Christian …

›Hedwig, was sagst du als Frau dazu?‹, frage ich Kerstins neue Tasche. Vielleicht hat sie einen anderen Blick als ich. Aber Hedwig schweigt. Man sagt Eulen ja nach, sie seien weise. Aber gilt das wirklich auch für Taschen in Eulenform?

Christian sieht seine Frau an, unfähig zu sprechen. Er öffnet den Mund, schließt ihn aber wieder wortlos.

»Weck den Kleinen nicht auf«, warnt Andrea. Auch ich ahne, dass er gleich schreien wird. Also Christian, nicht der Kleine. Ich habe ihn nicht häufig gesehen, weil Andrea mich lange Zeit ebenso versteckt hat wie die ganze Schwangerschaft, aber wenn ich mir Christians Züge so ansehe … Und Timurs Züge … Das Kind kommt mir seltsam vertraut vor. Als wüsste ich heute schon, wie er in dreißig Jahren aussieht. Und dann sehe ich es. Mir fällt vor Schreck der Henkel herunter. Wie kann es sein, dass Christian das nicht auch sieht?

Hedwig ist natürlich aufmerksam und starrt mich

mit ihren Knopfaugen an. ›Billy?‹, sagt sie nur, aber ich schweige.

Ich stelle mir diese Situation als Gespräch im Taschenladen vor:

Eine Frau entscheidet sich für ein Prachtexemplar wie mich, eine große, rote Citytasche. Und für ein schwarzes Herrenportemonnaie für ihren Gatten. Und die Verkäuferin flötet: ›Das ist ein ganz fantastisches Ensemble, das passt wunderbar zueinander, als sei es aus einer Serie.‹

Wer kann denn auf so etwas hereinfallen?

Timur bewegt sich und gibt nuckelnde Geräusche von sich.

»Den Durst hat er jedenfalls von dir, ich glaube, jetzt kann ich das schon ohne Hilfe«, sagt Andrea und legt das Bündel an ihre Brust.

»Das mit dem Mund und der Ähnlichkeit habe ich nicht verstanden«, lallt Christian.

Ich sehe, wie Andrea Kerstin einen flehentlichen Blick zuwirft.

»Soll Michael dich wieder nach Hause fahren?«, fragt Kerstin ihren Schwager.

Der blickt angestrengt auf seine Uhr.

»Es ist gleich sieben«, hilft Nele ihm.

»Dann kannst du mich beim Fußballtraining rauslassen«, bringt Christian mühsam hervor.

Die beiden Frauen am Nachbarbett bekommen Schnappatmung. Ich fühle mich, als sei ich eine weiße Tasche und wäre nur immer rot, weil ich mich so für Christian fremdschäme. Auch Hedwig hat sich ein wenig aufgeplustert und lässt hörbar Luft entweichen, als Kerstin ein Taschentuch in ihrer Tasche sucht.

»Super Idee, komm, wir fahren«, sagt Michael und wirft seiner Frau einen fragenden Blick zu.

»Hast du deinem Chef schon Bescheid gesagt?«, fragt Andrea. »Dann musst du morgen sicher nicht zur Arbeit und kannst früh vorbeikommen, der Kleine hat sich bis morgen sicher schon total verändert.«

Das kenne ich auch aus dem Taschenladen. Da kaufen Frauen eine Tasche, die ihr Geld wirklich wert ist. So ein richtig schmuckes Teil aus feinstem Leder, mit handgefertigten Elementen. Und dann kommen sie am nächsten Tag wieder und sagen, die Tasche hat sich zu Hause als nicht so funktional, nicht so schön, nicht zum Kleid passend oder was auch immer herausgestellt. Und auch wenn die Verkäuferin das vielleicht glaubt, ich sehe sofort, dass die Taschen anders aussehen. Sie haben vielleicht keine Beschädigungen, aber sie haben Eindrücke. Da hatte ich immer schon den Verdacht, manches verändert sich über Nacht. Diese Taschen, ausnahmslose teure Stücke, hatten auch immer etwas zu erzählen. Was sie so in der Nacht erlebt haben. Partys, Empfänge, Hochzeiten, Bälle. Aber am nächsten Morgen gefielen sie der Käuferin nicht mehr. Die lassen sich dann das Geld wiedergeben. Bei Christian scheint es vor allem um das Geld zu gehen. Ich habe nur den Eindruck, wenn er Timur und Andrea abgeben möchte, kostet ihn das Geld, ich glaube nicht, dass da etwas für ihn herauskommt.

Christian wankt am Bett vorbei zur Tür, ohne sich von seiner Frau oder seinem Sohn zu verabschieden. Kerstin drückt Hedwig an sich, um sie zu schützen. Im Vorbeigehen bleibt Christian mit seiner schlaff herunterhängenden Hand an mir hängen und wirft mich vom Bett. Ich scheppere laut, ein anderes Mittel zum Protest bleibt mir ja kaum, da mein Reißverschluss leider geschlossen ist, sonst hätte ich alles auf dem Boden verstreut. Das erinnert mich an etwas …

»Kannst du mir bitte mal mein Handy aus der Tasche geben?«, sagt Andrea zu ihrer Schwester, als die Männer die Tür hinter sich geschlossen haben. Nele hat mich schon wieder aufgehoben und überprüft, ob alles in Ordnung ist. Ich schmiege mich dankbar in ihre warmen Hände, aber ich glaube, das merkt sie nicht.

Kerstins Hände sind eiskalt, so kenne ich sie gar nicht. Auch ihr Gesicht sieht schlecht durchblutet aus. Sie öffnet meinen Reißverschluss und mir bleibt nur die Möglichkeit, einen Lippenstift herauszuspucken, der natürlich aufgeht und in zwei verschiedene Richtungen über den Fußboden rollt. Nele hechtet hinterher, es ist süß, wie sie alles für ihre Tante tun würde.

Kerstin hat das Handy gefunden und hält es ihrer Schwester hin.

»Willst du mir vielleicht etwas sagen?«

Hedwig spitzt ihre Ohren, ich spanne die Henkel an. Wir schweigen erwartungsvoll.

Die beiden Frauen nebenan bekommen es vielleicht nicht mit, aber ich sehe genau, wie Andrea den Kopf schüttelt und auf ihr Handy zeigt. Kerstin reicht es ihr und Andrea tippt mit einer Hand darauf herum. Dann summt Kerstins Handy. Timur verschluckt sich, er weiß noch immer nicht, wie man trinkt. Andrea wirft das Handy auf ihre Bettdecke und lässt den Zwerg aufstoßen. Ich sehe noch die Nachricht auf dem Display. Diese Nachricht ist wohl gerade auf Kerstins Handy eingetroffen, denn Hedwig liest mir den gleichen Text vor, den ich gerade lesen kann. Warum tippt Andrea das, statt es Kerstin einfach zu sagen? Vielleicht möchte sie vor Nele oder den fremden Frauen nicht so offen sein.

›Ich muss den Vater informieren‹, liest Hedwig mir tonlos vor. Jetzt fängt es an, spannend zu werden.

Ich bin froh, dass ich aus dem Krankenhaus raus bin. Es war doch sehr unpersönlich dort, außerdem diese vielen Menschen, die mich letztlich gar nicht beachtet haben … Es gab sogar Zeiten, zu denen Andrea mich in den Nachtschrank gesperrt hat.

Christian schenkt dem Baby genauso wenig Beachtung wie mir. Er beklagt sich, wenn die Wiege des Kleinen irgendwo im Weg steht. Eigentlich beklagt er sich schon, wenn er die Wiege überhaupt nur sieht. Timur ist wirklich ein pflegeleichtes Kind, er meldet sich nur, wenn er Hunger hat. Oder wenn er eine frische Windel braucht, was ich einerseits sehr bedauere, denn nur dann komme ich zum Einsatz, andererseits gäbe es schönere Einsatzgebiete für mich. Wenn wir zu Hause sind, hat Andrea alles, was sie braucht, auf der Waschmaschine im Bad aufgebaut. Aber sobald wir unterwegs sind, muss ich immer hautnah dabei sein, wenn Timur in die Windel gemacht hat. Ich schleppe alles mit, was so ein Baby braucht – und zusätzlich alles Mögliche, was der Kleine ganz bestimmt nicht braucht. Andrea ist nie länger als zwei Stunden von zu Hause weg. Für die Zeit hat sie drei Windeln, drei Wechselgarnituren, ein Ersatz-T-Shirt für sich selbst, Still-Einlagen, Feuchttücher, trockene Tücher, Stoffwindeln, die Timur vollspucken darf … Als ob so ein Baby nicht schon schwer genug wäre, heben sich die Mütter einen Bruch an dem Equipment, das sie für alle Fälle immer dabeihaben. Gut, wären Frauen nicht so, müsste es gar keine Taschen von meinem Format geben. Denn Männer können quasi alles, was sie wirklich brauchen, in ihren Hosentaschen unterbringen; wenn es wirklich viel ist, nehmen sie noch die Jackentasche hinzu. Wozu brauchen Frauen also wirklich so große Taschen? Damit sie bei Bedarf sofort das Land verlassen können, vermute ich. Und Andrea hat exakt diesen Blick, als ginge ihr genau das durch den Kopf. Und ich weiß auch, für welches Land sie sich entscheiden würde.

»Heute Abend will ich mal wieder pünktlich warmes Essen auf dem Tisch, ist das so schwer?«, fragt Christian und beäugt kritisch, was Andrea ihm auf sein Butterbrot zum Mitnehmen geschmiert hat.

Timur hat immer dann Hunger, wenn Andrea gerade das Essen vorbereitet. Und da die Belange des Kindes natürlich vorgehen, muss sie anschließend die miese Laune ihres Mannes ertragen. Ich glaube, er ist fast erleichtert, dass er wieder einen Job hat und den ganzen Tag außer Haus sein darf.

»Ich sehe, was sich machen lässt«, presst Andrea hervor.

Christian steht auf, ohne Timur eines Blickes zu würdigen, dann knallt er die Tür hinter sich zu, woraufhin Timur das Gesicht verzieht und zu weinen beginnt. Bis heute Abend haben wir Ruhe vor ihm. Andrea greift zu ihrem Handy und tippt eine Nachricht. Ich weiß, was jetzt kommt, ich blicke erwartungsvoll auf die Uhr.

Zehn Minuten später klingelt es an der Wohnungstür. Andreas Blick entspannt sich. Seit Christian das Haus verlassen hat, hat sie den Frühstückstisch abgedeckt und die Spülmaschine ausgeräumt. Jetzt beginnt der schöne Teil des Tages.

»Papa ist da«, sagt Andrea in Richtung der Wiege und eilt in den Flur. Sobald die Wohnungstür geschlossen ist, wird sie in den Arm genommen und gedrückt. Mein Reißverschluss verzieht sich zu einem Lächeln.

122

Wenn ich diese Lippen sehe, weiß ich endlich, was die Frau im Krankenhaus mit ›Ganz der Vater‹ gemeint hatte. Gürkan Oktay kommt in die Küche und beugt sich über die Wiege.

»Guten Morgen, mein Sohn«, sagt er mit einer warmen, tiefen Stimme. Meine Henkel erbeben bei so viel Liebe.

Timur wedelt unkontrolliert mit den Ärmchen. Sofort nimmt Gürkan ihn hoch und drückt ihn an seine Wange.

»Sieh mal, der Papa hat sich für dich rasiert«, sagt er. Gestern hatte er noch einen Bart, aber da hat Timur geweint, als er ihn berührt hat. Heute wird er ganz still in seinen Händen. »Ich habe mit meiner Schwester gesprochen, wenn du möchtest, kannst du mit dem Kleinen sofort zu ihr ziehen.«

Gürkan drückt Andrea einen Zettel mit einer Anschrift in die Hand, den sie nach einem Blick darauf in mir verschwinden lässt. Ich bin zu einer Art Tresor geworden. Alles, was für Andrea wertvoll ist, findet in mir einen Platz. Ich bin viel mehr, als nur eine Tasche, ich bin ihr engster Vertrauter. Ich bin vielleicht der Einzige, der weiß, wie sehr Andrea in zwei Welten lebt. Diese eine Stunde, bevor Gürkan zur Arbeit geht, gehört nur den dreien. Da geht Andrea nicht ans Telefon, beantwortet keine Chats, sondern ist nur für ihre kleine Familie da. Gürkan genießt es, seinen Sohn zu wickeln, er strahlt Andrea einfach nur an, wenn sie ihn in seiner Anwesenheit stillt. Er singt ihm Lieder vor, die völlig anders klingen als die Lieder, die Andrea ihm vorsingt, wenn sie ihn nach dem Trinken noch an der Schulter liegen hat. Gürkan erklärt, das seien Lieder, die seine Großmutter aus Anatolien ihm und seinen Geschwistern und Nichten und Neffen vorgesungen hätte.

»Ich traue mich noch nicht, Christian die Wahrheit zu sagen und ihn zu verlassen. Und deine Schwester wohnt fast drei Stunden von hier entfernt. Dann könnte der Kleine seinen Papa gar nicht sehen.« Sie streicht Timur mit der rechten und Gürkan mit der linken Hand über den Kopf.

Gürkan hält ihre Hand fest und schaut ihr tief in die Augen. Ich kenne diesen Blick, wenn eine Frau ihren Autoschlüssel nicht findet oder ihren Lippenstift und es gerade nichts Wichtigeres gibt.

»Ich bin hier nicht wichtig; wichtig ist, dass es dir und Timur gut geht. Und solange du mit diesem Vollpfosten zusammenlebst, geht es dir nicht gut.«

Andrea entwindet sich seinem Griff und fasst ihre Haare zu einem Pferdeschwanz zusammen, den sie sofort wieder auflöst.

»Ich habe dir das schon mehrfach erklärt. Im Moment hat Christian mich einfach noch in der Hand. Aber lass mich darüber nachdenken, wahrscheinlich hast du recht. Ich werde auch mal mit meiner Schwester darüber sprechen, sie kennt Christian und kann ihn vielleicht einschätzen.«

Gürkan drückt Andrea tröstend an sich.

»Übrigens würde meine Schwester dich gern kennenlernen«, sagt Andrea.

»Wenn es dir recht ist, dann sag ihr, wann ich hier bin. Oder was hältst du davon, wenn wir zu deiner Schwester fahren? Ich freue mich darauf, sie kennenzulernen. Aber wenn dein Mann nichts davon mitbekommen soll, geht es wohl nicht vor Dienstag, wir müssen die Entwürfe für einen Wettbewerb unbedingt bis Montag auf den Weg bringen.«

»Das ist eine gute Idee. Ich brauche eure Unterstützung, um Christian endlich zu verlassen.«

»Ich verstehe wirklich nicht, warum du noch hier bist. Du kannst doch mit Timur erst einmal zu mir ziehen.«

Andrea schüttelt den Kopf. »Du hast keine Vorstellung davon, wie gewalttätig Christian sein kann. Wäre ich sonst noch bei ihm? Wir müssen uns eine Wohnung suchen, die weit weg von hier ist. Und Christian darf nicht erfahren, wo wir wohnen. Aber lass uns einen Schritt nach dem anderen machen. Er sieht den Kleinen gar nicht an, darum begreift er wohl gar nicht, dass Timur nicht sein Kind ist. Genauso, wie er nicht begriffen hat, dass Timur ein türkischer Name ist. Im Grunde begreift er gar nichts. Ich weiß nicht, was ich jemals an ihm gefunden habe, aber es nutzt nichts, jetzt darüber zu lamentieren.«

»Wie wäre es, wenn ich in meiner Wohnung ein Kinderzimmer für Timur einrichte? Wir könnten uns dann oben treffen, Wiege, Wickeltisch, ich habe doch Platz für alles. Vielleicht möchte dein Schwager noch ein Kinderbett für Timur bauen, das dann zu mir nach oben kommt? Das reduziert die Gefahr, dass dein Mann mich in eurer gemeinsamen Wohnung antrifft. Und dann könnt ihr früher oder später ganz bei mir einziehen.«

Endlich begreife ich, wo Andrea immer war, wenn sie mich in der Wohnung zurückgelassen hat und wenig später gut gelaunt zurückkam. Das war der Mann, der ihr an meinem ersten Tag vom Balkon zugewinkt hatte – und sie hatte gesehen, dass Christian hinter der Gardine stand und hatte deswegen nicht zurückgewunken. Ich freue mich auf Gürkans Wohnung, aber Andrea ist skeptisch.

»Was ist mit deiner gesprächigen Nachbarin?«, fragt sie besorgt.

Gürkan lacht. »Die hat noch immer nicht begriffen, dass ich deutscher bin als manch anderer, der hier geboren ist. Sie spricht höchstens in einzelnen Worten mit mir, immer laut und langsam. Und ich kann mir nicht vorstellen, dass dein Mann sich mit ihr unterhält.«

»Ich schicke dir eine Nachricht, vielleicht können wir morgen noch zu Kerstin, ich möchte nicht mehr länger warten. Kommst du dann direkt von der Arbeit? Ich traue mich nicht, mit dir gemeinsam von hier zu ihr zu fahren. Ich weiß nicht, was passieren würde, wenn Christian uns gemeinsam draußen sehen würde.«

Gürkan hat den Vorteil, dass er zwar in einem Designer-Büro sitzt und sich Entwürfe ausdenkt, Modelle baut und versucht, seine Dinge zu vermarkten. Aber sein Chef ist außerordentlich flexibel, wenn er von zu Hause arbeiten möchte oder Inspiration braucht, wie er es nennt, dann muss er nicht ins Büro kommen. Seit er den von-Steffeln-Innovationspreis gewonnen hat, geht es der Firma erfreulich gut, sie kann sich vor Aufträgen kaum retten und Gürkan genießt eine gewisse Narrenfreiheit, selbst unter Termindruck.

Ich fühle mich ein wenig wie Gürkan, wenn er mit zwei Nachbarinnen im Aufzug ist. Die beiden ahnen auch nicht, dass ich alles verstehe und unterhalten sich die ganze Zeit über meine Fächer hinweg.

Ich freue mich darauf, Hedwig wiederzusehen und vielleicht auch Nele, die mich wirklich mag, aber ich muss mich wohl noch gedulden. Andrea stopft mich voll mit allem Möglichen und Unmöglichem und nimmt mich mit zum Arzt. Timur nehmen wir auch mit. Ich höre, dass heute Babysprechstunde ist, was bedeutet, dass nur so kleine Schreihälse wie Timur im Wartezimmer sind. Die Mütter sind alle ein wenig unförmig, mit Milchflecken auf ihren T-Shirts und Möhrchenflecken auf den Schultern, wenn sie mit etwas älteren Babys da sind. Ich bin die einzige Edeltasche, alle anderen haben diese billigen Kunststofftaschen, die zwar funktional sein mögen, aber einfach keinen Stil haben. Ich sehe, wie Andrea etwas neidisch eine Mutter beäugt, die nur die mit der Tasche verknüpfte Decke aufklappen muss und schon ihr Kind wickeln kann. Andreas Hand geht zu ihrer Nase, als die Windel aufklappt.

»Die ersten Fleischgläschen«, erklärt die Mutter.

Ich würde mir auch gern die Poren verschließen, aber bei mir geht das leider nicht.

Es gibt hier nichts Schönes für mich zu sehen. Keine netten Taschen, keine hübschen Frauen … Alle haben nur ihre Babys im Sinn, die geben sich gar keine Mühe, Männern zu gefallen. Die Kleidung ist funktional, nichts Körperbetontes, was in vielen Fällen auch gut so ist.

Nach einer gefühlten Ewigkeit wird Andrea aufgerufen. Die Ärztin ist zufrieden, Timur entwickelt sich wohl prächtig. Sie wundert sich über Timurs dunkle Hautfarbe und fragt, ob Andreas Mann Südländer sei.

»Nein, mein Mann kommt von hier. Aber der Vater des Kindes ist Türke.«

Die Ärztin blickt sie mitleidig an.

Ich bin heilfroh, als ich aus der Praxis raus bin. Es riecht nicht gerade gut in einer Praxis mit lauter Windelscheißern.

Als nächstes fährt Andrea zu einer Stillgruppe. Acht Mütter mit ihren Säuglingen füllen einen winzigen Raum, in dem es Rohkost mit kalorienarmem Dip gibt und in dem sich alles um Brüste dreht. Das ist an sich ein sehr schönes Thema, aber es geht um Milchstau, Brustentzündungen und ähnliches. Andrea scheint sich in dieser Runde wohlzufühlen, sie ist viel entspannter, als ich sie sonst erlebe. Aber ich kann diesem neuen Leben als Wickeltasche einfach nichts abgewinnen. Es ist immer laut und stinkig um mich herum. Timurs Windel ist jetzt auch schon wieder voll und Andrea holt alles aus mir heraus. Also Decke, Windel, Feuchttücher, das volle Programm. Ich stehe direkt daneben und sehe zu und da trifft es mich wie aus heiterem Himmel. Dieser kleine Pipimann hat doch tatsächlich nichts anderes zu tun, als mich im hohen Bogen anzupinkeln. Ich würde erwarten, dass Andrea aufschreit und mich trockenwischt, aber stattdessen legt sie Timur trocken, spielt mit ihm, unterhält sich mit den anderen Müttern … Und auf mir bilden sich hässliche Flecke, aber niemanden interessiert das. Ich bin zutiefst enttäuscht, so wurde ich noch nie vernachlässigt.

In den nächsten Tagen folgen ein Babykurs, eine private Einladung zu einer Mutter mit gleichaltrigen Zwillingen, der Besuch eines Fachgeschäftes für Babybedarf … Mein Bedarf ist jedenfalls gedeckt. Ich bin ein Star, holt mich hier raus!

Ich fahre nachher noch zu Kerstin, ich weiß nicht, wann ich zurück bin«, sagt Andrea und legt die Dose mit Christians Butterbroten neben seinen Teller.

»Von mir aus kannst du ganz dableiben, dann muss ich dich und diesen Balg wenigstens nicht mehr um mich ertragen. Wann bekommst du es denn endlich hin, dass er nachts nicht mehr schreit?«, fragt Christian aufgebracht.

Andrea starrt ihn mit großen Augen an.

»Timur ist jetzt drei Wochen alt, was erwartest du denn?«

»Ich erwarte, dass ich endlich mal wieder in Ruhe schlafen kann, dass ich die Sportschau sehen kann, ohne dass das Kind plärrt, dass die Wohnung abends ordentlich aussieht, wenn ich nach Hause komme. Mehr erwarte ich gar nicht.«

Andrea nimmt mich zur Hand und stopft einen frisch gewaschenen Strampler in mich hinein. Ich rieche Christians stinkenden Atem.

»Wenn Timur dich nachts stört, dann schlaf doch im Wohnzimmer auf der Couch«, sagt Andrea aufgebracht.

Christian starrt sie an. »Soweit kommt es noch, dass ich aus dem Schlafzimmer ausziehe. Wenn hier jemand geht, dann du.«

»Das ist eine sehr gute Idee«, sagt Andrea und wirft verstohlen einen Blick in meine Innentasche, in der sie in den letzten Tagen etwas Geld deponiert hat.

»Jetzt tu nicht so, als könntest du ohne mich überleben«, lacht Christian höhnisch. »Mit den paar Kröten, die du verdienst, kommst du nicht über die Runden. Und mit diesem Klotz am Bein ist an arbeiten sowieso erst einmal nicht zu denken.«

»Seltsam, meine paar Kröten waren dir als Sicherheit durchaus genug, als dass ich all deine Kredite mitunterzeichnen musste. Für dein blödes Angeberauto, für deinen überdimensionierten Fernseher, für dein Konto, was mal wieder überzogen war … Da war ich dir gut genug.«

Christian grinst Andrea spöttisch an und ihre Hände krampfen sich um meinen Griff.

»Denk gar nicht darüber nach, dich von mir zu trennen. Ich gebe sofort meinen Job auf und bin arbeitslos und die Bank holt sich dann das Geld bei dir.«

Andrea kocht vor Wut. »Ist das deine Art, mir zu sagen, dass du schon wieder arbeitslos bist? Dass du nicht einmal die Probezeit überstanden hast? Hast du dich schon wieder mit deinem Chef angelegt? Oder hast du die beste Kundin beleidigt? Oder schon bei der Arbeit mit dem Trinken angefangen, nicht erst zu Hause?«

Morgens ist Christian noch nicht ganz auf Touren, da kann Andrea besser mit ihm streiten als abends, wenn er zu viel getrunken hat und keine Grenzen mehr kennt. Ihm ist es sowieso egal, wenn er zu spät zur Arbeit kommt, er hat keine Eile.

Timur kräht zaghaft und Andrea nimmt ihn auf den Arm. Christian greift nach mir und schleudert mich in die Ecke. Schon wieder eine Delle in meiner Außenhaut, daneben bekomme ich sofort eine Platzwunde. Bitte, Andrea, hol uns hier raus!

Christian beäugt Timur skeptisch. Normalerweise würdigt er ihn keines Blickes, aber heute sieht er ihn sich sehr genau an.

»Diese alte Ziege aus dem sechsten Stock hat mich gestern im Aufzug darauf angesprochen, ob ich die Frau mit dem Baby kennen würde. Die aus dem vierten Stock. Die hat gar nicht begriffen, wer ich bin. Sie meinte, das Kind sei doch wohl von ihrem Nachbarn, diesem Türken.« Er dreht Timurs Kopf unsanft zu sich, worauf der Kleine natürlich zu weinen beginnt.

»Sollte ich herausfinden, dass die Alte recht hat, versichere ich dir, ich trommele meine Kumpel vom

Fußball zusammen und dann zeigen wir dem Kanacken mal, wie man in Deutschland mit Männern umgeht, die sich an fremden Frauen vergreifen. Scheiß Ausländerpack. Dann lernt der mal kennen, wie Ehrenmord auf Deutsch geht.«

Ich frage mich, warum es so schlimm sein soll, Ausländer zu sein. Timur ist doch zur Hälfte deutsch. Anders ist es bei uns Taschen doch auch nicht. Oder bei Autos, bei Handys, bei all diesen Dingen, die die Menschen jeden Tag benutzen und um sich haben. Die allerwenigsten davon sind deutsch oder wenn, dann haben sie fast immer auch ausländische Anteile. Und sei es nur der Reißverschluss, der nicht in Deutschland gefertigt wurde. Oder das Leder kommt von Tieren, die es hier gar nicht gibt. Und dann frage ich mich, worüber dieser Christian sich überhaupt aufregt. Wäre es schlimm, wenn Timur zum Teil ›Ausländer‹ ist? Wobei Gürkan doch in Deutschland geboren und aufgewachsen ist, wie er im Aufzug erzählt hat. Ich verstehe das Problem einfach nicht.

Andrea presst das schreiende Kind an sich.

»Du musst jetzt zur Arbeit«, sagt sie stockend.

»Ich entscheide hier immer noch selbst, was ich muss und was nicht. Sieh zu, dass du mir aus dem Weg gehst.«

Er schubst Andrea und drängt sich an ihr vorbei durch den Flur.

Als die Tür krachend hinter ihm ins Schloss fällt, hebt Andrea mich vom Boden auf, packt ihr Handy und tippt:

›Komm heute nicht herunter, Christian ist alarmiert. Er könnte dir auflauern. Wir sehen uns bei Kerstin.‹

Den ganzen Tag verbringt Andrea damit, Papiere und Erinnerungsstücke in Kartons zu packen, die sie nach und nach ins Auto schleppt. Mit Kind ist das ziemlich schwierig, denn bei jeder Aufzugfahrt muss sie den Kleinen in einer Rückentrage mitnehmen. Die wichtigsten Papiere packt sie in mich, denn ohne mich ist sie völlig hilflos.

Sie achtet darauf, dass Christian nicht spontan sehen kann, dass etwas fehlt. Sie drapiert die Sachen etwas lockerer im Regal. Dann packt sie zwei Koffer mit Kleidung und hängt die Wintermäntel und unmodern gewordene Kleider, die zuvor in den Koffern lagerten, in ihren Schrank, damit er nicht so leer aussieht.

Sie schnappt sich einen Ordner mit Christians Versicherungsunterlagen und steckt den anstelle von zwei Wechselgarnituren in mich. Wir fahren in die Stadt und sie macht Kopien in einem Schreibwarenladen.

Endlich fahren wir in mein altes Zuhause. Ich freue mich auf Hedwig und das freundliche Haus mit den netten Menschen. Ich darf auf dem Beifahrersitz stehen, weil im Fußraum ein Blumenstrauß für Kerstin liegt. Andrea bleibt im Auto sitzen, bis ein uralter Golf neben uns parkt und Gürkan aussteigt. Er tritt sofort an unser Auto heran und nimmt Timur aus seinem Sitz. Der Kleine schmiegt sich ruhig an ihn.

Wie erwartet wird es ein lockerer Nachmittag. Kerstin fragt Gürkan freundlich, aber dezent aus. Gürkan erzählt, wie sein Vater in den 1970ern mit dessen Eltern und drei Geschwistern nach Anatolien gefahren ist, um seine Großeltern und die Großfamilie zu besuchen. Die Kinder mussten die ganze lange Fahrt auf der Rückbank des alten Mercedes kauern, weil nicht nur der Kofferraum, sondern auch der Fußraum vollgestellt war mit all den Dingen, die die Familie aus Deutschland mitgebracht haben wollte. In Anatolien hätten sie dann alle belagert und sich um die Elektrogeräte gerissen. Sie seien stolz gewesen auf einen Braun-Rasierer oder einen Toaster von Onkel Achmed aus Deutschland, das hätte sie von den anderen Dorfbewohnern unterschieden.

›Ach, was für ein schönes Paar, wie sie da so eng umschlungen sitzen, den friedlichen Kleinen auf Gürkans Beinen liegend. Zum Glück ist Timur ganz *der* Vater und nicht ganz *der andere* Vater‹, seufzt Hedwig.

Mein Verschluss ist ein wenig eingeschnappt. Hedwig sieht wieder nur das Baby, ihre Eulenaugen wenden sich mir überhaupt nicht zu.

›Ich freue mich wirklich für Andrea, in Gürkan hat sie einen echten Mann gefunden, so einen wie mich, der immer treu an ihrer Seite stünde, wenn sie ihn denn ließe. Er ist immer für den Kleinen da, genau wie ich. Er trägt alles für sie, wie eine echte Tasche das auch macht. Wir sind genau die richtigen für Andrea.‹

›Ja, auf uns Taschen ist Verlass‹, sagt die Eule.

Das hat wohl nicht geklappt. Ich muss ihre Aufmerksamkeit anders gewinnen.

›Ich bin so ein Armer‹, versuche ich die Mitleidsnummer. ›Während du sicher mit tollen Menschen zu tun hast, die dir tagtäglich begegnen, wenn du mit Kerstin unterwegs bist, muss ich diesen Christian ertragen und finde mich in Krabbelgruppen wieder und werde im Einkaufswagen zwischen Babygläschen und Windeln durch den Drogeriemarkt geschoben.‹

Endlich beäugt mich Hedwig, ich spanne meine äußeren Fächer an.

›Dachte ich mir doch, dass du dich sogar fahren lässt, statt selbst am Arm zu hängen. Du siehst auch aus, als seist du ganz schön aus dem Leim gegangen.‹

Puh, das hat gesessen. Ich falle in mich zusammen.

›Irgendwie siehst du formlos aus, du solltest mehr auf deine Figur achten‹, schiebt sie jetzt noch nach.

›Wie sollte ich denn?‹, frage ich verzweifelt. ›Tag für Tag quetscht sie alles in mich hinein, ich bin total verstopft, habe selten mal die Gelegenheit, mich komplett zu leeren, stattdessen kommt immer etwas Neues dazu. Bewegung habe ich gar keine, weil ich immer am Kinderwagen hänge oder im Einkaufswagen stehe. Ich kann noch nicht einmal hin und her schlenkern. Was soll ich denn machen?‹

So hatte ich mir die Mitleidsnummer nicht vorgestellt.

»Kann ich ein paar Sachen bei euch deponieren?«, beendet Andrea die gute Stimmung. Alle starren sie erstaunt an. Sie berichtet von ihrem heutigen Streit mit Christian und von ihrem Entschluss, ihn in Kürze zu verlassen. Die beiden Männer gehen zusammen nach draußen, um das Auto auszuladen.

»Ich glaube, Gürkan war die beste Entscheidung deines Lebens«, sagt Kerstin zu ihrer Schwester, die sie dankbar anlächelt und sich ein paar Tränen von der Wange wischt.

»Er würde alles für mich tun, aber ich habe Angst vor Christian. Es wäre nicht das erste Mal, dass er im Suff völlig ausrastet.«

»Umso wichtiger, dass du erst einmal außer

Reichweite kommst. Ich finde die Idee gut, zu Gürkans Schwester zu ziehen. Wenn sie es dir doch angeboten hat, solltest du das ruhig tun.«

»Ich bin sicher, er wird als erstes zu euch kommen und Druck machen, wo ich bin. Was ist, wenn er hier alles kurz und klein schlägt?«, fragt Andrea verzweifelt.

Kerstin lacht gequält. »Hast du unseren neuen Gesellen schon einmal gesehen? An dem traut dein Mann sich nicht vorbei. Christian hat zwar eine große Klappe, aber eigentlich ist er doch ein armes Würstchen. Ich glaube nicht, dass er sich wirklich traut, sich hier gewaltsam Zutritt zu verschaffen.«

Die Männer kommen lachend zurück und setzen sich wieder. Sie scheinen sich gut zu verstehen.

Nele stürmt zur Haustür herein, verharrt in der Bewegung, als sie Gürkan sieht. Ich sehe direkt, dass sie ihn attraktiv findet, wie sie wahrscheinlich jeden Mann in den Zwanzigern derzeit attraktiv findet. Aber er sieht auch wirklich schmuck aus. Und wenn ein Mann ein Baby auf dem Arm hat, scheint das bei Frauen direkt einen Hormonschub hervorzurufen und den Wunsch nach Fortpflanzung zu wecken.

Nele wendet sich ihrer Tante zu, umarmt sie herzlich und fährt Timur sanft mit der Hand über den Kopf.

»Hallo, ich bin Nele«, sagt sie dann und hält Gürkan die Hand hin. Ihr Blick wandert zwischen dem Kleinen und dem Großen hin und her.

»Andrea, du bist wirklich fremdgegangen?«, sagt sie unverblümt.

»Nele«, rufen die Erwachsenen schockiert aus, Gürkan errötet.

»Du kennst doch Christian«, sagt Andrea nur.

»Herzlichen Glückwunsch, ich hatte wirklich

befürchtet, Christian wäre der Vater«, erklärt Nele ihre Frage. »Dann kann aus Timur echt noch was werden, ein hübscher, kluger Junge, der sich freut, wenn seine Tante ihm was vorliest und der nicht nur vor dem Fernseher hängt.«

›Auf den Punkt gebracht‹, sagt Hedwig und versucht, ihre Flügel aneinanderzuschlagen.

›Touché‹, sage ich.

Die Anspannung löst sich, Andrea legt den Arm um Nele und fragt sie, ob sie Timur halten möchte.

»Gleich, ich habe doch noch etwas für euch«, ruft Nele und läuft aus dem Zimmer.

Wenig später kommt sie mit einem großen Etwas in grünem Geschenkpapier wieder.

»Ich habe doch auf dem Handwerkermarkt meine Liebe zum Nähen entdeckt.«

»Und zu Malte«, ergänzt ihre Mutter.

Nele errötet, lächelt aber verträumt.

»Ja, auch. Ich wollte dir die eigentlich zu Weihnachten schenken, aber ich möchte nicht länger warten. Packst du es jetzt schon aus? Es ist aber für Weihnachten, dann bekommst du nichts mehr.« Nele ist ganz aufgeregt und setzt sich auf die Armlehne des Sofas neben ihre Tante.

Ich bin genauso neugierig wie Andrea. Die Eule sieht mich erwartungsvoll an.

»Oh Nele, die ist ja genial«, jauchzt Andrea und Timur schreckt zusammen. Gürkan legt ihm eine Hand um den Kopf und drückt ihn an seine Brust, sodass er sofort wieder ruhig wird.

Erst als Gürkan sich wieder an die Rückenlehne anlehnt, kann ich an ihm vorbeischauen. Nele hat eine bunte Wickeltasche genäht. Aus bunten Eulen-Stoffen hat sie eine Decke zusammengesetzt, die sich um die

Tasche wickeln lässt. Die Tasche hat einzelne Fächer, in die Andrea alles ordentlich einsortieren kann. Sie kann ein Fläschchen in eine Seitentasche stellen, ohne dass es umfällt. Wirklich eine sehr schöne Handarbeit, ich bin beeindruckt.

›Na, was sagst du dazu?‹, fragt mich Hedwig zaghaft.

›Was soll ich schon sagen, das hat Nele wirklich gut gemacht. Sie hat ein Händchen für solche Dinge. Mal gespannt, ob sie damit auch bald in Serie geht.‹

›Mehr hast du dazu nicht zu sagen?‹, fragt Hedwig erstaunt.

Ich blicke sie irritiert an. Aber bevor ich etwas sagen kann, wird mir klar, was die Eule meint.

Andrea ist aufgesprungen und umarmt ihre Nichte stürmisch. Sie ist ganz aus dem Häuschen, so befreit habe ich sie noch nie erlebt. Die Decke ist auf der Liegeseite ganz weich, Andrea streicht damit über Timurs und Gürkans Arm. Dann springt Andrea auf und ergreift mich. Sie reißt den Verschluss auf, schüttet all meinen Inhalt auf das Sofa und faltet alles, was dadurch unordentlich auf einem Stapel liegt, wieder ordentlich und verstaut es in der neuen Tasche. Die spricht übrigens kein Wort mit Hedwig und mir. Dann greift Andrea noch in meine Vordertasche und holt das Untersuchungsheft heraus, für das Nele natürlich auch ein Extrafach vorgesehen hat, sogar mit Plastik ausgekleidet, damit es nicht nass werden kann, falls mal etwas ausläuft. Und den Zettel mit der Adresse von Gürkans Schwester lässt sie in der Tasche verschwinden. Ich bin nicht einmal mehr ihr Tresor.

»Ihr Lieben, ich muss jetzt wirklich nach Hause, bevor Christian heimkommt. Ich habe euch alle so lieb. Was würde ich ohne euch bloß machen. Ich halte euch auf dem Laufenden. Alles wird gut!«

Gürkan ist schon aufgestanden und fummelt Timurs Ärmchen in die dicke Jacke, bevor er den Kleinen im Kindersitz anschnallt.

Andrea blickt auf die Uhr. »Die Tasche hat sowieso Flecken, wo Timur neulich draufgepinkelt hat. Heute hat der Umsonstladen schon geschlossen, aber morgen bringe ich sie dorthin, vielleicht leistet sie jemand anderem noch gute Dienste. Ich habe ja jetzt eine wunderschöne Wickeltasche. Ach, Nele, du bist die Beste.«

Ich sehe aus dem Reißverschlusswinkel, wie die Eule verschämt unter sich blickt. Alle drücken sich und auch ich werde gedrückt, nämlich leer unter Andreas Arm, bevor sie mich achtlos in den Kofferraum wirft.

›Tut mir leid‹, flüstert die neue Wickeltasche verschämt, bevor sie in Schweigen verfällt.

5 Kim is on the road again

»Haben Sie keinen Wintermantel in meiner Größe?«

Den Satz habe ich in den letzten Tagen schon mehrfach gehört. Es scheint draußen recht kalt zu sein und die Leute tummeln sich in diesem Laden auf der Suche nach Mützen, Handschuhen, Winterstiefeln und warmen Mänteln. Anfangs habe ich mich gewundert, dass die alle einfach so hinausmarschiert sind, ohne dass eine Alarmanlage schrillt, aber dann habe ich aus einem Gespräch herausgehört, dass es hier abgelegte Kleidung umsonst gibt. Viele Dinge, die eine Frau von Steffeln höchstens zweimal getragen hätte - oder eher gar nicht -, landen letztlich hier, aber auch einige Sachen, die aussehen, als seien sie sehr oft getragen worden und schon lange aus der Mode. Gestern kam eine alte Frau und hat die Habseligkeiten ihres verstorbenen Mannes hier abgeliefert, viele gut erhaltene Sachen, die aber alle schon recht angestaubt wirkten.

»Ich habe viel mehr gefunden, als ich erwartet hatte«, sagt eine junge Frau und stopft einen Schein in das Sparschwein an der Kasse. Schade, dass ich keinen Blick in die Umkleide werfen konnte, ich hätte sie gern in den Klamotten gesehen, die sie da im Arm hält. Der Rock hat etwa die Größe von Kerstins Unterhosen. Auf den superhohen Stiefeln habe ich sie laufen sehen, das sah wirklich gut aus. Dann noch dieser strassbesetzte Gürtel dazu … Ein sehr eigener Stil.

»Bist du zum ersten Mal hier?«, fragt die Frau hinter dem Tresen.

»Ja, ich bin völlig überrascht, was ich hier alles finden kann.« Sie blickt sich suchend um.

»Sind die Klamotten für dich selbst?«, fragt die Mütterliche hinter der Theke stirnrunzelnd. »Wir haben auch eine Umkleide, das da sieht alles arg klein aus für dich.«

Die junge Frau stopft eine durchsichtige, kurze Bluse in den Schaft des Stiefels.

»Die sind alle für mich und die passen«, sagt sie trotzig.

»Brauchst du noch eine warme Jacke für drauf?«, fragt die Frau fürsorglich.

»Danke, geht schon«, antwortet die junge Frau und bückt sich, weil ihr der Gürtel vom Stapel gerutscht ist.

»Brauchst du vielleicht eine Tasche?«

Die Mütterliche dreht sich zu mir um und stellt mich auf den Tresen. »Darin bekommst du alles unter.«

Oh ja, mit dieser blonden Schönheit würde ich gern mitgehen. Sie soll jetzt bloß nicht nein sagen.

Sie möchte mich von der Theke nehmen, aber ihre Gel-Fingernägel sind ihr beim Greifen im Weg. Sie scheint noch keine Routine damit zu haben. Ich befürchte, die hinterlassen Kratzer auf dem Leder und wenn sie in einem herumstochern, ist das sicher nicht angenehm.

»Willst du sie? Ich pack dir alles ein, Kindchen. Ich weiß, es ist schwer, zum ersten Mal in den Umsonstladen oder in die Kleiderkammer zu gehen.«

Die junge Dame nickt verschämt. »Meine Eltern wollen mein Studium nicht länger bezahlen. Mein Vater hatte nie Verständnis für mich, jetzt haben sie sich getrennt und meine Mutter hat noch keinen Job …«

Ich bekomme Mitleid mit ihr, aber eine beige, altmodische Handtasche, die neben mir im Regal stand, lacht spöttisch.

›Wenn du so lange hier stehst wie ich, dann hast du jede Begründung schon einmal gehört, warum Leute hierherkommen. Die meisten erzählen was von

140

Arbeitslosigkeit und Trennung, alle stellen sich als Opfer dar. Ich glaube, nicht einmal die Hälfte der rührseligen Geschichten ist wahr.‹

›Du meinst, jeder behauptet, er ist unverschuldet verschuldet?‹, frage ich. Ich habe noch nie ein Wort mit ihr gewechselt, sie wirkte immer unglaublich langweilig auf mich.

Sie zuckt verächtlich mit ihrer schlaffen Außentasche. ›Es sind immer die anderen schuld, niemand kommt hierher und sagt, er hätte Mist gebaut und wäre deshalb jetzt pleite.‹

›Ich habe hier auch schon welche gesehen, die es sich leisten können, sich nichts zu leisten.‹

Jetzt starrt sie mich völlig verständnislos an.

›Na ich meine, da kommen immer wieder junge Leute, die es hip finden, in einem Second hand-Laden etwas aufzustöbern, was sie für schick halten, auch wenn sie genug Geld hätten, um sich etwas Neues zu kaufen. Aber retro ist cool.‹

Ich sehe schon, dieses gute, alte Stück versteht mich genauso wenig wie eine Tasche aus China. Ich komme gar nicht dazu, mehr zu erklären, denn die Mütterliche dehnt mir die Außenwände auseinander und haut mir als erstes die Absätze in die Seiten. Holla, die Waldfee, das ist ja mal ein unerwartetes Gefühl. Ich hätte nie gedacht, dass Stiefeltritte so erotisch sein können. Schade nur, dass die Beine in den Stiefeln fehlen. Da stellt sich mir natürlich die Frage, wozu der Gürtel gebraucht wird.

Die junge Dame, deren Namen ich noch immer nicht weiß, zieht mich auseinander, damit die Bluse und der Rock auch noch hineinpassen. Ich darf also wirklich mit. Ich bin ganz aufgeregt. Sie lässt mich zuschnappen und wühlt in ihrer Hosentasche.

»Die Tasche sieht zwar ganz schön mitgenommen aus, aber ich möchte Ihnen dafür noch einen Fünfer dalassen.« Sie steckt noch einen Schein in das Sparschwein. »Danke für Ihre Unterstützung.«

Wäre ich aus Krokodilleder, kämen mir die Tränen. Da war die Verkäuferin im Taschenladen seinerzeit so stolz, dass ich mit dreißig Prozent Rabatt nur noch knapp über fünfhundert Euro gekostet habe. Und jetzt? Ich bin eine hundertprozentige Tasche – und sie zahlt nur ein Prozent von hundert für mich.

Als wir den Laden verlassen, ist es schon dunkel, sodass ich gar nicht erkennen kann, wohin wir fahren. Sie bezahlt den Bus nicht, hält nur eine Karte hin und der Fahrer nickt ihr zu. Der Bus hält vor einem riesigen Haus, mindestens fünfzig Klingelschilder und Briefkästen. An einem schwarzen Brett hängen mehrere Abholscheine für Pakete, Zeitungsstapel liegen auf dem Boden. Es riecht nach Essen, billigem Essen.

Wir fahren in den sechsten Stock, wo die junge Frau eine Tür aufschließt und sich an Bergen von Geschirr vorbei in einen kleinen Raum zwängt. Das Bett ist ungemacht, auf dem Schreibtisch türmen sich Bücher, auf dem Boden steht ein Drucker, auf dem ebenfalls einige Bücher liegen. In einer Ecke des Raums steht eine Staffelei mit einem wunderschönen Bild, Farbtuben liegen auf dem Boden neben einem Glas mit Pinseln. Ich bin auf den Rest der Wohnung gespannt.

Ihr Handy klingelt. Sie atmet tief durch und stellt das Gerät auf Lautsprecher. Sie nutzt die freien Hände, um ihre Pinsel zu trocknen und ihre Tuben nach Farben zu sortieren.

»Hallo, hier ist Jasmin. Was kann ich für dich tun?«

Wow, was für eine Stimme. Ob sie Schauspielerin ist? Im Umsonstladen klang sie ganz anders.

»Hallo Jasmin. Bist du heute Abend noch frei?«

»Sicher, mein Lieber, weißt du, wohin du kommen musst?«

Der Mann am anderen Ende lacht. »Natürlich weiß ich, wohin ich kommen muss. In einer Stunde?«

Jasmin verdreht die Augen genauso wie Andrea, wenn sie mit Christian telefoniert hat. »Super, ich werde da sein. Klingel bei der einhundertsiebzehn. Hast du besondere Wünsche?«

Interessant, kaum habe ich gedacht, sie wirkt so genervt wie Andrea bei Christian, schon klingt der Typ wie Christian. Es gibt faszinierende Täuschungen. Jetzt habe ich ganz verpasst, was er gesagt hat. Aber das Gespräch ist auch schon beendet, Jasmin tippt auf ihrem Handy.

»Hallo Lisa, hier ist Kim. Ich kann heute Abend leider nicht kommen, mir ist etwas dazwischengekommen. Meine Mutter hat gerade angerufen, sie braucht mich dringend, aber wir sehen uns morgen in der Vorlesung. Ich wünsche euch trotzdem viel Spaß im Kino. - Ja, ich finde es auch schade, aber du kennst doch meine Mutter. - Bis morgen.«

Wieso Kim? Ich denke, sie heißt Jasmin? Ob sie eine kleine Identitätskrise hat? Ich sehe uns schon beim Psychologen auf der Couch liegen. Und eine Lügnerin scheint sie auch zu sein. Wo bin ich hier hingeraten? Und wo ist diese tiefe Stimme hingeraten, die sie eben noch hatte?

Sie nimmt mich mit zu der verschlossenen Tür, hinter der sich der Rest der Wohnung wohl verbirgt. Kaltes, weißes Licht blendet mich. Wenn ich könnte, würde ich entsetzt die Augen aufreißen – oder zusammenkneifen, damit ich nicht sehen muss, dass diese Nasszelle tatsächlich der gesamte Rest der Wohnung ist. Das kann doch nicht wahr sein. Jasmin oder Kim zieht die Jeans und den Pulli aus und wirft sie in einen Wäschekorb. Sie nimmt einen winzigen schwarzen Slip von einem Handtuch und fühlt daran.

»Mist, noch nicht ganz trocken. Egal, er wird glauben, ich sei schon so schnell so feucht geworden«, murmelt sie und tastet zwischen den Falten des Handtuches nach einem BH. Würde ich nicht die grundsätzliche Form wiedererkennen, wüsste ich kaum, wozu das Ding sein sollte. Ich kannte nur die funktionale Variante, aber dieses Fetzchen ist aus schwarzer Spitze und raffiniert geschnitten. Nach Andreas Milchbrüsten enttäuschen mich die Tittchen ein wenig, aber nachdem sie den BH angezogen hat, sieht das alles schon ganz anders aus. Sie reißt eine Packung mit halterlosen Strümpfen auf, und ich kann kaum hinsehen, wie sie diese zärtlich an ihrem Bein hinaufgleiten lässt. Dann klappt sie einen Spiegelschrank über dem Waschbecken auf und wählt verschiedene Schminkutensilien aus, die sie in eine völlig andere Frau verwandeln. Sie greift in einen Putzeimer und zerrt eine rotblonde Perücke von einem Fußball. Im Nu verschwinden ihre Strähnen unter diesen künstlichen Haaren. Das sieht sehr routiniert aus, ich sage doch, sie wird Schauspielerin sein.

Sie schüttet meinen Inhalt auf eine flauschige Fußmatte und stellt mich daneben. Ich freue mich schon auf die Sachen, die sie im Umsonstladen ausgewählt hat, aber sie wirft diese ebenfalls in den Wäschekorb und streift sich stattdessen einen weißen, knielangen Rock und ein schwarzes T-Shirt mit Strass-Steinen über.

Sie greift zu roten Stilettos, die ihre schlanken Beine sicher hervorragend zur Geltung bringen. Und mich

144

natürlich, denn ich passe wunderbar zu den Schuhen. Fast bin ich ein bisschen beleidigt, dass die Dame im Umsonstladen ihr mich geradezu aufdrängen musste, sie hätte eigentlich nach mir gieren müssen.

Das Handy klingelt. Kim schaut genervt auf die Uhr und nimmt den Anruf dennoch an.

»Hallo Mama, hier ist Kim. Tut mir echt leid, aber ich habe gerade gar keine Zeit für dich. Ich bin mit Lisa und den Mädels im Kino verabredet und ich bin schon spät dran. Ja, ich melde mich morgen, versprochen. Ich hab' dich auch lieb. Bis morgen!«

Sie wirft das Handy in mich, außerdem noch verschiedene Utensilien, die ich so schnell gar nicht erkenne. Was ich jedoch deutlich spüre, sind die Bleistiftabsätze ihrer roten Schuhe in meinem Futter. Aua! Ich sage doch, sie ist eine notorische Lügnerin. Hat sie nicht gerade Lisa abgesagt, weil sie zu ihrer Mutter muss? Und heißt sie jetzt doch Kim? Ich bin verwirrt.

Sie streift sich einen langen Mantel über und läuft zum Bus, der schon auf die Haltestelle zusteuert. Ich sehe, dass sie billige Turnschuhe und dicke Socken trägt. Ich werde einfach nicht schlau aus ihr, das passt doch gar nicht zu ihrem sonstigen Outfit.

Wir fahren nur zwei Stationen und steigen vor einem Haus mit ähnlich vielen Klingeln und Briefkästen aus. Sie läuft am Aufzug vorbei die Treppe hoch und öffnet eine Tür, auf deren Klingelschild nur *App. 117* steht.

Als sie den Schalter betätigt, wird ein großer Raum rötlich beleuchtet. Puh, hier ist es warm. Das empfindet Kim wohl genauso, sie lässt mich auf einen weichen Teppich fallen, macht das Fenster auf und wirft ihren Mantel in einen Kleiderschrank. Ich wende kurz den Blick von ihr, um mich umzusehen. Es gibt einen

Schminktisch mit Spiegel und einen Hocker davor sowie einen kleinen Glastisch vor einem Sesselchen, ansonsten wird der Raum von einem großen, metallenen Bett beherrscht. Die rote Bettwäsche glänzt seidig. Der Raum ist zwar einerseits gemütlich, aber zugleich unpersönlich. Als ich wieder zu Kim sehe, sind die Turnschuhe und Socken ebenfalls im Schrank verschwunden und sie zieht mich zu sich heran. Endlich befreit sie mich von den bleistiftdünnen Absätzen, die mich übel gepiekt haben. Außerdem zieht sie ein paar rote, plüschige Handschellen aus meinem Innersten hervor. Ich finde es eine gute Idee, dass sie mich gegen Diebstahl sichern möchte.

Sie stopft ein blondes Haar unter die Perücke und fährt zusammen, als es an der Tür klingelt. Sie wirft mich unsanft in die Ecke zwischen Schminktisch und Wand, direkt neben dem Bett. Die Handschellen behält sie in der Hand, als sie zur Tür geht.

»Hallo, ich bin Jasmin. Komm doch rein. Möchtest du mir einen Sekt spendieren?«

Ah, Jasmin ist gekommen. Auf die bin ich gespannt. Ich kann gar nichts sehen aus meiner Ecke.

Aber es kommen nur Kim und ein Mann herein, der einen Kapuzenpulli unter einer Lederjacke trägt. Er kommt mir vage bekannt vor, aber ich sehe sein Gesicht nicht, da er die Jacke einfach auf den Boden geworfen hat und jetzt seinen Pulli über den Kopf zieht.

»Nein, keinen Sekt. So einen Firlefanz wirst du doch wohl nicht brauchen, um mir einen zu blasen, hoffe ich.«

Zum ersten Mal bin ich froh, dass diese merkwürdigen Menschen nicht ahnen, dass wir Taschen lebendig sind. Selbst, falls er mich wiedererkennen sollte, was ich kaum glaube, dann weiß er nicht, was ich bei

146

Andrea schon alles miterlebt habe. Denn es ist tatsächlich Christian, daran gibt es jetzt keinen Zweifel mehr.

Ich frage mich, wo Jasmin ist, als Kim den Mund aufmacht und zu einem perfekten o formt. Sie leckt sich über die Lippen, die jetzt genauso rot sind wie ich, was ich sehr schmeichelhaft finde.

»Sonst hast du keine Wünsche?«, fragt Kim mit der gleichen Stimme, die ich von Jasmin kenne. Oder ist Kim etwa Jasmin? Ich verstehe das nicht.

»Jetzt red' nicht so viel, fang an. Reden konnte meine Frau auch, dafür bezahle ich kein Geld.«

Oh ja, er ist genauso unsympathisch, wie ich ihn in Erinnerung habe. Ich hatte immer gedacht, es läge an Andrea, aber er hat wohl vor *allen* Frauen keinen Respekt.

Kim oder Jasmin lächelt krampfhaft weiter, aber ich sehe, dass das Lächeln ihre Augen nicht erreicht. Christian ist in Gedanken ganz woanders, sofern er überhaupt denkt, er scheint es nicht zu bemerken.

»Was willst du denn mit den Handschellen?«, fragt er mit bebender Stimme. Bebend vor Erregung oder vor Angst? Das scheint Kim-Jasmin sich auch zu fragen.

»Möchtest du es mal versuchen, wie es sich anfühlt, wenn du dich mir auslieferst?«, schlägt sie vor und die Stimme ist so tief, dass sie über den Boden auf das Bett zuzukriechen scheint.

»Falsch, Schätzchen, wenn schon, dann lieferst du dich mir aus. Aber heute schauen wir erst einmal, was du so draufhast. Zieh dich endlich aus.«

Kein Wunder, dass Andrea darauf geachtet hat, dass das Licht schon aus war, bevor Christian ins Bett kam. Er steht mitten im Raum und hat sein Hemd schon aufgeknöpft, während Jasmin - denn ich kann nicht glauben, dass das Kim ist - vor ihm kniet und versucht, seinen Bauch so dezent anzuheben, dass sie den Knopf lösen und seine Hose herunterziehen kann. Sobald der Knopf sich öffnet, springt der Reißverschluss von selbst auf. Was Jasmin da entgegenspringt, riecht ungewaschen. Sie muss husten, was Christian mit einem heftigen Stoß gegen ihre Schultern quittiert.

Jasmin steht auf und wendet sich einer Tür zu, die ich bisher gar nicht beachtet hatte.

»Wollen wir zusammen duschen?«, schlägt sie mit dieser verführerischen Stimme vor, aber Christian möchte keine Zeit verlieren. Jasmin kann ihn immerhin davon überzeugen, dass er sich aufs Bett legt, dann geht sie ins Badezimmer und kommt mit Wasser, Öl und verschiedenen Schwämmen wieder.

Schweigend lässt Christian diese Grundreinigung über sich ergehen. Sein Portemonnaie ist aus seiner Gesäßtasche gefallen und liegt direkt vor mir auf dem Teppich.

›Kennen wir uns nicht?‹, fragt mich die Geldbörse, die erschreckend mager aussieht.

›Na klar, ich bin doch der Billy, Billy von Wogner. Ich habe total vergessen, wie du heißt.‹ Ich bin ziemlich sicher, dass wir beide noch nie ein Wort gewechselt haben, aber ich bin froh, dass ich mich mit der Geldbörse unterhalten kann.

›Ich bin T.K.‹, sagt die Börse.

›T.K.?‹

›Ich weiß selbst nicht, wofür das steht, ich weiß nur, dass ich Maxx mit Nachnamen heiße.‹

›Dann sag ich einfach Max zu dir, okay?‹

Max wackelt, was ich als Nicken werte. In ihm klimpern einige wenige Münzen.

›Entschuldige, wenn ich das so sage, aber du siehst

148

aus, als ginge es dir nicht gut‹, sage ich mitfühlend.

›Ich weiß, ich werde immer dünner‹, sagt Max und schluchzt. ›Heute ist die Scheckkarte im Automaten stecken geblieben und kam nicht mehr heraus. Von der Kreditkarte musste ich mich schon vor längerer Zeit verabschieden. Die eine oder andere Mitgliedskarte hat Christian in den letzten Tagen auch abgeben müssen. Es steht nicht gut um ihn, seit Andrea mit dem Kleinen ausgezogen ist, glaube ich.‹

›Ich bin neu bei Kim, was will Christian jetzt hier?‹

Ich mag es nicht, wie Max mich meckernd auslacht. ›Kim? Du meinst Jasmin. Aber ist auch egal. Was kann er von einer Prostituierten schon wollen, Sex natürlich. Ein Blow-Job ist sicherlich nicht das, was ihm so vorschwebt, aber wenn ich mal in mein Innerstes sehe, ist es das Einzige, was er sich heute leisten kann.‹

›Aber bräuchte Andrea das Geld nicht viel nötiger für Timur?‹, frage ich entsetzt.

›Nachdem Christian endlich begriffen hat, dass der Kleine nicht von ihm ist, zahlt er Andrea keinen Cent. Ich finde es schade, dass ich Andrea und den Kleinen jetzt gar nicht mehr sehe. Andreas Portemonnaie geht es hoffentlich besser als mir.‹

Wir haben beide Christians Hand nicht kommen sehen. Sie grapscht nach Max und reißt ihn auseinander. Christian zieht einen Schein heraus und wirft ihn auf den Boden. Jasmin hat sich abgewandt, dreht sich aber schnell um und schnappt sich den Schein.

»War's das?«, fragt sie fast tonlos.

Christian steigt schon wieder in seine Hose und Schuhe.

»Das habe ich schon besser erlebt«, murmelt er.

Jasmin hat sich in einen Morgenrock gehüllt. Manchmal bin ich wirklich ein viel zu soziales Wesen und verpasse vor lauter Gespräch das Wesentliche. Es ist zum Heulen.

Christian stopft seine Geldbörse in seine Gesäßtasche.

›Tschüss Max, pass auf dich auf‹, rufe ich hinterher.

›Genieß es, Billy‹, gibt Max mir mit auf den Weg, bevor sich die Wohnungstür mit einem Knall hinter den beiden schließt.

»Das ging ja wenigstens flott«, sagt Jasmin, öffnet das Fenster und läuft ins Bad. Ich höre die Dusche und bin traurig, als Jasmin vollständig angezogen rauskommt. Sie hatte dort wohl eine Jeans und einen Pulli deponiert, worunter die dicken Socken und die Turnschuhe durchaus passen. Ihre langen Fingernägel schaben schon wieder an meinem Futter, als sie eine Zahnbürste und Kaugummi heraussucht. Sie verschwindet noch einmal im Bad und kommt wenig später telefonierend heraus.

»Lisa, hier ist Kim. Ich schaffe es nicht mehr zur Werbung, aber zum Beginn des Films bin ich da, okay? Kauf eine Karte für mich mit und hinterlege sie an der Kasse. Ich freue mich.«

Dann wirft Jasmin – oder ist es doch Kim? – die Pumps und ihre Kleider wieder in mich, zieht die Bettwäsche ab und läuft mit mir zum Bus.

So hatte ich mir den Vormittag nicht vorgestellt. Kim, ich bin sicher, heute ist es Kim, hat einen Ordner und zwei Bücher in mich gestopft und ist mit mir zur Uni gefahren. Da stehe ich jetzt unter dem Tisch und höre mir langweilige Dinge über Renaissance und Architektur an. Das erinnert mich an meine Schulzeit bei

Constanze, die auch nicht spannend war. Ich dachte, aus dem Alter sei ich endlich raus.

»Kommst du heute Abend mit zum Poetry Slam?«, fragt Lisa, die ich schon aus dem Kino kenne. Au ja, Poetry Slam klingt interessant, da möchte ich gern mitgehen.

»Tut mir leid, ich muss heute Abend arbeiten.« Ich sehe Kim ihre Enttäuschung an.

»Du hast noch immer nichts von deiner neuen Arbeit erzählt, was machst du denn?«, möchte Lisa wissen.

Jetzt wird es sicher interessant.

Kim schweigt, was Lisa aber nicht zu merken scheint.

»Was sind das eigentlich für schreckliche Fingernägel, die du neuerdings trägst? Die passen gar nicht zu dir.«

»Hey, Kim, mein Bruder meinte gestern, er hätte eine Frau an der Ausfallstraße stehen sehen, die dir unheimlich geähnelt hätte. Hast du noch eine Schwester?«, fragt ein junger Mann im schwarzen Rollkragenpulli.

Lisa sieht Kim eindringlich an.

»Ich muss zur Toilette, du auch?«

Ich hasse Damentoiletten, aber mir war klar, dass Kim sofort mitkommt.

Vor der Toilette steht eine Schlange bis draußen hin. Lisa zieht Kim weg von dort in eine Ecke, in der uns niemand belauschen kann.

»Jetzt sag nicht, Tims Bruder hat wirklich *dich* gesehen.«

Kim blickt Lisa trotzig an. »Kim is on the road again, doch. Das ist ein Beruf, in dem sich schnell Geld verdienen lässt. Ich kann meine Miete nicht mehr bezahlen, mein Bafög läuft nächstes Semester aus, ich muss sehen, wie ich schnell viel Geld bekomme. Und das ist ein Job, für den ich nichts gelernt haben muss und wo es großen Bedarf gibt.«

Lisa lacht bitter. »Ja, großen Bedarf kann man das auch nennen. Denkst du denn gar nicht an Krankheiten?«

»Glaub mir, ich denke an nichts anderes. Aber das kriege ich schon hin, ich bin schließlich nicht blöd. Meistens sind die Typen ganz okay, viele Familienväter und Geschäftsleute. Man muss halt sehen, wo man sich anbietet.«

»Und das machst du dann in deiner winzigen Studentenbude zwischen Büchern und schmutzigen Tellern?«

Kim lacht. »Nein, ich habe einen Schlüssel für eine Wohnung, die wir uns mit ein paar Mädels teilen. Wir müssen uns halt absprechen, aber das klappt ganz gut. Ich mache das nur, bis ich genug Geld für den Monat zusammen habe, glaub mir. Nächstes Semester noch die Masterarbeit, dann habe ich es geschafft.«

»Soll ich nicht lieber bei mir an der Tankstelle fragen, ob sie noch jemanden brauchen?«, schlägt Lisa vor, aber Kim lacht. »Frag lieber die Leute, die nachts zu dir tanken kommen, ob sie sonst noch was brauchen. Und dann gib ihnen meine Nummer.«

Höre ich da etwa heraus, dass es Kim Spaß macht?

»Und was ist, wenn dich jemand erkennt? Stell dir mal vor, einer unserer Profs steht plötzlich vor dir.«

Kim lacht. »Ich heiße dann doch Jasmin und habe rote Haare. Die meisten sehen dir in dem Gewerbe nicht ins Gesicht, mach dir da mal keine Gedanken. Und wenn mich einer wiedererkennen sollte, weiß ich nicht, für wen es dann peinlicher wird, für ihn oder für mich.«

Lisa sieht auf die Uhr und zieht Kim in Richtung Seminarraum.

Endlich habe ich das begriffen mit den verschiedenen Namen. Ich verstehe gar nicht, wie Kim diesem Typen da vorn aufmerksam folgen kann. Seit ich nachts arbeiten muss, bin ich tagsüber ganz schön müde. Meine Haut ist spröde geworden und sieht ein wenig stumpf aus, ich bekomme einfach zu wenig Tageslicht. Außerdem fehlt mir mein Schönheitsschlaf. Ich kann das doch jetzt nachholen, hier merkt niemand, wenn ich ein Nickerchen mache.

Das Telefon schreckt mich aus dem Schlaf. Ich blicke mich verstört um. Ich bin gar nicht mehr an der Uni, sondern anscheinend bei Lisa zu Hause. Das Zimmer ist ganz ähnlich geschnitten wie Kims Zimmer, aber an den Wänden hängen Fotos von Lisa, außerdem ist alles pedantisch aufgeräumt.

»Ja hallo, hier ist Jasmin. Was kann ich für dich tun?«

Wieder diese Stimme, die dafür sorgt, dass sich meine Poren öffnen und sich mir die Haare aufstellen würden, wenn mein Leder nicht so gegerbt wäre.

Da Lisa sie böse anschaut, stellt Kim nicht auf Lautsprecher, was ich ein wenig bedauere.

»Wenn es dir gefällt, lässt sich das gern einrichten. Du kennst die Tarife?«

Kim hört zu und blickt auf die Uhr.

»In zwei Stunden, Zimmer 117, ich freue mich auf dich.«

»Sag mal, geht's noch? Wir wollten für die Klausur lernen. Ich habe den ganzen Tag geräumt und sogar Fenster geputzt, weil ich mich darauf verlassen habe, dass wir heute Abend zusammen lernen. Wie willst du denn deinen Abschluss schaffen?«, schimpft Lisa.

Kim zuckt bedauernd die Schultern. »Darum habe ich ihm gesagt, ich könnte erst in zwei Stunden, dann bleibt uns noch eine Stunde zum Lernen. Der Typ ist so ungepflegt, da muss ich vorher nicht duschen.«

»Kim«, ruft Lisa vorwurfsvoll aus.

»In dem Fall Jasmin«, stellt Kim richtig. »Kim würde so etwas nie tun, dafür ist sie viel zu bieder. Aber Jasmin ist zügellos und unanständig. Das lässt sie sich gut bezahlen. Ich hatte beim letzten Mal den Eindruck, der Typ steht voll auf mich. Seine Frau scheint neulich abgehauen zu sein, nachdem sie ein Kind bekommen hat, scheinbar durfte er schon länger nicht mehr ran. Da er aber so unattraktiv ist, dass er sicher so schnell keine Neue findet, kommt er eben zu mir. Das ist doch ein gutes Geschäft für uns beide.«

Lisa erschauert. »Hast du denn keine Angst? Also nicht nur vor Krankheiten und davor, dass du einem begegnen könntest, den du kennst. Was ist, wenn das so ein perverses Schwein ist?«

»Und was ist«, Kim macht Lisas Tonfall nach, »wenn ich mein Studium nicht abschließen kann, aus der Wohnung raus muss und für den Rest meines Lebens einen Mäzen brauche, der meine guten Bilder mit schlechtem Sex bezahlt? Ich habe keine andere Wahl. Und jetzt zurück zu den Prüfungsaufgaben, meine Zeit läuft.«

Lisa sieht aus, als könne sie sich nicht mehr konzentrieren, aber Kim ist unerbittlich und paukt mit ihr Prüfungsfragen. Nach einer Stunde klingelt der

Wecker an Kims Handy.

»So, das war's dann für heute, ab auf die Straße und rein ins Bett. Mach dir keine Sorgen um mich, meine Süße, ich schaffe das schon. Und wenn wir dann beide den Abschluss in der Tasche haben, lachen wir über den heutigen Abend.«

Sie greift nach mir, aber ich habe mich in der Stuhllehne verhakt. Kim zieht, aber ich stecke fest. Das stört sie jedoch nicht, sie reißt weiter an mir. Au, das tut doch weh. He, aufhören. Natürlich hört sie mich nicht.

»Warte, du bist verklemmt«, sagt Lisa.

»Ich? Ich dachte, du bist hier verklemmt«, lacht Kim.

»Nein, deine Tasche meine ich.«

Lisa hilft mir aus dem Stuhl, was wirklich nötig ist, denn ich habe mir den Tragegurt gezerrt. Es schmerzt, als Kim sich den Riemen über die Schulter wirft und es nicht einmal nötig hat, das Gewicht mit einer Hand unter mir zu entlasten. Na warte, ich werde mich rächen. Ich überlege, ob ich einfach reißen soll, aber es ist zu schmerzhaft.

»Boah, ist die Tasche heute schwer. Na ja, oben muss ich sie sowieso wieder umpacken. Wir sehen uns morgen. Und mach dir keinen Kopf um mich, das wird schon.«

Kim drückt Lisa und haucht ihr ein flüchtiges Küsschen auf die Wange, dann umfasst sie mich mit beiden Armen und läuft eine Etage die Treppe hoch. Sie lässt mich auf ihre Fußmatte fallen und fingert den Schlüssel aus der Hosentasche. Jetzt habe ich auch noch Prellungen. Die werden bestimmt blau, das ahne ich jetzt schon. Sie schleift mich hinter sich her und wirft die Tür hinter uns zu. Dann beginnt die gleiche Prozedur, die ich jetzt schon mehrfach erlebt habe.

Heute kramt Kim die Sachen aus dem Schrank, die sie neulich im Umsonstladen gefunden hat. Ich versuche, mich unter dem Bett zu verstecken, aber nach einer Weile zerrt Kim mich am Henkel hervor. Ihr Rock ist so kurz, dass man den Ansatz ihrer Strümpfe fast sehen kann. Und aus meiner Perspektive kann ich noch viel mehr sehen. Mir wird ganz warm, was nicht nur daran liegt, dass unter mir ein Heizungsrohr zu verlaufen scheint.

Eine Frau von Steffeln hätte ihre Tochter so nicht vor die Tür gelassen. Die Bluse ist weiß, was den schwarzen BH kaum verhüllt. Außerdem liegt sie so eng an, dass die Knöpfe spannen, obwohl Kim nicht viel in der Bluse hat. Dadurch zeichnet sich die Spitze des BHs noch deutlicher ab. Mein Henkel klappt langsam nach oben.

Wenn sie jetzt auch noch diese Stiefel … Aber nein, sie zieht wieder Socken und Turnschuhe an. Dann schüttet sie meinen Inhalt auf ihr Bett und faltet die Stiefel so zusammen, dass sie in mich passen. Anschließend wirft sie noch den Gürtel dazu und außer den Handschellen ein paar Spielzeuge, die ich noch nicht kenne.

»Ach, so ein Mist, wo ist der Fleck denn jetzt her? Die hat auch schon bessere Tage gesehen. Aber im Dunkeln ist sie gut genug«, redet Kim vor sich hin und kratzt mit einem ihrer langen Fingernägel über meine Seite, als könne man blaue Flecke wegkratzen. Sie ist fast bis zur Unkenntlichkeit geschminkt, die blonden Haare sind wieder unter dieser Perücke verschwunden.

Sie hüllt sich wieder in den Mantel.

Inzwischen kenne ich den Weg zu Appartement 117 schon, sodass ich mich nicht mehr auf die Fahrt konzentriere, sondern im Bus mit einer kleinen, schwarzen Handtasche flirte. Ich würde sie gern mitnehmen, damit ich auch mein Vergnügen habe. Aber um ehrlich zu sein, habe ich gar nicht den Eindruck, dass es für die Frauen ein Vergnügen ist. Also zumindest nicht für Kim, während sie Jasmin heißt.

Ich zwinkere dem Täschchen zu und versuche, Jasmins Altstimme mit meinem Bass zu imitieren, als ich mich verabschiede, aber die Tasche wendet sich verschämt ab und tuschelt mit einem braunen Rucksack.

Als wir gerade zur Haustür gehen, kommt eine Frau heraus, Beine bis zum Kinn. Sie trägt Netzstrümpfe und Stiefel. Genau der Typ Frau, der ich gern im Dunkeln begegnen würde. Tagsüber dagegen wirft das Sonnenlicht Schatten in der Struktur ihrer Gesichtshaut.

»Du bist doch die 117, oder?«, fragt sie Kim, die sie irritiert anblickt.

»Ich meine, du hast jetzt ein Date in der 117, oder?«

Kim nickt zögernd.

»Könntest du mir einen Gefallen tun? Ach so, du kennst mich ja gar nicht, ich bin Chantal beziehungsweise Ruth. Ich habe jetzt das nächste Date beim Staatsanwalt, da kann ich die unmöglich mitnehmen.«

Ihre Tasche ist deutlich kleiner als ich, strahlend weiß mit einigen Reißverschlüssen. Sie stellt sich als Gina vor und erzählt mir mit italienischem Akzent, dass die letzte Stunde ganz schön heiß war. Stehen Frauen darauf, zuzusehen? Den Gedanken hatte ich bislang noch nie.

›Passe aufe, was ich habe hier bei mir. Isse wie echte italienische Mafia‹, sagt Gina und zuckt mit einem Reißverschluss.

»Ein Freund hat mir die besorgt, für alle Fälle. Aber

157

die könnte mich beim Staatsanwalt in Teufels Küche bringen. Könntest du die für mich verwahren und mir demnächst wiedergeben?«

Kim und ich starren gebannt auf eine handliche, silberne Pistole, die fast in Chantals Hand verschwindet.

›Bello, vero?‹, sagt Gina.

›Man muss wohl der Mafia angehören, um solch eine Waffe hübsch zu finden‹, antworte ich verblüfft.

›Habe isch gesagt *wie* Mafia, nicht *wir sind* Mafia. Ihr Deutschen immer denken, alle Italiener gleich gehören zu die Mafia, eh. Heiße ich Camorra mit Nachname?‹

›Na, ich bitte dich, hältst du den Einsatz einer Waffe etwa für normal?‹, frage ich erstaunt.

›Wieso Einsatz eine Waffe? Chantal haben sie doch nur, sie mache doch gar nichts damite‹, erklärt mir Gina genervt.

›Die tut nichts, die will nur spielen‹, sage ich mit einem harmlos klingenden Tonfall. ›Glaubst du das selbst, was du mir hier erzählst?‹

Gina runzelt ärgerlich ihre Vordertasche. ›Naturalmente sind wire ganz harmlose, also Chantal und ich.‹

›Willst du mir auch noch weismachen, ihr seid ordnungsgemäß angemeldet und zahlt pünktlich eure Steuern?‹

Gina sieht mich verständnislos an. ›Steuer? Musse sein so eine deutsche Spezialität, ich nicht kennen.‹

Ich blicke zu Kim, die noch immer auf die Pistole in Chantals Hand starrt.

»Also, Kleine, ich muss jetzt wirklich weiter. Aber die Pistole kann ich unmöglich mitnehmen. Wenn du sie nicht nehmen möchtest, dann leg sie bitte oben in den Spiegelschrank im Bad, ich komme sie mir demnächst wieder holen. Danke, ich muss jetzt los.«

Bevor Kim noch etwas sagen kann, lässt Chantal die Pistole einfach in mich gleiten. Das Metall fühlt sich unerwartet warm an und riecht nach der Seife, mit der Chantal sich gerade gewaschen haben muss.

»Äh, ja, mach ich«, stammelt Kim.

»Du bist wirklich die Beste, Küsschen«, ruft Chantal im Weggehen.

›Arrivederci‹, ruft Gina.

›Bis bald‹, rufe ich und sehe der blassen Italienerin sehnsüchtig hinterher. Die Frau hat Rasse.

Eine grauhaarige Frau mit einem Dackel kommt gerade aus dem Haus und Jasmin beeilt sich, ihr die Tür aufzuhalten, um in den Hausflur schlüpfen zu können. Die Alte kneift die Augen zusammen und mustert Jasmin kritisch.

»Wohnen Sie hier?«

»Ich – ich bin nur auf Besuch«, stottert Kims hohe Stimme.

»Ungewöhnliche Haarfarbe, hübsch«, sagt die Alte.

Kim lächelt gequält und dreht eine ihrer roten Perückensträhnen zwischen den Fingern. »Danke«, sagt sie und läuft zur Treppe.

Im Appartement ist es eiskalt. Chantal hat wohl nach dem Lüften vergessen, die Heizung wieder anzuschalten. Oder ihr Freier muss aus Alaska gekommen sein.

Kim dreht die Heizung bis zum Anschlag auf, behält den Mantel an, wirft aber Socken und Turnschuhe in den Schrank und rückt mich zu sich heran. Als sie die Stiefel aus mir zieht, entfährt mir ein Seufzer. Kim hält einen Moment inne, als hätte sie mich gehört, dann beugt sie sich herunter und schlüpft in die hochhackigen Lederschäfte, die kurz unter ihrem zierlichen Knie enden. Die Beine wirken darin um einiges länger und noch schlanker.

Ich wünsche mir, dass sie mir die spitzen Absätze in die Seiten haut, aber stattdessen wühlen Kims lange Fingernägel wieder in mir und ziehen den Gürtel, Handschellen, Nippelklemmen und einige Dinge hervor, von deren Anwendungsgebiet ich noch keine Vorstellung habe. Sie legt alles auf dem Nachtschrank bereit, als die Klingel ertönt.

Kim wirft ihren Mantel in den Schrank und sofort wird sie zu Jasmin, als sie ein dunkles »Du weißt, wo du mich findest« in die Sprechanlage haucht.

Ich hoffe, es ist einmal ein netter, attraktiver Mann, der sich in Jasmin verliebt - und sie als Kim an seiner Seite haben möchte.

Aber meine romantische Ader wird enttäuscht, als stattdessen wieder dieser Christian in der Tür erscheint. Er riecht nach einer durchzechten Woche. Mit einer Hand hält er sich am Türrahmen fest, als fiele es ihm schwer, aufrecht zu stehen. Jasmin weicht vor seinem Atem zurück.

»Schön, dass du da bist«, wabert Jasmins tiefer Alt über den Fußboden und lässt mich neben dem Bett vibrieren.

»Red nicht so viel«, sagt Christian zwar lallend, aber unmissverständlich.

»Du möchtest heute gleich zur Sache kommen?« Jasmin klingt eher hoffnungsvoll als unterwürfig, was selbst Christian nicht zu entgehen scheint.

»Dafür bist du doch schließlich da. Hattest du nichts Heißeres zum Anziehen als diesen Fummel?«

Jasmin zieht einen Schmollmund. Dann ergreift sie einen flexiblen Stock, der über dem Bett an der Wand hängt und in einem Lederstück endet. Sie haut sich damit auf die Stiefel, dass es nur so knallt. Christian zuckt zusammen.

»Du hast am Telefon gesagt, du wolltest mal Sado-Maso ausprobieren? Hast du dich denn schon entschieden, welche Rolle du einnehmen möchtest? Ich schätze, in Sado hast du Erfahrung, wie wäre es mal mit Maso?«

Bei dieser Stimme wäre ich zu allem bereit, was immer Jasmin von mir verlangen würde. Aber Christian sieht nicht so aus, als würde er verstehen, was sie meint.

»Ich will«, sagt er und rülpst übelriechend, »dass du dich jetzt ausziehst und ich dich mit den Handschellen ans Bett fessele. Danach wirst du sehen, worauf ich Lust habe.«

»Du weißt, dass es dafür klare Spielregeln gibt, an die sich beide Seiten halten müssen?«, wirft Jasmin ein.

Christian fummelt sein T-Shirt aus der Hose und versucht vergeblich, seinen Reißverschluss zu öffnen.

Jasmin möchte ihm zur Hand gehen, aber er wirft sie mit beiden Händen aufs Bett und setzt sich auf ihren Bauch, sodass sie sich ihm nicht entwinden kann. Christian greift nach den Handschellen auf dem Nachtschrank und fesselt Jasmins linke Hand an das Metallgitter am Kopfende.

»Die Spielregeln bestimme ausschließlich ich, damit das klar ist. Du tust genau, was ich dir sage. Erst einmal gibst du mir dein Handy und deinen Geldbeutel. Dann schreibst du mir die Geheimzahl deiner Kreditkarte auf den Arm.«

Ich fürchte schon Christians grobe Hand, aber Jasmin sagt mit erstickter Stimme, ihre Sachen seien alle in ihrer Manteltasche im Kleiderschrank. Das stimmt, ihre persönlichen Sachen hat sie immer am Körper oder im Mantel, alles andere darf ich dann schleppen.

Christian wälzt sich von Jasmin herunter, stolpert

auf dem Weg zum Schrank und stürzt ungebremst auf den niedrigen Glastisch. Die Scheibe zerbirst und Scherben bohren sich in Christians Wange. Um sich vom Boden hochzuwuchten, muss er sich in die Glasscherben stützen, die ihm die Hand zerschneiden. Er flucht unflätig, rappelt sich auf und wankt weiter zum Kleiderschrank. Er zerrt Jasmins Mantel heraus, fingert Portemonnaie und Handy aus der Tasche und wirft den Mantel auf den Boden.

»Du blutest ja, mach mich los, damit ich mich um dich kümmern kann«, sagt Jasmin hoffnungsvoll, aber Christian lässt ihre Sachen in seinen Jackentaschen verschwinden und zieht einen Kugelschreiber hervor.

Ich verziehe mich ein wenig tiefer unter das Bett. Da kann ich zwar nichts mehr sehen, aber Christian sieht mich auch nicht.

Die Matratze senkt sich tief hinunter, als sich Christian wieder auf Jasmin fallen lässt. Jasmin schreit auf und versucht wohl, sich unter ihm herauszuwinden, aber Christians Körper bewegt sich nicht.

»Los, schreib mir deine Geheimzahl auf den Arm. Und versuche nicht, mich zu verarschen. Ich mache dich erst wieder los, wenn dein Konto leer ist und ich sicher bin, dass die Nummer stimmt.«

Jasmin wimmert, scheint aber seiner Anweisung zu folgen.

»Ist das eine eins oder eine sieben?«, lallt Christian.

»Eins«, schluchzt Jasmin mit Kims hoher Stimme.

Endlich rollt sich Christian wieder von Jasmin herunter, aber nur, um seine Hose im Stehen abzustreifen, die er neben mir fallenlässt. Ich sehe Blutflecken dort, wo er den Knopf gelöst hat. Dann sehe ich seine Füße in löchrigen Socken, die sich auf die Überreste des Beistelltischs zubewegen. Seine Hand fährt herab und hebt etwas auf. Mit einer großen Scherbe geht er zurück zum Bett und lässt unterdessen auch seine fleckige Unterhose fallen, als er vor Jasmin steht. Sie fleht ihn an, sie in Ruhe zu lassen, aber er reagiert nicht, als würde er sie gar nicht hören.

Ich höre ein Reißen, dann hüpft einer von Jasmins Blusenknöpfen auf dem Boden auf und ab, bis er vor mir zwischen zwei Teppichfasern zum Liegen kommt.

»Den BH brauchst du sicher nicht mehr, der hat sowieso nicht viel zu halten«, grunzt Christian. Jasmin schreit auf, wenig später fällt auch der BH neben dem Bett auf den Boden. Ich kann das Blut riechen, sehen kann ich es auf dem schwarzen Stoff nicht.

»Was willst du von mir? Ich mache alles, damit es dir gutgeht«, fleht Jasmin und vergisst völlig, ihrer Stimme diesen tiefen Klang zu geben, der einem Schauer über die Vordertasche jagt.

»Ich will richtig geilen Sex«, sagt Christian höhnisch und kniet sich wohl über Jasmin, denn rechts und links von ihrem leichten Körper kommen zwei Dellen in der Matratze bedrohlich auf mich zu.

Die Matratze wogt hin und her, anscheinend kann er sich auf dem wackeligen Untergrund noch weniger aufrecht halten als auf dem Boden.

»Du bist schuld, dass der schlapp ist, änder das«, befiehlt Christian. Als ob das so einfach wäre, wenn man dermaßen betrunken ist.

»Scheiße, was hast du gemacht? Ich blute, ich will, dass du mich sofort losmachst. Unser Date ist hiermit beendet. Du musst auch nichts bezahlen, mach mich nur endlich los.«

Jasmin ist jetzt wieder Kim, sie spricht schnell und schrill.

Christian lacht irre. »Ich habe mich ganz klar für die

Sado-Seite entschieden. Ich werde dir jetzt mal zeigen, was ich alles mit dieser Glasscherbe machen kann.«

Ich knautsche mich auf dem Boden unter dem Bett zusammen, damit ich nichts mehr hören muss, aber ich kann die Geräusche natürlich nicht völlig ausschalten. Ich höre, wie etwas reißt und Kims verzweifelte Schreie und Beschimpfungen verraten mir, dass es das Reißen von Haut gewesen ist, als Christian ihr die Scherbe über die Brust gezogen hat.

»Hör sofort auf«, kreischt Kim mit sich überschlagender Stimme.

»Wenn du deine Stiefel schon nicht zum Reiten nutzt, dann kann ich sie dir auch ausziehen«, zischt Christian höhnisch. Ich zucke zusammen, als ich höre, wie er den Schaft entlang des Reißverschlusses aufschneidet. Ich kann mir vorstellen, wie sich die armen Stiefel fühlen. Leider kann ich keinen Kontakt mit ihnen aufnehmen, wir sprechen verschiedene Sprachen. Ich wäre froh, Kim könnte mich verstehen, dann könnte ich ihr wenigstens Mut zusprechen. Stattdessen höre ich ihre Schreie, die von einem Kissen gedämpft werden. Ob sie sich das Kissen in den Mund gestopft hat, um ihn mit ihren Schreien nicht zu provozieren? Oder ob Christian ihr das Kissen ins Gesicht drückt?

Nichts sehen zu können, aber alles mit anhören zu müssen, ist fast noch unerträglicher, als Gewissheit zu haben über das, was passiert.

Ich ziehe mich zusammen und falte mich wieder auseinander, sodass ich Zentimeter um Zentimeter unter dem Bett hervorrutsche. Christian wirft einen Stiefel auf den Boden, der mich nur knapp verfehlt. Seine Hand grapscht nach dem Gürtel auf dem Nachtschrank, den Jasmin dort bereitgelegt hatte. Ich sehe, wie die Gürtelschnalle durch die Luft geschwungen wird und auf Kims nacktes Fleisch klatscht. Strass-Steinchen springen ab und verschwinden zwischen Teppichschlingen. Kim windet sich vor Schmerzen, aber Christian ist unerbittlich. Ein roter Striemen erglüht quer über Kims Bauch. Ich rutsche unter Kims Hand, damit sie den Schlüssel für die Handschellen aus mir hervornesteln kann. Es kostet mich viel Mühe, aber ich muss es einfach schaffen, mich aufzurichten, damit Kims rechte Hand in mich schlüpfen kann. Ich fühle Kims Hand, schweißnass und eiskalt zugleich. Ich kann nicht sehen, was Christian tut, bin völlig darauf konzentriert, mich zusammenzuziehen und die Schlüssel nach oben zu würgen, damit Kim nicht länger leiden muss. Kims Finger ertasten die Schlüssel, ich bin erleichtert. Gleich wird ihr Martyrium ein Ende haben. Aber Kim ignoriert die Schlüssel. Stattdessen tastet sie in mein anderes Fach. Das hatte ich völlig vergessen. Das kann sie doch nicht machen. Ich kann sie verstehen, aber die Folgen …

Kims Hand zieht sich ganz langsam aus mir zurück. Ich höre, wie Christian stöhnt, er scheint in sie eingedrungen zu sein. Dann höre ich einen gedämpften Schuss und spüre, wie Christian bleischwer auf der Matratze zusammensackt.

Kim schluchzt laut auf, sie zerrt an mir und reißt mich zu sich auf das Bett. Ich sehe ein rundes Loch in dem Kissen, das Christian ihr aufs Gesicht gedrückt hatte. Dahinter sehe ich ein ebenso rundes Loch in Christians Stirn. Ich wundere mich über die klebrige Masse, die hinter Christian an die Wand gespritzt ist. Ich kann nicht glauben, dass das Gehirnmasse sein soll. Das hätte ich ihm gar nicht zugetraut.

Kim sieht es wohl auch und würgt. Sie übergibt sich, Bröckchen spritzen auch auf mich. Dann hat sie endlich den Schlüssel gefunden und löst die Handschellen. Sie kriecht unter Christian hervor und schleppt sich zum Kleiderschrank, wo sie Socken und Turnschuhe hervorkramt und anzieht. Sie bewegt sich wie in Trance, alles geschieht wie in Zeitlupe. Sie rafft die Sachen vom Nachtschrank zusammen und wirft sie unsanft in mich. Aber heute verzeihe ich ihr das, ich möchte genau wie sie nur möglichst schnell weg von hier. Die Stiefel stopft sie zusammen mit dem Gürtel, dem Rock, dem zerschnittenen BH, Slip und Bluse in mich hinein.

Sie muss unbedingt noch diesen Knopf mitnehmen, der unter das Bett gehüpft ist. Ich mache mich ganz schmal und rucke unerwartet, sodass sie mich tatsächlich aus den Fingern gleiten lässt. Ich habe mich gezielt auf den Blusenknopf fallen lassen, sodass Kim ihn sehen und einstecken *muss*.

Die Pistole steckt sie in die Vordertasche. Ich bin ganz schön prall gefüllt. Kim schlüpft in die Ärmel ihres Mantels und schreit auf vor Schmerz. Sie sieht sich im Spiegel, die Perücke sitzt schräg, ihre Schminke ist verlaufen, das Gesicht ist rotfleckig vor Anstrengung, ansonsten blutleer.

Kim stellt mich auf den Boden und schleppt sich ins Bad. Ich höre Wasser laufen, aber da ist noch etwas. Leise Hilfeschreie. Kann es sein, dass Christian nicht tot ist? Er war es ja gewohnt, ohne Hirn zu leben, vielleicht stört ihn das Loch im Kopf nicht. Aber da höre ich es deutlich, leise ›Billy, Billy‹-Rufe. Das kann nicht von Christian kommen, er kennt meinen Namen nicht. Ich horche genau hin und da wird mir klar, woher die Rufe kommen. Kims Portemonnaie und ihr Handy stecken noch in Christians Jacke. Wie schaffe ich es bloß, dass Kim sie nicht liegenlässt?

›He, du, Geldbörse, deren Namen ich leider nicht kenne. Kannst du vielleicht aufgehen und ein paar Münzen über den Boden rollen lassen? Ich weiß nicht, wie ich Kim sonst auf dich aufmerksam machen soll.‹

›Ich bin ein wenig verklemmt, aber ich versuche es‹, kommt ein zartes Stimmchen aus seiner Jackentasche.

Ich warte ab, aber da kommt nichts. Kim hat inzwischen alle Haarklammern entfernt und blickt sich nach mir um.

›Drück auf das Handy, sodass es klingelt, schnell, sonst lässt Kim dich hier‹, schreie ich.

Kim hat mich gefunden, sie schiebt die Perücke zusammen mit einigen schmutzigen Taschentüchern voller Schminke, Blut und Tränen in den Stiefelschaft, dann wendet sie sich zur Tür.

›Jetzt mach schon‹, schreie ich.

Kim hat gerade die Tür erreicht, als ein verhaltener Klingelton zu hören ist. Kim verharrt in der Bewegung, dann läuft sie zurück und horcht, woher der Ton kommt. Sie durchwühlt Christians Jacke und steckt das Handy und das Portemonnaie in ihre Manteltasche. Darum kannte ich das Geldtäschchen gar nicht, wir waren noch nie zusammen, sie trägt es immer am Leib. Dann nimmt sie Christians Portemonnaie heraus, ich erinnere mich, das magere vom letzten Mal, Max.

»Da kommt es auf Beischlafdiebstahl auch nicht mehr an«, sagt Kim vor sich hin und klappt das Portemonnaie auseinander. Sie flucht.

»Der Typ wollte mich von Anfang an bescheißen, hier sind nicht einmal zwanzig Euro drin.« Sie steckt die Geldbörse zurück in die Jackentasche, schnappt mich im Vorbeigehen und zieht die Tür hinter sich zu.

Sie hastet, so gut es ihre Verletzungen zulassen, die Treppe hinunter. Unten vor dem Aufzug steht die ältere Dame mit ihrem Dackel, der Kim freudig anbellt, anscheinend erkennt er sie wieder.

»Sie habe ich hier noch nie gesehen, wohnen Sie hier?«, fragt die Alte und kneift ihre wässrigen Augen zusammen.

»Ich habe nur jemanden besucht«, ruft Kim.

»Das sagen sie alle«, sagt die Alte kopfschüttelnd.

Draußen schlingt Kim den Mantel um ihren Körper. Es ist kalt geworden. Sie wischt sich die Tränen aus dem Gesicht und versucht, unauffällig zur Bushaltestelle zu kommen. Ein Typ kommt uns entgegen, der einen Mann um eine Zigarette anbettelt. Der behauptet aber, Nichtraucher zu sein, obwohl ich genau gesehen habe, wie er eben eine Zigarette weggeworfen und zertreten hat. Der Typ trägt eine schlechtsitzende Jeans, er ist jünger als Kim, aber nicht so jung wie Nele, vielleicht Anfang zwanzig. Jetzt bettelt er eine Frau um Geld für Zigaretten an, aber die ignoriert ihn und wechselt die Straßenseite.

Er hält schnurstracks auf Kim zu. Kim rafft den Mantel enger. Erst da wird mir bewusst, dass sie darunter nichts trägt außer den halterlosen Strümpfen, den Socken und den Turnschuhen. Kim macht einen Schritt zur Seite, da dreht der Typ sich zu ihr um, reißt ihr mich vom Arm und rennt davon.

6 Zu groß für einen Kleinkriminellen

Ich blicke nach hinten und sehe, dass Kim schnurstracks weitergeht, als sei nichts gewesen. Ich kann es kaum fassen, sie muss doch um Hilfe rufen. Aber da sind wir auch schon um die Ecke gebogen, und ich kann Kim nicht mehr sehen. Ich möchte ihr helfen, bin doch der einzige Zeuge, der bestätigen könnte, dass sie gar keine andere Wahl hatte. Ich sacke in mich zusammen und fühle mich schrecklich einsam.

Wir bleiben in einem Hauseingang stehen, das Gesicht zur Tür, aber der Typ fingert weder einen Schlüssel hervor noch drückt er eine Klingel. Hinter uns gehen ein paar Anzugträger vorbei und unterhalten sich über ein Meeting. Ich würde gern um Hilfe rufen, Hilfe für mich und natürlich auch für Kim, aber mich versteht niemand. Die Kerle haben knackige Hintern mit prall gefüllten Geldbörsen und ich überlege, ob ich mit denen Kontakt aufnehmen soll, aber die sind ihren Besitzern gegenüber vermutlich genauso machtlos wie ich. Und während ich noch darüber nachdenke, sind sie schon aus meinem Sichtfeld. Dieser Typ stand mit dem Rücken zu ihnen, sonst hätte er sicher zugegriffen.

Aus der entgegengesetzten Richtung kommt eine Frauengruppe mit Walkingstöcken, die Damen sind deutlich langsamer als diese Businesstypen. Sie schnattern, als wären sie gerade auf dem Flug in den Süden, aber in dem Tempo werden sie dort nicht vor dem nächsten Winter ankommen.

Der Dieb drückt sich noch tiefer in den Hauseingang. Er trägt eine dunkelblaue Winterjacke. Ich kann mich nicht daran erinnern, sie im Umsonstladen gesehen zu haben, aber sie würde gut dorthin passen. Sie ist abgestoßen und schmutzig und schlottert dem

Typen um den mageren Oberkörper. Der Geruch ist eine Zumutung für meine feinen Poren.

Die Frauen bleiben ausgerechnet hinter uns stehen, weil eine von ihnen außer Puste ist, was ich nicht nachvollziehen kann bei dieser Geschwindigkeit. Aber je nach Gewicht wird eben jede Bewegung zur Qual. Der Typ drückt mich zusammen, so gut es geht, zieht seine viel zu weite Jeans hoch, stopft mich oben in seinen Hosenbund und zieht seinen schlabberigen Pullover darüber. Dank meiner Hilfe ist die Hose endlich so eng, dass sie dort sitzt, wo sie hingehört und man nicht mehr die halbe Unterhose sieht. Er zieht den Reißverschluss seiner Jacke hoch und schon ist auf den ersten Blick aus dem schmächtigen Kerlchen eine stattliche Erscheinung geworden.

»Buh«, sagt er, als er sich umdreht und an dem Kaffeekränzchen an Stöcken vorbeigeht, die Kapuze tief in sein Gesicht gezogen.

»Huch«, kreischen drei Dauerwellen erwartungsgemäß.

Einen Moment lang ist mir der Typ fast sympathisch.

Sein Handy klingelt, er sucht es am unteren Rand seiner Pobacke, aber da sitzt die Jeans jetzt gar nicht mehr. Seine Hand wandert weiter hoch, bis er seine Hosentasche unter der Jacke gefunden hat.

»Hm?«, brummt er ins Handy.

Ich kann nicht hören, was am anderen Ende gesprochen wird, weil ich viel zu viele Schichten muffiger Kleidung über mir habe, sowas bin ich gar nicht gewöhnt. Erstmals empfinde ich Mitleid mit allen Geldbörsen, die viel zu wenig an die frische Luft kommen und nur ab zu sehen, was um sie herum eigentlich vorgeht. Der Typ scheint die viele Kleidung auch zu

170

brauchen, seine ekelerregende Haut unter mir ist kalt und zugleich schweißnass.

»Gut, dass du zurückrufst, hier ist Jannik. Ich wollte wissen, ob du Stoff hast. Ich brauche was, man.«

Seine Hand fährt unter sein T-Shirt und kratzt zwischen mir und seiner blassen Haut herum, obwohl da nichts ist.

»Okay, ich melde mich. Geld geht klar.«

Endlich weiß ich, wie der Typ heißt. Jannik ist stehen geblieben und versucht zitternd, den Reißverschluss seiner Jacke zu öffnen. Er zieht mich endlich aus der Hose und ich atme tief durch, als er mich an die frische Luft hält.

Jannik lässt sich auf eine halb verfallene Mauer am Rande eines schäbigen Garagenhofes sinken und schnieft. Er heult doch nicht etwa? Nein, er zieht nur geräuschvoll die laufende Nase hoch und wischt den Rest mit dem Jackenärmel ab. Hilfe, wo bin ich hier bloß hingeraten?

Obwohl der Himmel wolkenverhangen ist, trägt Jannik eine verspiegelte Brille, die er sich in die fettigen Haare schiebt. Seine Augen brauchen anscheinend Schutz vor der Sonne, sie sind blutunterlaufen. Er kratzt sich an einer offenen Stelle im Mundwinkel. Ich möchte nicht, dass er mich mit der gleichen Hand anpackt, aber schon klemmt er mich zwischen seine zitternden Oberschenkel und rupft an meinem Reißverschluss. Der ist in letzter Zeit arg in Mitleidenschaft gezogen worden und als Kim alles in mich hineingestopft hat, hat sie ein Stück ihrer hauchdünnen Bluse zwischen den Zähnen eingeklemmt. Also zwischen den Zähnen meines Reißverschlusses natürlich. Apropos Zähne, Jannik hat nicht mehr so viele davon, mindestens drei oder vier fehlen ihm auf den ersten Blick.

Bei diesem Mundgeruch kann ich den Zähnen nicht verdenken, dass sie sich lieber von ihm getrennt haben. Das würde ich auch gern, aber mich fragt ja keiner. Ich werde versuchen, mich fallen zu lassen und in irgendeine dunkle Ecke zu rutschen, sobald er wieder mit mir weitergeht.

Jannik reißt an dem Verschluss, der gar nicht deswegen so heißt. Er scheitert an dem Blusenstoff, aber Jannik ruckelt und zerrt heftig, bis der Stoff reißt und der Schieber des Verschlusses endlich aufgleitet. Jannik drückt meine Seitenwände auseinander und wühlt hektisch mit zwei Händen in meinem Innersten.

»So eine Scheiße, das kann doch nicht wahr sein«, schreit er und rupft die Bluse heraus. »Ist das etwa Blut, Alter?«

Ich sehe mich um, mit wem er wohl spricht, aber außer ihm und mir ist niemand da.

Er zerrt den Rock hervor, der aufgrund der Größe gar nicht spontan erkennbar ist. Er wendet ihn in den Händen.

»Verdammt, das Ding muss doch eine Tasche haben.«

Hat der sich noch nie eine Frau angesehen? Hätte dieser Rock eine Tasche, würde das ganz schön bescheuert aussehen, wenn auf ihren schmalen Hüften plötzlich ein Handy oder ein fettes Portemonnaie säße. Außerdem bräuchte eine Frau nicht so eine schicke Tasche wie mich, wenn sie alles am Leib tragen könnte. Der Kerl hat echt keine Ahnung.

Er zieht an den Stiefeln, die farblich einmal so hervorragend mit mir harmoniert haben, dass ich mich wundere, dass Kim mich nicht sofort auserwählt hat. Jetzt ist der Reißverschluss der hohen Stiefel bis unten aufgeschlitzt und verkrustet von getrocknetem Blut.

Jannik riecht daran und leckt sich die schmutzigen Finger ab. Mensch, ekelt der sich denn vor gar nichts? Der ist noch gruseliger als Christian – und ich hätte nie geahnt, dass ich das einmal denken könnte.

»Oh Fuck, die kann man nicht mal mehr verkaufen«, entfährt es Jannik in einem ungläubigen Ton. Er stülpt mich um und zerrt die rothaarige Perücke daraus hervor, ein paar Papiertaschentücher voller Blut und Schminke fallen zu Boden. Jannik lacht irre. Er setzt sich die Perücke auf seine fettigen Haare, zieht sein Handy aus der Hosentasche und macht ein Selfie. Ich ducke mich weg, ich möchte nicht auf dem Foto sein. Jannik merkt gar nicht, dass ich umgefallen bin, er zieht ein Päckchen aus der Tasche und dreht sich einen Joint. Es riecht süßlich und ich fühle mich ganz benommen.

»Hey, was hast du verdammte Tunte hier zu suchen?«, ruft ein älterer Mann und geht mit drohend erhobener Rechter auf Jannik zu, den Autoschlüssel klirrend in der Linken.

Jannik wirft die Perücke hinter sich in den Dreck und rappelt sich auf.

»Ist ja gut, Alter, chill mal«, sagt er und taumelt auf den Mann zu. Der weicht ängstlich vor ihm zurück, die erhobene Hand diente wohl eher dazu, sich selbst Mut zu machen.

»Nimm deinen Mist mit und verzieh dich, sonst hole ich die Polizei«, ruft der Mann.

Jannik dreht sich zögernd um und sieht mich auf dem Boden liegen. Er starrt mich an, als würde er mich zum ersten Mal sehen. Wie kann man einen großformatigen, knallroten Billy so schnell vergessen?

»Ist schon gut, ich bin ja weg«, sagt er, grapscht mich aus dem Staub und presst mich an sich, als würde er sich freuen, Beute zu machen.

›Versteck dich‹, rufe ich der Brieftasche aus dunkelbraunem Leder zu, die ich aus der Manteltasche des Alten ragen sehe. Sofort zieht sie sich in seinen Trenchcoat zurück und ist somit aus Janniks Sichtfeld.

»Wenn ich dich noch einmal hier sehe, rufe ich die Polizei«, schimpft der Alte und wirft Jannik die roten Stiefel hinterher, der sich aber nicht danach umdreht, sondern um die Ecke verschwindet.

›Danke‹, höre ich aus dem beigen, unmodernen Mantel.

Jannik stopft mich zurück in seine Hose, zieht das Sweatshirt darüber und, lässt die Jacke offen, sodass entgegenkommenden Leute ihn anstarren oder die Straßenseite wechseln. Er sieht wenig vertrauenserweckend aus, unproportioniert, zugleich lächerlich und furchteinflößend. An der nächsten Kreuzung biegt er in eine kaum befahrene Straße ein und zieht sich in ein Gebüsch zwischen Straße und Bahngleise zurück. Der Boden ist übersät mit winzigen Schnapsflaschen, Spritzen, benutzten Kondomen und ausgelutschten Kaugummis. Dazwischen halb verrottete Papiertaschentücher mit verschiedenen menschlichen Körperausscheidungen.

Jannik stolpert über einen Stein und hält sich im letzten Moment an einem Zaunpfahl fest. Ich verheddere mich in einem Brombeergebüsch, aber Jannik zerrt mich daraus hervor, was mir einige üble Kratzer einbringt.

»Hier muss doch auch noch was Brauchbares drin sein«, sagt Jannik wieder zu sich selbst und stülpt mich einfach um. Die Handschellen, ein Dildo und der Gürtel fallen zu Boden, der zerschnittene BH verfängt sich in den Brombeerranken und flattert im Wind.

Jannik bückt sich schwerfällig nach dem Glitzernden, ist aber enttäuscht, als es nur der strassbesetzte Gürtel ist.

Er fährt mit der Hand in mich und sucht in allen Innentaschen nach etwas von Wert. Wenn er wüsste, wieviel ich selbst wert bin, aber dafür hat er einfach keinen Blick. Ich betrachte mich selbst kritisch und muss zugeben, dass das mit dem Wert tatsächlich nicht mehr so toll ist, die Brombeere kratzt auch an meinem Selbstwert.

Inzwischen dämmert es, und Jannik blinzelt, als die Scheinwerfer eines vorbeifahrenden Autos ihn blenden. Das Auto wird langsamer und bleibt schließlich stehen. Jannik presst mich fest an sich, stolpert aus dem Gestrüpp und läuft in die entgegengesetzte Richtung davon. Der Motor des Autos jault auf, ich höre die Reifen auf dem Kopfsteinpflaster quietschen, als das Auto wendet, aber Jannik kennt die Gegend wohl gut. Er schlüpft durch eine Lücke im Zaun, sprintet über die Gleise und lässt sich auf der anderen Seite einen Abhang hinabrollen. Ich höre das ohrenbetäubende Signalhorn einer herannahenden S-Bahn. Mir schlottern die Fächer, als Jannik sich aufrappelt und mit mir in der Dunkelheit verschwindet, bis er sich nach wenigen Metern in den Schatten einiger Altglascontainer kauert. Sein Atem geht stoßweise, sein Rotz tropft auf meine Vordertasche. Unerwarteterweise wischt er den ekligen Schleim mit dem Ärmel ab und bemerkt dabei, dass etwas in meiner Vordertasche steckt.

»Pah, es konnte doch auch nicht sein, dass in so einer feinen Tasche kein Portemonnaie zu finden ist. Autoschlüssel, Handy, das muss doch irgendwo sein«, murmelt Jannik wieder einmal zu sich selbst.

Der Druckknopf meiner Vordertasche klemmt

inzwischen ein wenig, sonst wäre der Inhalt sicher bei dem halsbrecherischen Stunt über die Gleise herausgefallen, aber so pfeift Jannik durch die wenigen Zähne hindurch, als er in mich greift und die kleine Pistole in der Hand hält. Er wiegt sie fachmännisch, aber ich zweifle, dass er wirklich Ahnung von Waffen hat.

»Ich hab's doch gewusst, dass da noch was sein muss. Die lässt sich sicher gut verkaufen.«

Jannik zückt sein Smartphone und tippt auf *Oma*.

»Hey, ich bin's nochmal. Ich habe das Geld jetzt zusammen. Wann kann ich mir den Stoff bei dir holen?« Er hört auf die Antwort und wippt nervös mit dem Bein. Der andere will das Gespräch wohl beenden, aber Jannik schreit ihn an, er solle noch nicht auflegen. »Ey, sag mal, weißt du einen, der eine handliche Pistole brauchen kann? So ein ganz unauffälliges Ding, das der Gegner kaum sehen kann. Ich könnte dir eine besorgen, ist nicht leicht, an sowas ranzukommen. Ich kümmere mich darum. Wieviel bringt so ein Teil?«

Was für ein Dilettant! Der andere weiß doch jetzt ganz sicher, dass Jannik heiße Ware hat, die er unbedingt loswerden muss. Damit sie nicht bei ihm gefunden werden kann, aber auch, damit er endlich Geld für die Drogen hat, die er so dringend braucht.

Der andere hat aufgelegt. »Dann eben nicht. Dann suche ich diese süße Maus, von der ich die Tasche habe, und frage sie, was sie dafür hergibt. Die steht sicher häufiger an der gleichen Bushaltestelle.«

Ich betrachte Jannik zerknautscht. Der Knabe ist noch so jung, hat der denn außer mir niemanden, mit dem er reden kann? Oder ist er der erste, der verstanden hat, dass ich, Billy, sein Freund bin und nicht nur eine Tasche? Na ja, möchte ich wirklich sein Freund sein? Er hat mich Kim entrissen, die war hinreißend, bevor sie sich zu diesem Mord hat hinreißen lassen. Nein, ich habe bei Constanze den einen oder anderen Krimi im Fernsehen gesehen, das war kein Mord, das war höchstens Totschlag oder Tötung im Affekt. Ich denke, es war Notwehr. Oder wie ist das bei diesem ganzen Sado-Maso-Kram, kann man das auch als Tötung auf Verlangen durchgehen lassen? Also ich meine, wenn Tötung und Verlangen zusammenkommen …

Ein blaues Blinklicht durchschneidet die Nacht, begleitet von einem ohrenbetäubenden Signalhorn. Ob der S-Bahn-Fahrer die Polizei alarmiert hat? Jannik knetet mich hektisch von außen durch und scheint zu dem Schluss zu kommen, dass ich wirklich nichts für ihn Verwertbares mehr enthalte. Er zieht ein zerknittertes Päckchen aus der Hosentasche und wirft sich eine Tablette in den Mund, die er mit viel Speichel hinunterschluckt. Er versucht, sich zwischen zwei Glascontainer zu quetschen, aber die stehen zu eng beieinander. Jannik drückt sich ganz nah an die Metallbehälter, aber er ist zu aufgeregt und vermutlich zu sehr auf Drogenentzug, um sich still verhalten zu können. Der Polizeiwagen hat das Martinshorn abgeschaltet und fährt nun ganz langsam die Straße entlang. Das Blaulicht durchschneidet die Dunkelheit in gespenstischer Weise. Ich höre, wie das Auto anhält und zwei Türen aufgehen und wieder zugeschlagen werden. Einen Moment lang ist alles mucksmäuschenstill, nicht einmal eine S-Bahn fährt vorbei. Die Lichtkegel von zwei Taschenlampen wandern über den Boden, durch die Böschung am Bahndamm und schließlich hinter die Glascontainer.

»Hände hoch und ganz langsam rauskommen«, ruft eine weibliche Stimme. Die Stimme klingt kaum älter als Jannik. Die Polizistin ist sicher voll durchtrainiert, aber dennoch eine Frau, vielleicht hat Jannik eine Chance gegen sie.

»So, Freundchen, wir kennen uns doch sicher. Mach jetzt mal keine Dummheiten und vor allem keine unüberlegten Bewegungen«, sagt ein ruhiger Bass. Auch wenn die Stimme väterlich und beruhigend klingt, sehe ich, wie eine Hand an einem stattlichen Bauch vorbei zum Waffenholster greift.

Jannik sieht das wohl auch. Er wirft einen Blick auf die Pistole in seiner eigenen Hand, von der er nicht weiß, ob sie geladen ist und warum ich sie bei mir hatte. Sie darf keinesfalls bei ihm gefunden werden, das scheint er auch zu begreifen. Die Polizisten haben sich getrennt und schleichen von beiden Seiten um die Reihe der Glascontainern herum. Die Polizistin hat ihre Taschenlampe gelöscht und schweigt, wodurch sie für Jannik nicht mehr einschätzbar ist, denn der starrt nur wie gebannt auf den grellen Schein der Taschenlampe und bebt bei den beruhigenden Worten des erfahrenen Polizisten.

»Lass mal sehen, was du dabeihast. Wenn es nur für den Eigenbedarf ist, ist doch alles gut«, brummt der Polizist. Ich kann sehen, wie seine Kollegin von hinten an Jannik heranschleicht. Sie ist dicht hinter ihm. Ihre Hand greift zu den Handschellen in ihrem Hosenbund, die nicht so sexy aussehen wie Jasmins rote, plüschummantelte Liebesspielzeuge.

Janniks Augen flackern im Licht der Taschenlampe. Seine Pupillen sind riesig, obwohl sie sich in dem grellen Schein verengen sollten. Der Polizist kennt seine Pappenheimer, er weiß genau, warum Jannik sich hier versteckt. Aber weiß er auch, warum Jannik über die Gleise gesprungen ist?

Die Polizistin tritt im Dunkeln gegen eine Flasche und lässt Jannik zusammenschrecken. Er rennt die Böschung hinauf, die er eben hinuntergekullert ist. Die Polizistin folgt ihm dicht auf den Fersen, der gemütliche, dicke Kollege hat aufgegeben und wendet sich stattdessen seinem Fahrzeug zu. Ich höre, wie er über Funk durchgibt, die Kollegen auf der anderen Seite der Bahn sollen sich auf den Weg machen, um den Jungen in Empfang zu nehmen. Dann höre ich die Polizistin schreien, zeitgleich kreischen die Bremsen einer heranrollenden Bahn.

7 Mehr wert dank Mehrweg

Alles steht voll mit Einsatzfahrzeugen: Polizei, Krankenwagen, Leichenwagen, Spurensicherung. Die junge Polizistin wird von einer Seelsorgerin betreut. Der ältere Polizist lehnt an einem Altglascontainer und raucht mit zitternden Fingern eine Zigarette.

»Was ist denn hier los?« Ein verlebter Mann, dessen Alter ich nicht schätzen kann, stellt sich neben den Polizisten, der von ihm abrückt.

»Hallo Elmar. Ein Junkie, der sich uns entziehen wollte und vor die S-Bahn gelaufen ist.«

Der Alte starrt auf die Zigarette in der Hand des Polizisten.

»Haben Sie für mich vielleicht auch eine?«

Der schüttelt bedauernd den Kopf. »Ich habe vor zwölf Jahren aufgehört. Ich kann dir nicht einmal sagen, wer mir die gegeben hat, tut mir leid.«

»Macht nichts.«

Der Blick des Alten scannt die Umgebung rund um die Glascontainer. Ich spüre, wie sein Blick auf mir verharrt, aber er tut so, als hätte er mich nicht gesehen. Einige Flaschen stehen auf den Containern, die dringend geleert werden müssten. Dieser Elmar nimmt zwei, drei in die Hand und stopft sie in eine Plastiktüte, die ihm am Arm hängt. Er nähert sich mir langsam.

»Bist du denn jetzt in einem der Obdachlosenheime untergekommen?«, fragt der väterliche Polizist.

Elmar schüttelt den Kopf. »Die Marion und ich, wir haben es uns dort hinten unter der Brücke gemütlich gemacht. Da ist ein Abluftschacht vom Bahnhof, da steigt warme Luft auf und es lässt sich da ganz gut leben. Und wir stören niemanden, ganz sicher.«

»Das meine ich nicht, ich mache mir nur Sorgen um

dich. Es ist verdammt kalt im Dezember hier draußen.«
Er bläst sich die klammen Finger warm.

Der Obdachlose trägt zerlumpte Strickhandschuhe,
ihn scheint die Kälte nicht zu stören.

»Falls es noch kälter wird, suchen wir uns was.
Aber die Marion, die hat früher an der Käsetheke gearbeitet, die kennt das mit der Kälte. Und ich war auch
immer draußen, das ist okay.«

»Kenne ich Marion?«, fragt der Polizist.

Der Alte kratzt sich eine Verletzung auf der Glatze
auf. »Ich bin nicht sicher, sie lebt seit drei Jahren draußen. Ihr Mann hat ihre gemeinsame Firma in den Bank-
rott gefahren, dann hat er unter ihrem Namen eine
neue eröffnet, aber die lief natürlich auch nicht. Jetzt
hat er ein Kind mit einer Jüngeren und Marion hat gar
nichts mehr.«

Der Polizist legt Elmar einen Arm um die Schulter
und drückt ihm den Rest seiner Zigarette in die Hand.

»Dann kann sie froh sein, dass sie dich hat. Du
kennst dich aus und passt sicher gut auf sie auf.«

Der Alte greift nach einer Weinflasche mit Schraubverschluss, in der noch etwas drin ist. Er schraubt sie
auf und riecht daran. Sie kommt nicht in seine Plastiktüte, er behält sie in der Hand. Sein Fuß steht inzwischen direkt neben mir, ich sehe die zerschlissenen
Schnürsenkel in Winterstiefeln. Die Schuhgröße
scheint nicht zu seiner kleinen Statur zu passen, sicher
sind sie ihm einige Nummern zu groß. Er schiebt mich
langsam zwischen zwei Glascontainer, dann ver-
wickelt er den Polizisten in ein Gespräch und lockt ihn
von mir weg.

Ich höre eine junge Frauenstimme und es dauert einen Moment, bis ich verstehe, dass sie aus einem Gerät
kommt, nicht von einer Person.

»Toter Freier in der Uhland-Straße. Täter:in flüchtig.«

»Mensch, die sollen mal diesen Gender-Scheiß lassen«, brummt der alte Polizist. »In meiner Laufbahn hat sich noch nie ein Mann beschwert, als Tatverdächtiger benachteiligt worden zu sein, weil man ihn aufgrund seines Geschlechts sprachlich nicht in Betracht gezogen hat.«

»Wer weiß, heute gibt es doch wegen allem Klagen«, murmelt Elmar.

»Einen männlichen Professionellen können wir in unserer Provinz-Szene wohl eher ausschließen. Aber Hauptsache, wir gendern korrekt. Ich muss dann mal.« Die Stimme entfernt sich grummelnd.

»Ich geh wieder zu meiner Marion«, höre ich Elmar, dann bückt sich der Alte zu mir und lässt die Weinflasche in mich gleiten. Blitzschnell hat er mich unter seinen Mantel gestopft und geht mit verschränkten Armen zur Straße und auf eine Brücke zu.

»Tschüss Elmar«, ruft der Polizist.

»Bis dann, viel Erfolg«, nickt der Alte und drückt mich fest an sich.

»Was ist denn da drüben los?«, höre ich wenig später eine undeutliche Stimme. Das muss Marion sein. Elmar schiebt mich aus seinem Mantel in einen Schlafsack, sodass ich nichts sehen kann. Die Weinflasche zieht er aber hervor.

»Sieh mal, ich habe dir einen Gute-Nacht-Schluck mitgebracht. Irgendein armes Schwein ist vor die S-Bahn gelaufen. Dieser Polizist, der mir vor ein paar Jahren geholfen hat, hat es mir erzählt.«

»Was war denn damals?«, will Marion wissen. Ich höre, wie sie den Schraubverschluss öffnet und einen tiefen Schluck nimmt.

»Ich hatte meine Rente abgeholt und bin von drei Leuten zusammengeschlagen worden, die mein Geld wollten. Passanten hatten die Polizei geholt, und er hat mir geholfen, mein Geld wiederzubekommen. Ist ein feiner Kerl.«

»Willst du auch einen Schluck? Die Nacht kann verdammt kalt werden«, sagt Marion.

»Ich bin jetzt seit fast zwanzig Jahren trocken. Da war schon mancher kalte Winter dabei, lass mal. Ist dir denn warm genug?«

Elmar rutscht in seinen Schlafsack und schiebt mich mit den Füßen ganz nach unten. Er schmiegt sich an seine Marion und hält sie warm.

»Erzählst du mir, wo du damals auf Montage warst?«, fragt Marion.

»Du willst sicher nichts von Stockholm im Winter wissen, soll ich dir von Padua erzählen? Eine ganz tolle Stadt in Italien. Da ist es bestimmt immer warm. Ich war in den Achtzigern vom Frühjahr bis in den Herbst da. Die Studenten haben überall auf den Plätzen gesessen und überall war Musik und es roch nach warmer Pizza und nach … Du schläfst ja schon.«

Elmar kuschelt sich noch enger an Marion und drückt sie ganz eng an sich, damit sie nicht friert. Seine Füße schiebt er vorsichtig in mich. Sie sind kalt, was bei den löchrigen Socken nicht verwunderlich ist. Ich habe Mitleid mit ihm und schmiege mich an seine frierenden Zehen, damit er einschlafen kann. Die Züge rattern auch nachts vorbei und ich finde keine Ruhe. Irgendwann muss auch ich eingedöst sein, denn durch den Stoff des Schlafsackes dringt Licht, als ich Marions

Stimme höre.

»Sag mal, wie lang dauert es noch bis Weihnachten?«

»Übermorgen müsste Heiligabend sein. Wollen wir vielleicht ins Krankenhaus zur Armenspeisung gehen? Die machen immer eine nette Weihnachtsfeier. Und in die Christmette möchte ich gern gehen. Ich liebe den Geruch von Weihrauch und die Weihnachtslieder.«

Marion lacht. »Ich glaube, du bist der sentimentalste Obdachlose, den man sich vorstellen kann. Aber ich würde mich auch gern für Weihnachten ein bisschen waschen. Ich denke, ich nehme den Intercity und bin am Abend zurück.«

Ich verstehe nicht, was das mit Weihnachten zu tun hat, aber vielleicht wird es klarer, wenn ich Marion endlich kennenlerne.

Elmar und Marion räumen ihre Habseligkeit zusammen und lassen mich mit ihnen zurück. Ich bin froh, dass ich noch ein wenig Schlaf nachholen kann.

Es muss um die Mittagszeit sein, es ist relativ warm für einen Wintertag, als Elmar mich aus seinem Schlafsack herauszieht. Er wischt mit seinem schmutzigen Ärmel über meinen Rücken, was sich wohlig anfühlt. Dann gießt er aus einer Flasche ein wenig Wasser auf mich und versucht, etwas verkrustetes Blut damit zu lösen. Hat der denn keine Ahnung, dass man edles Leder nicht mit Wasser behandelt? Ich betrachte ihn genauer, seine blutleeren Lippen, seine buschigen Augenbrauen, die wettergegerbte Glatze, die rissigen Finger, und komme zu dem Schluss, dass er es

184

tatsächlich nicht wissen kann und es nur gut meint. Er kontrolliert, ob auch wirklich nichts mehr in meinen Fächern zu finden ist, dann zupft er einen letzten Fitzel eingeklemmten Blusenstoff aus dem Reißverschluss. Er streicht mir fast liebevoll über die Seite, dann stopft er mich wieder in seinen Schlafsack. Ich verstehe nicht, warum er mich immer wieder versteckt. Ob er Angst hat, dass ich gestohlen werde?

Ich muss wieder eingeschlafen sein, es ist ganz schön langweilig, wenn man nichts sehen kann und es auch nichts Spannendes zu hören gibt außer Straßenlärm. Ich habe zwar mehrfach Passanten belauscht, aber die waren häufiger in Telefonaten als in persönlichen Gesprächen, die andere Seite blieb mir also unbekannt.

»Sieh mal, ich habe heute richtig viel gesammelt«, höre ich Marions Stimme. Es klirrt neben meinem Schlafsack. »Die Bahn war ganz schön voll, alle fahren für Weihnachten nach Hause. Überall Studenten und Großeltern im Zug, deren Gepäck so überquoll, dass sie ihre Pfandflaschen lieber auf den Tischen stehen ließen oder in die Mülleimer warfen, statt sie in ihre Taschen zu stopfen.«

Ich höre Glasflaschen aneinanderstoßen.

»Wollen wir gleich zum Supermarkt gehen und die Flaschen wegbringen?«, fragt Elmar.

»Ich bin müde, gehst du allein?«

»Aber es ist viel zu kalt, um jetzt schon zu schlafen, lass uns noch ein wenig ins Warme gehen. Hast du denn etwas gegessen?«, fragt Elmar besorgt.

»Die Leute mussten wohl über die Feiertage ihre Kühlschränke leermachen. Die hatten alle viel zu viel dabei. Ich habe zwei Äpfel geschenkt bekommen, eine Banane ist liegengeblieben, ein paar Kekse und einen angebissenen Burger hatte ich auch noch. Magst du etwas?«

Zähne beißen in einen Apfel. Ich höre das Öffnen eines Schraubverschlusses.

»Ich glaube, die Flasche hat jemand extra für mich stehen lassen«, sagt Marion und klingt ein wenig verlegen.

»In der Weihnachtszeit haben die Leute immer ein weiches Herz. Ich habe heute bestimmt fünf Glühwein auf dem Weihnachtsmarkt angeboten bekommen. Die Leute sehen einen ganz ungläubig an, wenn man ihnen erklärt, dass man keinen Alkohol trinkt.«

»Hättest du die Glühweine nicht für mich aufheben können?«, fragt Marion schmollend.

Aber Elmar erklärt ihr, kalt würden die sicher nicht schmecken und Alkohol sei sowieso nicht gut für sie. Sie scheinen diese Diskussion nicht zum ersten Mal zu führen, ich höre gar nicht richtig hin. Dadurch habe ich fast verpasst, dass sie aufbrechen, um die Flaschen wegzubringen. Ich bin also schon wieder allein im Dunkeln. Das erinnert mich an die Zeit bei Marliese von Steffeln, als ich im Kleiderschrank fast versauert bin, aber da gab es wenigstens andere Taschen, mit denen ich mich unterhalten konnte.

›Haaaa-lloooo, ist da jemand?‹, rufe ich in die Dunkelheit.

›Hast du denn keinen Blick für das Wesentliche?‹, antwortet eine müde, helle Stimme.

›Ich bin hier eingesperrt, kannst du mir helfen?‹, frage ich hoffnungsvoll.

›Uns kann keiner helfen. Wir sind zum Scheitern verurteilt. Also füg' dich in dein Schicksal und red' nicht so viel!‹

›Was bist du denn für eine?‹, frage ich verärgert.

›Ich bin ein Trolley‹, erklärt mir die müde Stimme.

›Was soll das heißen?‹, frage ich bissig. ›Das sagt nichts über dich aus.‹

Die Trollin scheint beleidigt zu sein. Vielleicht ist sie auch eingeschlafen, so müde wie sie klang. Jedenfalls gibt sie keinen Laut mehr von sich. Früher hätte ich genervt, bis sie endlich etwas gesagt hätte, aber inzwischen habe ich eingesehen, dass wir das gleiche Schicksal haben und unzertrennlich sein werden, sofern uns nicht wieder jemand verschenkt, ersetzt, wegwirft oder sich stehlen lässt. Also versuche ich, so gut es geht mit anderen Taschen und Geldbörsen auszukommen. Irgendwann wird sie schon etwas sagen. Denn der Stimme nach ist die andere Tasche eine Frau, die wird nicht allzu lange schweigen.

›Ich habe Elmar schon zwanzig Jahre begleitet.‹

Ha, wusste ich doch, dass sie das nicht lange durchhält. Das klingt ziemlich frustriert.

›Wir waren überall auf der Welt zusammen. Früher war noch die Unterwäsche seiner Frau in mir, Bücher, Urlaubsgeschenke.‹

›Du musst ja mächtig groß sein.‹

›Und du mächtig ahnungslos. Ein Trolley ist ein Koffer‹, tönt es aus der Nähe. ›Dann war das alles vorbei. Alles, was Elmar mitgenommen hat, hat in mich und zwei Ikea-Tüten gepasst.‹

›Hat seine Frau ihn rausgeworfen?‹, frage ich.

›Seine Frau hatte Krebs, ich war immer dabei, wenn sie ins Krankenhaus kam. Sie ist krepiert wie ein angefahrenes Reh. Danach fing Elmar an zu saufen. Er hat den Job verloren, seine Tochter wollte nichts mehr mit ihm zu tun haben. Er konnte die Miete nicht mehr bezahlen, das Auto nicht mehr. Dann hat er eine Frau kennengelernt, die ihn sofort zu sich genommen hat. Aber sie wollte nur, dass er ihr alles im Haus repariert und herrichtet. Sie hat ihn gehalten wie einen Sklaven. Irgendwann hat er mich und die beiden Ikea-Tüten gepackt und ist weggelaufen. Seitdem lebt er auf der Straße. Er trinkt keinen Tropfen Alkohol, stiehlt nicht, fällt niemandem zu Last. Elmar ist ein guter Kerl.‹

›Und sonst gibt es hier keine Taschen?‹, frage ich.

›Keine, die mit uns reden. Diese blauen Beutel sprechen nur schwedisch und bleiben am liebsten unter sich. Sonst gibt es hier nichts.‹

Ich möchte wissen, was denn mit Marions Sachen ist.

›Marion hat alles in Plastiktüten gepackt, viel hat sie ja nicht. Dann haben sie noch einen alten Schlafsack, dessen Reißverschluss kaputt ist. Da haben sie einiges hineingestopft. Bisher war ich ganz allein, viele Jahre lang. Ich bin froh, dass du jetzt da bist. Warum versteckst du dich vor mir?‹

›Ich weiß es doch auch nicht, aber ich freue mich darauf, dich zu sehen. Erzähl mir, wie ist Marion denn so?‹

›Das ist mal wieder typisch Mann‹, kommt unerwartet aufgebracht zurück, die Müdigkeit ist Angriffslust gewichen. ›Eben noch warst du einsam, jetzt hast du mich kennengelernt und schon erkundigst du dich nach einer anderen Frau.‹

Puh, das kann anstrengend werden. ›Ich meinte, wie sie so als Besitzerin ist. Behandelt sie dich gut?‹ Die Kurve habe ich geradeso noch bekommen.

›Im Wesentlichen gehöre ich ja Elmar. Wenn

Marion nüchtern ist, ist sie wirklich in Ordnung. Leider greift sie allzu oft zur Flasche. Im Sommer, um den Durst zu löschen. Im Herbst gegen den Blues. Und im Winter gegen die Kälte. Für das Frühjahr ist mir noch keine Ausrede eingefallen, aber ich denke, es ist immer dasselbe: zum Vergessen.‹

Ganz schön philosophisch, meine Kofferdame. Ich bin sehr gespannt, wie sie wohl aussieht. Ich denke, sie ist zierlich und elegant, entweder die kleine Schwarze oder passend zu mir in schickem Rot. Sicherlich hat sie glänzende Reißverschlüsse und einen eleganten Auszugsgriff. Ob sie wohl auf vier Rädern unterwegs ist oder eher als Zweirad? Ich verliere mich in ihrer Stimme, glockenhell und wohlwollend. Schade nur, dass ich sie durch den Schlafsack hindurch nicht immer gut verstehen kann, weil sie so dezent und leise ist.

›Da kommen die beiden zurück. Marion hat ganz schön Schlagseite. Das wird Elmar nicht freuen.‹

Jetzt höre ich Elmars aufgebrachte Stimme, die rasch näherkommt. Und schon rutsche ich über den Boden, genau genommen der Schlafsack, den Elmar gepackt hat und zwei Meter fortzieht.

»Ich möchte nichts mit dir zu tun haben, wenn du betrunken bist. Wir hätten gut noch ein wenig mehr Zeit im Einkaufszentrum verbringen können. Die Leute mögen Mundharmonika-Musik, wir hätten noch ein wenig Geld gesammelt und hätten uns morgen vielleicht sogar etwas mehr als nur die Armenspeisung gönnen können. Aber nein, du musst trinken und Leute anpöbeln, bis die Security uns hinauswirft. Wegen solchen wie dir haben die Leute Vorurteile gegenüber uns Obdachlosen.«

»Ach, bist du jetzt etwas Besseres, nur weil du nichts trinkst? Dabei bist du doch auch nur ein trockener Alki, der sich nicht traut, weil er glaubt, dass er dann rückfällig wird«, erwidert Marion aggressiv.

»Stimmt«, sagt Elmar schlicht. »Und jetzt schlaf gut, morgen ist Weihnachten.«

Damit kriecht er in den Schlafsack und ich mache die Fächer breit, damit er mit den kalten Zehen hineinschlüpfen kann.

Als ich wachwerde, ist der Schlafsack leer. Ich verstehe gar nicht, wie ich Elmars Erwachen verschlafen konnte.

»Guten Morgen«, höre ich ihn sagen.

›Guten Morgen‹, antworte ich, aber dann fällt mir erst ein, dass er mich gar nicht hören kann.

›Guten Morgen‹, ertönt die Stimme des Köfferchens ganz in meiner Nähe.

›Oh, wie schön, dass du so nah bist. Ich freue mich, dich endlich kennenzulernen. Ich hoffe doch, dass ich bald aus diesem blöden Schlafsack herausdarf. Wie heißt du eigentlich?‹, frage ich.

Es folgt eine drückende Stille.

›Bist du noch da?‹, frage ich.

›Hm‹, seufzt das Köfferchen. ›Ich habe gar keinen Namen. Mein Hersteller hat nur einen Nachnamen, aber du kannst ja nicht *Frau Wittchen* zu mir sagen.‹

›Also, jetzt im Winter bist du mein Schnee-Wittchen, mal sehen, wie ich dich im Sommer nenne‹, schlage ich vor.

›Oh‹, sagt Schnee-Wittchen und schweigt dann.

Aus diesem einen Laut ist schwer herauszuhören, ob sie geschmeichelt oder beleidigt ist. Es ist so schwer, Frauen etwas Nettes zu sagen, wenn man sie zugleich nicht sehen kann.

»Guten Morgen«, brummt jetzt auch Marion.

»Verkatert?«, fragt Elmar. »Ich war in der Stadt und habe ein Heringsbrötchen für dich gekauft. Und für mich habe ich ein Croissant mitgebracht, weil heute Heiligabend ist. Außerdem habe ich eine Tageszeitung von gestern gefunden, da können wir nachlesen, was das mit diesem Jungen war, der vor die Bahn gelaufen ist. Und mit dem toten Freier. Komm, leg deinen Schlafsack hier auf die Mauer, der ist noch warm, dann holst du dir keine Blasenentzündung, wenn du dich daraufsetzt. Ich habe noch etwas für dich.«

Ich hatte es schon gerochen und ich bin sicher, Marion wird sich sehr freuen.

»Aber wir haben doch gar kein Geld für Kaffee«, sagt sie verärgert.

»Den hat die Bäckersfrau mir geschenkt, als ich gesagt habe, wie gern ich früher Kaffee zu meinem Croissant getrunken habe. Aber es ist nur einer, wir müssen ihn uns teilen.«

Ich höre die beiden schlürfen und schmatzen und bin froh, dass wir Taschen solche Notwendigkeiten nicht kennen.

»Hast du mich wieder lieb?«, höre ich Marions zaghafte Frage.

»Hätte ich dir sonst ein Katerfrühstück besorgt?«, antwortet Elmar schlicht.

»Liest du mir aus der Zeitung vor? Du kannst das viel besser als ich. Wenn ich nicht bald eine neue Brille bekomme, verlerne ich das Lesen noch ganz«, sagt Marion.

Ich bin gespannt, was die Zeitung berichtet. Einerseits war ich ledernah dabei, zugleich habe ich das Ende vom Boden aus nicht sehen können.

»*Drogenabhängiger auf Flucht verunglückt* steht hier. Die Polizei teilt mit – blablabla – also der Junge war aufgestöbert worden, weil ein S-Bahn-Fahrer gemeldet hatte, dass jemand über die Gleise gelaufen ist. Die Polizei kennt die typischen Drogenumschlagplätze, schätze ich. Jedenfalls haben sie ihn gesucht und als sie ihn befragen wollten, hat er wohl Panik bekommen und ist getürmt. Die Polizei hat keine Drogen bei ihm gefunden, aber eindeutige Hinweise auf Konsum, sofern das noch feststellbar war.«

›Da bekommen die *sterblichen Überreste* doch eine ganz andere Bedeutung‹, sagt Schnee-Wittchen, die wohl genauso andächtig gelauscht hat wie ich.

›Das war mein vorheriger Besitzer‹, erkläre ich, was das Köfferchen peinlich berührt.

›Schon gut, er hatte mich kurz vorher gestohlen, wir hatten uns noch nicht einmal aneinander gewöhnt. Trotzdem ist der Tod eines jungen Menschen völlig sinnlos‹, erkläre ich Schnee-Wittchen.

»Hast du die Schlagzeile im Regionalteil gesehen? Das kann ich sogar noch entziffern«, sagt Marion und liest vor: »Polizei sucht Zeugen. Tod eines Familienvaters gibt Polizei Rätsel auf.«

Mehr kommt nicht, nur Kaugeräusche und Schlucken.

»Ich habe den Artikel mal überflogen«, sagt Elmar nach einer Weile. »Als ich gestern mit dem Polizisten im Gespräch war, hatte ich schon den Funkspruch gehört. Ein sechsunddreißigjähriger Mann, der frisch von seiner Frau getrennt war, wurde in einem Bett erschossen aufgefunden. Von einer Prostituierten, die sich die Wohnung mit anderen Frauen teilt. Angeblich kennt niemand die Namen der anderen. Die Polizei sucht eine Zeugin, die kurz vor und nach der Tat von einer Nachbarin gesehen wurde. Der Typ hinterlässt einen drei Monate alten Sohn.«

»Das ist nicht unser Milieu«, sagt Marion schlicht. »Du, ich muss nochmal weg, es wird nicht lange dauern.«

Elmar fragt, ob er sie begleiten soll, aber sie lehnt ab und er wehrt sich nicht lange.

Als Marion weg ist, ruckelt mein Schlafsack plötzlich. Ich werde in die Luft gehoben und nach unten geschüttelt, lande aber weich auf einem anderen Schlafsack. Es ist unerwartet hell draußen, nur abgeschattet von der Brücke, die über der Schlafstatt verläuft.

»So, mein gutes Stück, da bist du ja. Ich muss dich noch für Marion einpacken. Ich glaube, wir machen die Bescherung vor dem Essen, dann kann Marion dich schon zum ersten Mal mitnehmen«, brabbelt Elmar vor sich hin. Ich kann mich gerade noch umschauen, als er mich in mehrere Lagen Zeitungspapier einwickelt und irgendwo verstaut, wo es undefinierbar dunkel ist, vielleicht wieder im Schlafsack. Ich konnte gerade noch einen Blick auf einen hässlichen, dunkelgrauen Koffer erhaschen, der schief neben einer Parkbank neben der Brücke steht. Ein Rad fehlt, eine Schnalle ist kaputt. Kein Wunder, dass den jemand entsorgt hat. Es kann eben nicht jeder solche Klasse haben wie ich.

Es dauert nicht lange, bis Marion zurück ist. Sie summt ein Weihnachtslied, und ich glaube, Alkoholduft vernehmen zu können.

»Du, Marion, ich habe ein kleines Weihnachtsgeschenk für dich. Ich würde dir das gern geben, bevor wir ins Krankenhaus zum Essen gehen«, erklärt Elmar.

»Ich habe auch eine Kleinigkeit für dich. Wer zuerst?«

Alles um mich herum wackelt und bebt, und ich

fühle Elmars Hand mich umschließen.

»Fröhliche Weihnachten«, sagt er und drückt mich Marion in die Hand. Sie befühlt mich vorsichtig und löst das Zeitungspapier zaghaft.

»Oh, die ist aber schön«, sagt sie, als wir uns gegenseitig betrachten. Ich denke etwas anderes.

»Ich dachte mir, die macht zum Pfandsammeln mehr her als eine Plastiktüte. Sie ist ziemlich stabil und echt geräumig. Da wirst du in der Bahn nicht schief angesehen.«

Marion schmatzt Elmar einen feuchten Kuss auf den Mund. Der drückt sie fest an sich. Marion befühlt mich, als sei ich der größte Schatz, den sie je besessen hat. Sie streicht mit ihren rissigen Fingern vorsichtig über mein Leder, fährt meine Reißverschlüsse entlang, befühlt sanft einen Kratzer. Dann schlüpfen ihre Hände in mich und schmiegen sich an mein Innenfutter.

»Jetzt bin ich eine echte Dame«, haucht sie, hängt mich über ihre Schulter und klemmt mich ganz fest unter ihren Arm, als habe sie Angst, jemand könne mich ihr wegnehmen. »Die macht einen ganz anderen Menschen aus mir.«

Elmar widerspricht, Kleider und Accessoires seien nicht wichtig, ihr würde man direkt ansehen, dass sie eine Seele von Mensch sei. Marion ist anderer Meinung, denn die meisten würden sie gar nicht richtig ansehen, seit sie auf der Straße lebe. Die Menschen würden nur einen großen Bogen um sie machen, ihr vielleicht gönnerhaft etwas Geld hinwerfen, um ihr Gewissen zu erleichtern. Aber niemand wisse wirklich, wie sie aussehe oder wer sie sei.

»Jetzt habe ich ein ganz schlechtes Gewissen mit meinem Geschenk. Dagegen ist das wirklich mickrig«, sagt Marion und zieht ebenfalls ein in Zeitung geschlungenes Päckchen aus dem hässlichen Koffer neben sich.

Elmar klappt die Zeitung zurück und strahlt Marion an, die verlegen auf ihre Hände blickt.

»Ich dachte mir, mit den Fotos in einem Reisekatalog kann ich ein paar alte Erinnerungen bei dir wecken. Und ich liebe es, wenn du aus fernen Ländern erzählst. Du kannst sogar ein wenig darin lesen, wie das Klima dort ist oder welche Sehenswürdigkeiten es gibt. Und dann kannst du dir Geschichten dazu ausdenken. Vielleicht erzählst du die in der Innenstadt und bekommst ein wenig Geld dafür.«

Marion blickt noch immer auf ihre Hände und kann daher gar nicht sehen, wie eine Träne in Elmars Schoß tropft.

»Das ist mein schönstes Weihnachtsgeschenk seit langem«, sagt er und blättert darin herum.

›Frohe Weihachten‹, höre ich und blicke mich um.

›Schnee-Wittchen, wo bist du?‹, frage ich.

›Du siehst nur, was du sehen willst, das Wesentliche entgeht dir‹, höre ich aus dem hässlichen, großen Koffer.

›Du bist Schnee-Wittchen?‹, frage ich ungläubig.

›Wer soll ich sonst sein, Rumpelstilzchen oder der Teufel mit den drei goldenen Haaren?‹

Ich erröte noch mehr, was aber niemand sieht, weil Marion mich in ihren Schoß gelegt hat und mit ihren groben Händen warmhält, während sie Elmar über die Schulter blickt, der in den Urlaubskatalog vertieft ist.

›Deine Stimme hat mir ein anderes Bild von dir vorgegaukelt‹, sage ich zaghaft.

›Ich weiß, jung, schön, schlank, vergiss es. Aber darum bin ich wohl auch immer allein geblieben, die mageren Ikea-Taschen wollten mit mir natürlich nichts zu tun haben‹, erklärt mir der Trolley.

›Nein, nein, ich finde dich zauberhaft. Unverwechselbar, sehr individuell.‹

Weiter komme ich leider nicht, denn Marion und Elmar sind aufgestanden und nehmen mich mit in die Stadt. Marion trägt mich vor sich her wie eine Monstranz. Die Geschäfte haben noch geöffnet, viele Menschen laufen gehetzt und schlecht gelaunt an uns vorbei, weil ihnen noch ein eiliges Geschenk fehlt. Was mir gerade fehlt, ist Schnee-Wittchen, mit der ich meine Eindrücke teilen könnte.

Als wir uns einem riesigen Gebäude mit zahlreichen Fenstern nähern, höre ich das Auf- und Abschwellen von Martinshorn, das mich an den Tod des armen Jungen erinnert. Wir gehen an dem großen Gebäude vorbei und halten auf ein kleines Nebengebäude zu, vor dem sich eine lange Schlange gebildet hat. Ich schaue mich interessiert um, aber hier gibt es niemanden meinesgleichen. Ich sehe ein paar dreckstarrende Stoffbeutel über mageren Schultern hängen, Plastiktüten in Händen mit schwarzen Rändern unter den Fingernägeln, mehrere Einkaufstrolleys und Kunststofftaschen diverser Discounter.

»Hallo Marion, was hast du denn da?«, fragt eine jüngere Frau mit wenigen Zähnen und viel Busen.

»Mein Weihnachtsgeschenk von Elmar«, sagt Marion stolz und drückt mich an ihr Herz.

Die doppelflügelige Tür wird gerade aufgestoßen und einige Männer in Frauengewändern bitten die Wartenden herein.

»Schön, dass die Patres das jedes Jahr wieder anbieten«, sagt Elmar.

»Das ist doch nur, damit die Kirche sagen kann, sie

tut was für die Armen«, kontert die Zahnlose.

Alle stehen in einer langen Reihe an einem riesigen, schwarzen Kessel an und holen sich eine gehaltvolle Suppe.

Marion zieht Elmar weg von der Frau und sucht sich einen Tisch in einer Ecke, an den sich acht weitere arme Seelen gesellen. Sie erzählen sich gegenseitig von ihren Bahnfahrten, die dank ihrer Behindertenausweise für sie kostenlos sind, von Glascontainern, an denen sich immer wieder Pfandflaschen finden lassen und von unschönen Begegnungen mit Menschen, die sie beschimpft und verscheucht haben.

Nach einem üppigen Hauptgang gibt es noch ein Dessert und einen Kaffee. Manche fragen nach Glühwein, aber die Patres wiederholen immer wieder, dass sie doch wüssten, dass und warum sie keinen Alkohol ausschenken würden. Zum Kaffee gibt es noch einen Kuchen, der aussieht, als hätte man alle Reste auf dem Boden zusammengekehrt und dann verbacken, aber einige am Tisch schwärmen, sie hätten lange keinen Christstollen mehr gegessen und wie lange er doch sättigen würde.

Dann stimmen die Patres Weihnachtslieder an, woraufhin sich einige erheben und gehen. Andere rücken zusammen und singen mit teils brüchigen, teils kräftigen Stimmen, die deutlich von Tenören und Bässen dominiert werden, Lieder von Schnee, Engeln und dem einen Heiland, den ich noch nie gesehen habe.

Zum Schluss gibt es noch eine Wurst und Kartoffelsalat für alle, die bis jetzt ausgehalten haben. Marion hängt sich bei Elmar ein und zusammen gehen wir durch die menschenleere Innenstadt. Marion bleibt an jedem Mülleimer stehen. Manche haben einen Ring rundherum, in den die Menschen Pfandflaschen gestellt haben, an anderen Stellen muss sie in Abfällen wühlen, findet aber auch dort zahlreiche Flaschen. Bevor sie sie in mich stecken kann, reicht Elmar ihr eine Plastiktüte, um mich zu schonen. Ich schmelze dahin bei so viel Fürsorge.

Wir kommen an einen Ring, in dem sechs volle Weinflaschen stehen mit einem Zettel auf jeder:

Bitte nur eine Flasche nehmen und die anderen für Bedürftige stehen lassen. Frohe Weihnachten.

Marion nimmt jede Flasche in die Hand und entscheidet sich für eine, die sie vorsichtig in mich stellt.

In der ganzen Stadt ist Glockengeläut zu hören.

»Riechst du das auch?«, fragt Elmar verträumt.

»Es duftet nach Gans und Fonduefett«, antwortet Marion.

In den hell erleuchteten Wohnzimmern sind glänzende Tannenbäume zu sehen. Ich denke zurück an all meine Vorbesitzer und stelle mir vor, wie es bei ihnen wohl an Weihnachten aussieht.

Bei Marliese und Constanze steht sicher ein monströser Baum in edlen Goldtönen, sonst wird es außer vom Kamin wenig Wärme im Haus geben.

Nele und Kerstin werden um einen bunt geschmückten Baum mit Wurzelballen herumsitzen, Musik machen und die Tür geöffnet haben für jeden, der heute keine Bleibe hat. Wahrscheinlich auch für Andrea und Timur und selbst Gürkan wird vermutlich dem christlichen Fest in dieser liebevollen Umgebung etwas abgewinnen können.

Ob Kim bei einem ihrer Elternteile Weihnachten feiert, die ihr das Studium nicht finanzieren und weswegen sie anschaffen musste? Oder versteckt sie sich vor der Polizei oder ist sogar schon ermittelt worden?

Jannik feiert kein Weihnachten mehr, nie mehr. Rest

in pieces, ruhe in Teilen.

Vor dem großen Kirchenportal stehen zwei Bettler mit Kaffeebechern. Als Marion und Elmar an ihnen vorbeigehen, stellen sie kurzzeitig das Klimpern mit den Münzen in ihren leeren Kaffeebechern ein. Aus ihren fetten Geldbörsen in den Innentaschen ihrer Mäntel höre ich eine rumänische Ermahnung, die ich nicht verstehen kann.

»Die Leute sehen uns an, als hätten sie Angst um ihre Geldbeutel«, flüstert Marion Elmar zu.

»Darum setze ich mich in die erste Reihe, da haben die Leute mich im Blick und haben keine Angst, ich könnte ihnen hinterrücks etwas stehlen«, erklärt Elmar. Er greift ein Liederbuch und einen Zettel mit einem Spendenaufruf, dann zieht er Marion zu einem Tisch mit zahllosen, brennenden Kerzen in einer Nische der Kirche. Aus den Tiefen seiner Manteltasche kramt Elmar einen Kugelschreiber hervor und stellt vier Pfandflaschen unter den Kasten, in dem das Geld für die Kerzen gesammelt wird. Im Schein der Kerzen schreibt er auf die Rückseite des Spendenaufrufs:

Tut mir leid, ich habe kein Geld für zwei Kerzen.

Den Zettel rollt er zusammen und steckt ihn in einen Flaschenhals, dann nimmt er zwei Kerzen an sich. Eine davon zündet er an, spricht ein leises Gebet und stellt sie zwischen die anderen.

»Die zweite Kerze nehmen wir mit und machen es uns damit unter der Brücke gemütlich«, raunt er Marion ins Ohr und lässt die Kerze in mich gleiten. Dann schiebt er Marion und mich vor sich her bis in die erste Reihe. Marion stellt mich zunächst auf den Boden, der sehr kalt ist, aber dann hebt sie mich wieder auf, wischt mit der Hand unter mir entlang und stellt mich auf die Bank zwischen Elmar und sich.

»Wir sind hier in der Kirche, hier wird nichts gestohlen«, wispert Elmar und bedeutet ihr, mich auf die andere Seite neben Marion zu stellen, damit die beiden eng aneinanderrücken können.

Das Licht ist gedämpft, die Musik wohltuend, es ist warm, und dann geht auch noch ein Mann in Frauenkleidern vor mir hin und her und schwenkt einen qualmenden Behälter, der Jannik sicher eine Freude gewesen wäre. Ich werde ganz benommen und döse ein.

Als alle aufstehen, werde ich wach und fühle, wie Marion mich an sich drückt. Wir treten vor die Kirche und da steht ein Ensemble von Blechbläsern und spielt Weihnachtslieder, während es vom Himmel leise schneit. Ich sehne mich nach Schnee-Wittchen, aber Marion und Elmar verweilen, weil die Gemeindefrauen zwischen den Lauschenden umhergehen und Glühwein aus Thermoskannen ausschenken. Elmar bittet stattdessen um einen Tee, aber Marion lässt sich noch einmal nachschenken, bevor wir gehen.

Als wir uns unserer Bleibe unter der Brücke nähern, sage ich bedauernd: ›Hallo Schnee-Wittchen, du wirst ja ganz nass.‹

›Was soll ich tun‹, fragt die Koffer-Dame resigniert.

›Möchtest du vielleicht mit deinem schönen Hintern wackeln, bis du umkippst, damit sie dich unter die Brücke ziehen?‹, schlage ich vor.

›Seit ich nur noch humpeln kann, haben sie mich vergessen‹, klagt der Trolley.

Als Marion achtlos an Schnee-Wittchen vorbeigeht, beuge ich mich so zur Seite, dass ich an ihrem herausgezogenen Nachziehbügel hängenbleibe.

›Ach ja, den alten Koffer könnten wir auch mal ins Trockene holen‹, sagt Marion und zieht Schnee-Wittchen polternd hinter sich her.

›Danke‹, flüstert diese mir zu.

Marion nimmt die Flaschen aus mir heraus, und ich bin sicher, dass Elmar nicht mitbekommen hat, wie sie auf dem Rückweg eine weitere der Weinflaschen gegriffen und in mir hat verschwinden lassen. Die leeren Flaschen legt sie in ihre bisherige Sammeltüte, eine der Weinflaschen stellt sie vor sich, die andere schiebt sie schnell in ihren Schlafsack. Dann holt sie zwei schmutzige Pullover und stopft sie in mein Innerstes. Sie schraubt die Flasche auf und prostet Elmar zu, der sich zur Feier des Tages einen Liter Orangensaft aus dem Tetrapack gegönnt hat. Elmar zündet die Kerze an, die er in der Kirche gegen Leergut getauscht hat, und stellt sie vor die beiden.

»Das war mein schönstes Weihnachtsfest seit langem, danke«, sagt Marion verträumt und rutscht nah an Elmar heran. Als Marion die Flasche halb geleert hat, wird Elmar ungeduldig. Er fordert sie auf, endlich mit dem Trinken aufzuhören, aber Marion erklärt ihm, dass sie sich von niemandem mehr sagen lässt, was sie zu tun oder zu lassen hat.

Elmar pustet demonstrativ die Kerze aus und nimmt seinen Schlafsack mit zur Parkbank, auf der er sich zusammenrollt. Es ist kaum Platz, um sich hin und her zu wälzen, aber er findet keine Ruhe.

Marion dagegen trinkt die Weinflasche in einem Zug leer, schlüpft in ihren Schlafsack, legt mich unter ihren Kopf und ist im Nu eingeschlafen.

›Schlaf gut, Schnee-Wittchen‹, flüstere ich, aber sie scheint auch schon zu schlafen.

Am kommenden Morgen gibt es weder Heringsbrötchen, noch Croissant. Es gibt auch kein nettes Wort
zwischen den beiden, eher gar kein Wort. Marion ist
knurrig und Elmar rollt seinen Schlafsack zusammen,
drückt ihn in eine Nische im Brückenpfeiler und geht
wortlos davon. Marion kuschelt sich wieder in ihren
Schlafsack und schläft noch eine Weile.

›Schnee-Wittchen?‹, frage ich vorsichtig.

›Du brauchst nicht zu flüstern, ich habe nicht dem
Alkohol zugesprochen und habe folglich auch keine
Kopfschmerzen‹, sagt die Koffer-Dame völlig zu Recht.

›Ist das häufiger so zwischen den beiden?‹, frage ich
besorgt.

›Immer, wenn Marion zu viel getrunken hat, also
immer häufiger. Sie leidet mehr hier draußen als
Elmar, der hat sich irgendwie damit arrangiert.‹

Ich schweige, was soll ich dazu auch sagen. Zumal
Marion mit ihrem schweren Kopf auf mir liegt und
mich zusammendrückt.

»Wo hast du die Weinflasche denn her?«, höre ich
Elmar in deutlich erregtem Ton fragen.

»Die habe ich doch gestern mitgenommen, das hast
du doch gesehen«, keift Marion zurück.

Elmar hebt die leere Weinflasche hoch, die neben
Marions Habseligkeiten auf dem Boden liegt.

»Das ist die Flasche, die du in meinem Beisein eingesteckt hast. Heißt das, du hast die andere auch noch
mitgenommen? Das ist nicht fair. Irgendjemand hat die
Flaschen dort abgestellt, damit viele ein schönes Weihnachtsfest haben. Und du hast irgendjemanden um
seine Flasche betrogen, nur weil du immer mehr

Alkohol brauchst. Du bist krank.« Elmar packt die Weinflasche und zieht mich unsanft unter Marions Kopf hervor. Die rappelt sich auf und steht schwankend neben Elmar.

»Was machst du jetzt?«, fragt sie flehend.

Ich strecke mich und puste mein Innerstes ein wenig auf, damit ich wieder entknautscht werde, aber der Duft, der mir aus den benutzten Kleidungsstücken entgegenschlägt, ist atemberaubend.

»Am liebsten würde ich die Flasche am Brückenpfeiler zerschlagen, aber damit ist niemandem gedient«, schreit Elmar verärgert.

Er reißt die Pullover aus mir heraus und wirft sie auf Marions Schlafsack. Dann stülpt er mich um, als würde er eine weitere Flasche suchen.

»Wo ist der Zettel, dass jeder nur eine Flasche nehmen soll? Ich klebe den wieder drauf und bringe die Flasche jetzt zurück«, sagt Elmar.

Ich erinnere mich, dass der Zettel an einer der leeren Flaschen klebte, die Marion gestern in ihre andere Tasche umgefüllt hat. Aber das kann ich Elmar leider nicht mitteilen. Es ist zu schade, dass die Menschen und wir uns nicht verständigen können.

Elmar wirft mich verärgert auf den Boden. Ich mache mich schlüpfrig und rutsche so weit, bis ich gegen die Tüte mit den Pfandflaschen stoße. Elmar dreht sich zu mir um und durchwühlt die Tüte, bis er den Zettel gefunden hat.

»Wie viele von den Flaschen hast du eigentlich selbst getrunken?«, möchte er ungehalten wissen.

»Keine, du warst doch dabei«, kontert Marion.

»Ich dachte, ich wäre auch dabei gewesen, als du nur eine Flasche eingesteckt hast.« Elmars Stimme wird immer lauter. »Ich kann dir nicht vertrauen. Ich glaube, das bringt nichts mit uns beiden. Und die da«, er zeigt auf mich, »hast du nicht verdient. Nicht, solange du säufst. Komm sie dir holen, wenn du trocken bist.« Er greift nach mir und geht eiligen Schrittes mit mir davon.

›Auf bald‹, rufe ich Schnee-Wittchen zu.

›Auf Wiedersehen‹, höre ich gerade noch, bevor wir auf der Brücke in Richtung Innenstadt verschwinden.

Die Fußgängerzone ist wie ausgestorben. Die Geschäfte sind geschlossen, es schneit leicht, die Sonne hat sich hinter einer geschlossenen Wolkendecke versteckt. Elmar stellt die Weinflasche zurück in den Pfandring, aber den Zettel hätte er gar nicht mehr gebraucht, alle anderen Flaschen sind verschwunden. Er lässt sich auf die Kante einer Holzbank sinken, zieht eine durchweichte Tageszeitung aus dem Müll und liest laut vor:

Zeugin dringend gesucht. Blablabla … Die Frau Anfang 20, rote, lange Haare, Mantel, Turnschuhe, auffällig große, rote Tasche, die am 22. Dezember in der Uhlandstraße gesehen wurde, soll sich dringend bei der Polizei melden. Vielleicht kann sie wichtige Hinweise zum Täter geben.

Ich zucke zusammen, was Elmar aber nicht merkt, denn auch er zuckt unter Tränen.

Er faltet die Zeitung zusammen und setzt sich darauf, denn die Bank ist nass vom Schnee.

»So eine Scheiße, ich will sie doch nicht verlieren«, raunt er. »Wenn sie weitersäuft, merkt sie aber bald nicht mehr, wie kalt es ist, und erfriert mir. Sie muss aufhören oder wir müssen uns eine Bleibe suchen, aber da kommen wir nur rein, wenn sie nichts trinkt.« Er schlägt mit der Faust auf mich ein. Obwohl es alles andere als schön ist, bleibe ich geduldig liegen und ertrage seine Verzweiflung. Was soll ich anderes tun, wenn ich ehrlich bin. Damit kann er mich nicht beschädigen, aber vielleicht geht es ihm danach besser.

»Wer weiß, was sie sonst noch für Geheimnisse vor mir hat.«

Er klappt mich auf und stöbert in mir herum. Da fällt mir etwas ein. Es hat mich die ganze Zeit schon gestört wie ein Ausschlag, den man zu ignorieren versucht, damit er nicht juckt. Damals, als Marliese von Steffeln die Trophäe in mich gesteckt hat, hat sie mein Futter mit der scharfen Kante aufgeschlitzt. Das hat bislang niemand gesehen, weil mein Leder nicht bündig mit dem Futter abschließt, sondern etwas darüberlappt, sodass der Schlitz darunter verborgen ist, wie wenn man Haare über eine Narbe wachsen lässt. Aber Marliese von Steffeln hat seinerzeit etwas hineingesteckt, was seitdem niemand zu Gesicht bekommen hat. Auch ich hatte es völlig vergessen. Ich achte darauf, dass sich mein inzwischen leicht verschlissenes Futter in Elmars rissigen Fingern verfängt. Dadurch zieht er an dem Stoff und entdeckt den feinen Spalt zwischen Futter und Leder.

»Sieh mal einer an, was ist das denn?«

Elmar zieht einen Umschlag heraus, auf dem mit feiner Handschrift steht:

Für den Sieger des Innovationspreises für Technologie-Design

Elmar friemelt die Lasche aus dem Couvert, das nicht verklebt ist, und pfeift durch seine verbliebenen Zähne. Er fährt sich mit der Hand über die schorfige Glatze und blickt noch einmal auf das Papier in seiner

Hand. Ich habe so etwas noch nie gesehen und weiß nicht, was es bedeutet, aber Elmar scheint sehr wohl zu wissen, was er da in der Hand hat.

»Das kann doch wohl nicht sein«, murmelt Elmar. »Das gehört mir doch nicht, das kann ich nicht behalten. Was mache ich denn jetzt?« Er springt auf und läuft aufgeregt hin und her. Dann faltet er die Zeitung neu, auf der sich Schneeflocken abgelegt haben, und setzt sich wieder auf die Bank.

»Das muss ich Marion geben. Schließlich habe ich ihr die Tasche geschenkt.«

Er läuft den Weg zurück, den er gekommen ist, aber Marion ist nicht da. Er zieht ihrer beider Sachen, die zum Teil durch den Seitenwind unter der Brücke mit Schneeflocken bedeckt sind, ins Trockene und hüllt sich in seinen Schlafsack, den er aus der Mauernische hervorzieht. Dann wartet er. Er kramt den Urlaubskatalog aus seinem Schlafsack und blättert ihn durch. Zwischendurch verharrt er immer wieder, dann summt er ein Lied vor sich hin oder ruft »Oh, war das schön« oder »Boah, war das heiß damals«, dann blättert er weiter. Als es dämmert, ist Marion noch immer nicht zurück. Er setzt sich auf Marions Schlafsack, um ihn zu wärmen, aber Marion kommt nicht.

›Schnee-Wittchen?‹, frage ich zögernd, weil ich sie nirgendwo sehen kann. Ich rufe lauter, noch lauter. Aber sie antwortet nicht. Wären nicht einige von Marions Sachen noch da, würde ich befürchten, dass sie verschwunden ist.

Am nächsten Morgen ist es Marion, die uns mit einem Kaffee weckt.

»Wo warst du denn?«, fragt Elmar besorgt und legt einen Arm um Marion.

›Wo warst du denn?‹, frage ich zugleich Schnee-Wittchen, die ganz nah neben mir steht, nur dass ich leider keinen Henkel um sie legen kann.

»Ich bin ein wenig Zug gefahren, da war es warm und trocken«, erklären Marion und Schnee-Wittchen gleichzeitig.

»Ich konnte ein paar Flaschen im Zug sammeln. Der Zugbegleiter war gnädig und hat mir sogar gezeigt, wo noch welche liegen. Manche Leute haben mir sogar ein bisschen Geld zugesteckt, weil Weihnachten ist«, erzählt Marion und klimpert mit dem Kleingeld in ihrer Manteltasche. »Ich hoffe, du bist mir nicht böse, weil ich deinen Koffer ausgeliehen habe.«

›Ich bin überall angestoßen, weil ich so groß bin und hinke‹, erklärt der Trolley traurig.

»Ich habe dich vermisst«, sagen wir alle gleichzeitig. Dann schweigen wir alle.

»Du, ich muss dir etwas zeigen. Das gehört dir, es ist jetzt deine Tasche. Ich habe es gefunden. Warum auch immer es bislang niemand gefunden hatte«, erklärt Elmar und hält mich Marion entgegen.

»Willst du mich verscheißern? Die Tasche hat bislang niemand gefunden? Glaubst du, ich wäre blöd, nur weil ich was zu viel getrunken hatte?«, braust Marion auf.

Ich bin gespannt auf Elmars Reaktion, aber er bleibt ganz ruhig.

»Natürlich kennst du die Tasche, aber sieh mal hinein.«

Marion nimmt mich und stellt mich kurzerhand auf den Kopf. Sie schüttelt mich, bis ich befürchte, ich müsste den Umschlag gleich übergeben, aber dann dreht sie mich wieder in die richtige Lage und wühlt in mir herum. Alle Reißverschlüsse sind offen, alle Fächer leer.

»Was meinst du?«, fragt sie aggressiv. Sie riecht heute gar nicht nach Alkohol, ich glaube, das ist zurzeit ihr Problem.

Elmar scheint das auch zu begreifen und bleibt ganz gelassen, um Marion keinen Anlass zum Trinken zu geben.

»Zupf mal dort links an dem Futter.«

Marion zieht an meinen zarten Seiten und entdeckt endlich den Umschlag.

»Hast du alter Romantiker mir etwa einen Liebesbrief geschrieben?«

»Sieh selbst«, sagt Elmar knapp und blickt sie gebannt an.

Marion reißt den Umschlag auf und starrt das Papier an, das zuvor auch Elmar ungläubig gelesen hatte.

»Was soll das heißen?«, fragt sie argwöhnisch.

»Das soll heißen, dass du stolze Besitzerin von fünftausend Euro sein könntest. Aber der Scheck ist bestimmt schon längst gesperrt, den kannst du nicht einfach bei der Bank einlösen«, erklärt Elmar.

Marion fordert Elmar auf, ihr den Scheck vorzulesen und zum ersten Mal habe ich den Verdacht, dass sie gar nicht wirklich lesen und schreiben kann und vielleicht deshalb so schwer von der Straße wieder herunterkommt.

»Der Scheck ist von der August-von-Steffeln-Stiftung und wurde für den Preisträger für innovatives Technologie-Design ausgestellt, ein Gürkan Oktay. August von Steffeln …«, Elmar zaust sich den struppigen Bart, »August war ein Klassenkamerad von mir in der Grundschule, weit über fünfzig Jahre her. Der fragt sich sicher, was aus seinem Scheck geworden ist, der ist schon über ein halbes Jahr alt.« Elmar blickt in Gedanken versunken vor sich und lacht plötzlich laut auf. »Was haben wir für einen Blödsinn zusammen angestellt, der August und ich. Wie gesagt, August VON Steffeln, der kam immer in die Schule wie ein kleiner Erwachsener. In die Grundschule schon, überleg mal. Und dann haben wir die Sachen getauscht. Wir haben uns damals so ähnlichgesehen, dass unser kurzsichtiger Sportlehrer den Unterschied nicht gemerkt hat. Beim Schwimmen hätten wir ihn nicht täuschen können, aber angezogen hatten wir die gleiche Statur. Der August war allerdings grob unsportlich und ich war ein muskulöser kleiner Tausendsassa. Erst habe ich meine Noten im Laufen, Springen und Werfen gemacht, dann habe ich die Sachen von August angezogen und habe nochmal alle Disziplinen durchgezogen, damit der August gute Noten bekam. Die waren seinen Eltern nämlich wichtig. Dafür hat August mir dann heimlich Bücher aus der Bibliothek seines Vaters mitgebracht, denn bei uns zu Hause gab es keine Bücher. Wir waren ein tolles Gespann. Nach der vierten Klasse kam ich dann zur Hauptschule und August ging natürlich in ein Internat für wohlhabende Knaben. Dadurch haben wir uns gänzlich aus den Augen verloren.«

In Elmars Gesicht kann ich die schönen Erinnerungen wie einen Film vorbeiziehen sehen, seine Mundwinkel zucken vor Verzücken, seine Augen leuchten.

»Und was machen wir jetzt mit dem Scheck?«, fragt Marion hilflos.

»Den bringen wir August zurück«, schlägt Elmar vor. »Ich glaube, ich erinnere mich noch, wo er damals gewohnt hat, aber ich weiß natürlich nicht, ob er heute noch dort wohnt.«

»Hat dein August ein echtes Schloss?«, fragt Marion naiv.

›Ich glaube, wir sind im falschen Märchen‹, sagt Schnee-Wittchen zu mir.

»Als Kind kam es mir vor wie ein Schloss, aber ich durfte nie hinein. Ich habe nur draußen am Zaun gestanden und durch den Park hindurch das Haus mit den Augen gesucht. August war auch nie bei mir zu Hause. Schade eigentlich«, erinnert sich Elmar. »Komm, pack all deine Habseligkeiten ein, mir kommt da eine Erinnerung, wo wir die nächsten Wochen wohnen können, wenigstens bis zum Frühjahr«, sagt Elmar und zieht Schnee-Wittchen zu sich heran.

›Glaubst du, wir ziehen jetzt in das Schloss?‹, fragt mich Schnee-Wittchen zaghaft.

»Die hatten ein Gärtnerhäuschen außerhalb des Geländes, das war damals schon halb zerfallen. Da habe ich mich manchmal mit August getroffen. Da hätten wir wenigstens ein Dach über dem Kopf.«

Marion meldet Zweifel an. Wenn das über fünfzig Jahre her sei, würde es heute bestimmt ganz anders dort aussehen, aber Elmar sprüht plötzlich vor Tatendrang.

»Ist heute nicht der zweite Weihnachtstag?«, fragt Marion vorsichtig. »Da können wir doch nicht einfach bei deinem August klingeln und sagen, wir hätten fünftausend Euro gefunden und würden jetzt gern in seinem Gartenhaus wohnen.«

Elmar zaust sich den Bart, schüttelt aber dennoch seinen Schlafsack aus und faltet ihn zusammen. Dann wirft er das Wenige, das er besitzt, in seinen Trolley und geht Marion beim Packen zur Hand.

»Wir nehmen den Bus und fahren hin. Heute ist ein guter Tag, um alles zu erkunden. Die Leute sind zu

Hause und gehen bei dem leichten Schneefall auch nicht vor die Tür, also wird uns kaum jemand sehen. Und morgen klingeln wir dann bei August.«

Marion steckt einige Dinge in mich, die so klein sind, dass sie aus dem löchrigen Schlafsack, in dem sie sonst alles aufbewahrt, herausfallen könnten. Dann stopft sie aber auch größere Dinge in mich.

›Ich fühle mich, wie sich die Menschen nach einem üppigen Weihnachtsmahl fühlen müssen‹, beklage ich mich bei Schnee-Wittchen.

»So ein Mist, in der Flasche war noch was drin«, flucht Marion, als ein scharf riechender Kräuterschnaps über mein zartes Leder fließt. Elmar nimmt eine Handvoll Schnee und reibt mich vorsichtig damit ab.

›Jetzt hattest du auch noch den Schnaps nach dem Weihnachtsmahl‹, lacht Schnee-Wittchen.

Mir bleibt nichts anderes übrig, als mitzulachen, zumal Elmar mich beim Säubern unter dem Henkel kitzelt.

Elmar drückt mich Marion in die Hand und lässt den Blick schweifen.

»So, meine Liebe, Zeit für einen Umzug. Und ich wette mit dir, der alte August hat noch eine Herberge für einen alten Freund.«

Wir sind ein seltsamer Zug. Elmar geht voran, mein geliebter Trolley-Koffer holpert einrädrig über das Kopfsteinpflaster. Über die Schulter hat Elmar Marions Schlafsackbündel geworfen, das auf seinem Rücken hin und her schwingt. Dahinter gehen Marion und ich. Marion trägt eine Plastiktüte voller Pfandflaschen, die sie an Weihnachten nirgendwo loswerden kann, und ich bin voll. Also voll Hab und Gut, aber mal nicht voll Leergut.

Wegen des Feiertages fahren nicht viele Busse und wir stehen einige Zeit an einer zugigen Haltestelle, in der wir aber wenigstens vor dem Schnee geschützt sind. Als der Bus kommt, sind wir die einzigen Fahrgäste. Elmar schiebt Schnee-Wittchen in die Busmitte und Marion setzt sich mit mir auf einen Platz über der Heizung. Sie wärmt ihre kalten Füße und steckt ihre Hände unter mich. Elmar scheint heute vor Glückseligkeit keine Kälte zu spüren, er summt sogar ein Weihnachtslied.

Wir steigen in einer eher ärmlichen Wohngegend aus und ich kann mir gar nicht vorstellen, dass ich hier einmal mit Familie von Steffeln gewohnt haben soll.

›Ob dein gefühlsduseliger Elmar sich hier mal nicht getäuscht hat?‹, frage ich Schnee-Wittchen, aber die ist sicher, hier schon einmal gewesen zu sein.

Wir bleiben vor einer Reihe einfacher Stadthäuschen stehen, alle im gleichen Stil, alle mit fünf Klingeln und einem winzigen Vorgärtchen, da der Garten bei den meisten Häusern zusätzlichen Stellplätzen gewichen ist.

»Hier wohnt dein reicher August?«, fragt Marion spöttisch.

Elmar blickt auf die Klingelschilder und weicht zurück.

»Nein, hier wohnt mein Bruder, in dem Haus bin ich großgeworden. Die Häuser gehörten den von-Steffeln-Werken, meine Eltern haben beide dort gearbeitet, darum haben wir hier gewohnt. Ich glaube, mein Bruder müsste inzwischen in Rente sein. Komm, lass uns weitergehen.«

»Du hast mir nie erzählt, dass du einen Bruder hast«, sagt Marion verwundert.

»Er lohnte keiner Erwähnung. Ich bin sicher, er

erzählt auch niemandem, dass er einen Bruder hat. Neulich ist er mir in der Innenstadt begegnet und hat die Straßenseite gewechselt, als er mich gesehen hat. Ich habe keinen Zweifel daran, dass er mich erkannt hat. Aber ich bin ihm peinlich.«

Zwei Straßen weiter stoßen wir auf einen hohen, schmiedeeisernen Zaun, der einen Park umschließt, zu dem es keinen Zugang gibt.

»Hier wohnt August, aber du hast recht, wir gehen erst morgen hin. Komm, wir schauen, ob es das Gärtnerhäuschen noch gibt.«

Ich höre, wie Schnee-Wittchen jammert, weil sie immer wieder mit der Kofferecke auf den Boden aufschlägt. Ihre Vorderseite ist ganz verspritzt vom Schneematsch. Der Weg ist lang, Schnee-Wittchen muss fast um den halben Park herumholpern. Sicher hat sie morgen Rollenkater.

›Mir wäre lieber, du wärst das sommerliche Rapunzel und könntest an den Haaren über den Boden schweben‹, rufe ich, aber Schnee-Wittchen rumpelt mit nur einem Rad so laut, dass sie mich gar nicht hört.

Endlich stoßen wir auf einen kleinen Schuppen aus Bruchsteinen, der halb eingefallen ist. Elmar drückt die Tür auf, die schief in den Angeln hängt. Es riecht ein wenig muffig, zwei Fledermäuse fühlen sich von uns gestört, aber irgendwie ist es auch behaglich. Auf jeden Fall ist es trocken.

Elmar zaubert eine verdrückte Dose Ragout fin aus seiner weiten Manteltasche.

»Das Hühnchen kann man auch kalt essen. Nicht so lecker wie warm, aber besser als nichts.«

Nach dem Essen ist es draußen schon dunkel. Elmar zündet das Teelicht von Heiligabend an, das noch ein wenig Wachs enthält. Es wirft große Schatten an die

Wände des alten Häuschens, das außer uns völlig leer ist. Dann kuscheln die beiden sich aneinander, blättern den Urlaubskatalog durch und Elmar erzählt, bis Marion einschläft.

Als wir wach werden, ist es draußen deutlich lebhafter als an den vergangenen Tagen, aber die Straße selbst ist kaum befahren. Ich blicke mich um und stelle fest, dass Elmar mich gestern Abend, nachdem auch ich von seinen Erzählungen eingeschlafen war, gegen Schnee-Wittchen gelehnt hatte. Ich vermute, dass ich darum so wohlig geschlafen habe.

›Wie geht es dir heute Morgen?‹, frage ich die Koffer-Dame besorgt.

›Ich fühle mich total gerädert, aber so ist ein Kofferleben eben.‹

Elmar kommt gerade mit einer Handvoll Schnee von draußen herein. Er lässt ihn in der Hand schmelzen und schrubbt sich dann Gesicht und Schädel sauber. Mit einem spitzen Steinchen, das er in einer Ecke findet, kratzt er sich den schwarzen Schmutz unter den Fingernägeln hervor. Dann drückt er sich Zahncreme auf eine unhygienisch anmutende Zahnbürste und putzt seine Zahnreste.

»Hast du noch einen Kamm oder eine Bürste?«, fragt er Marion, nachdem er den Mund mit geschmolzenem Schneewasser ausgespült hat.

»Für deine Glatze?«, fragt Marion lachend und schält sich aus ihrem Schlafsack.

»Nein, für meinen Bart. Und für deine Haare, du kommst nämlich mit.«

Marion erbleicht. »Nein, auf keinen Fall, die werfen

uns doch achtkantig hinaus.«

Elmar lacht. »Wenn wir erst einmal hineinkommen würden, würden sie uns nicht hinauswerfen. Das Hineinkommen ist die eigentliche Aufgabe.«

Marion zieht mich zu sich heran und fischt eine Bluse heraus, der man aufgrund ihrer beigen Grundfarbe kaum ansieht, wie schmutzig sie ist. Sie zieht sie über den Kopf und fasst die Haare zu einem Knoten zusammen, den sie mit ein paar Gummiringen fixiert.

Elmar wischt mit etwas Schnee über seine und Marions Schuhe und sieht zufrieden aus.

»So, unsere Sachen lassen wir hier, mach die Tasche leer. Wir nehmen sie als Beweisstück mit und natürlich den Brief«, entscheidet Elmar.

Marion kramt alles aus mir heraus und hängt mich schlaff über ihre Schulter. Ich atme erleichtert durch.

›Bis später‹, sage ich zu Schnee-Wittchen, die mir sehnsüchtig hinterherblickt, als wir die verfallene Kate verlassen und in die entgegengesetzte Richtung von gestern laufen, denn da findet sich schon bald ein großes, zweiflügeliges Eingangstor.

Elmar geht an die Sprechanlage und klingelt. Die Überwachungskamera summt, als das Bild herangezoomt wird, aber es dringt kein Laut aus der Gegensprechanlage. Elmar zieht Marion zu sich und zeigt auf mich. Er klingelt noch einmal und hält mich vor die Kameralinse.

»Bitte belästigen Sie uns nicht länger«, höre ich plötzlich die Stimme von Marliese.

»Entschuldigen Sie, Frau von Steffeln? Ich bin ein alter Schulkamerad von August, ich habe etwas gefunden, was ihm gehört«, sagt Elmar atemlos.

»Mein Mann hat sicher kein Interesse an Schulerinnerungen«, sagt Marliese abweisend.

»Nein, nein«, sagt Elmar und weist noch einmal auf mich. »Ich habe diese Tasche gefunden, gehört die Ihnen?«

Wieder zoomt die Kamera. »Kann schon sein, dass die mir gehörte, ich möchte sie nicht zurück. Auf Wieder…«

Elmar hat den Brief aus mir herausgezogen und hält ihn in die Kamera. Wieder ein Summen.

»Der Brief war noch in der Tasche. Sagen Sie Ihrem Mann bitte, Old Shatterhand wäre da. Er war immer Winnetou. Er wird sich sicher an mich erinnern.«

»Warten Sie dort«, sagt Marlieses Stimme. Dann sagt niemand etwas, weder Marliese noch Elmar oder Marion. Alle warten, was geschieht. Der Brief steckt wieder in mir wie in einem Beweismittelsicherungs-beutel. Alles um uns herum ist still. Plötzlich sind eilige Schritte über den Kies zu hören, die einen weiten Weg zurückzulegen haben.

Ich zucke zusammen, als Elmar die Hand auf die Lippen legt und in Indianergeheul ausbricht. Die Schritte nähern sich schneller.

»Bei Manitu«, höre ich aus August von Steffelns Mund und mir bleibt der Reißverschluss offenstehen.

Elmar trippelt von einem Bein auf das andere, er drückt Marions Arm ganz fest und läuft dann zu dem Spalt, der sich zwischen den beiden Torflügeln öffnet.

»Elmar, Elmar Decker, ich kann es nicht glauben. Nach all den Jahren. Und du hast eine Squaw bei dir«, ruft August aus. Einen Moment scheint es, dass er Elmar umarmen möchte, aber dann zieht er seinen Arm doch zurück. Seine Unsicherheit einer völlig fremden Welt gegenüber scheint zu siegen und erinnert mich wieder an den August, den ich kennengelernt habe. Cowboys und Indianer scheinen ihm realistischer

216

vorzukommen als die Welt jenseits der Armutsgrenze.

»Darf ich dir meine Verlobte vorstellen, Marion, ähm, Marion …«

»Marion Vogt, hallo«, sagt diese verschämt.

Verlobte? Ich glaube, das hat Marion gerade überhört.

Es entsteht eine peinliche Pause, bis Elmar mich von Marions Schulter zieht und August hinhält.

»Sieh mal, August, die habe ich gefunden und Marion zu Weihnachten geschenkt. Gestern habe ich sie genauer angesehen und habe da einen Umschlag entdeckt, der dir gehört. Hast du den Scheck denn nicht vermisst?«

Elmar reicht August den Umschlag. Der zieht den Scheck hervor und schüttelt den Kopf.

»Mensch, ich erinnere mich genau. Diese Hiltrud Liederschmidt hat für einen Eklat gesorgt, weil wir sie nicht erwähnt hatten. Und da ist das Preisgeld völlig untergegangen, der arme Sieger hat nur diese zugegebenermaßen hässliche Trophäe bekommen. Und da er vermutlich nicht wusste, dass der Preis mit fünftausend Euro dotiert ist, hat er sich vielleicht geärgert, aber auch nie nach dem Geld gefragt. Aber warum habt ihr …«

Es ist ein wenig peinlich, wie er die beiden von oben bis unten mustert.

»Ich dachte, vielleicht bekommen wir einen kleinen Finderlohn, auch für die Tasche, die war sicher teuer«, sagt Marion.

Elmar knufft sie in die Seite. »Ich wollte dir die Sachen zurückbringen. Und dann wollte ich dich fragen, ob wir vielleicht ein paar Tage hinten in dem Gärtnerhaus …«

»Jetzt kommt erst einmal rein, habt ihr schon

gegessen?«

»Ja, an Heiligabend«, sagt Marion kleinlaut.

August blickt sie an, als wisse er nicht, ob sie ihn veralbert. Er blickt auf die Uhr.

»Es ist halb elf, das Mittagessen ist noch nicht fertig, aber von gestern ist sicher noch Gans übrig und Klöße vermutlich auch, ich sage Bescheid, dass euch etwas aufgewärmt wird. Jetzt kommt erst einmal mit.«

Ich bedaure, dass Schnee-Wittchen Marlieses Blick nicht sehen kann, als wir vier das Haus betreten. Sie weicht erschrocken zurück, als könne sie sich Ungeziefer einhandeln.

»Guten Tag, wir haben eben an der Sprechanlage miteinander gesprochen, also ich meine, ich bin Old Shatterhand - oder auch Elmar Decker, der Klassenkamerad von August, mit dem ich in die Grundschule gegangen bin.« Elmar spricht sonst nie so viel, außer wenn er von seinen Reisen erzählt.

»Ich lasse euch allein, ihr wollt sicher Erinnerungen austauschen«, sagt Marliese diplomatisch, um Rückzug bemüht.

»Entschuldigen Sie, ich möchte Ihnen Ihre Tasche zurückgeben«, sagt Marion und hält mich auf ihren ausgestreckten Handflächen Marliese entgegen.

»Dieses Monster mochte ich noch nie, behalten Sie dieses Ding bloß«, sagt Marliese und stößt mit dem Rücken an das Treppengeländer.

»Danke«, sagt Marion freudig und hält Marliese die Hand hin, die diese ignoriert. »Wissen Sie, die ist nämlich zum Pfandsammeln viel schöner als meine Plastiktüte. Die Leute starren einen nicht so an, wenn man mit der unterwegs ist. Ich hätte sie wirklich nicht gern wiederhergegeben.«

»August, kann ich dich mal bitte sprechen«, befiehlt

Marliese, auch wenn es nach einer Bitte klingen soll.

»Geht durch ins Wohnzimmer«, sagt August und weist ihnen den Weg, doch Elmar und Marion gehen nur bis zur verschlossenen Zimmertür und warten unschlüssig.

Marliese flüstert aufgebracht mit ihrem Mann, dann geht sie wutschnaubend zu einer Tür, hinter der meiner Erinnerung nach die Küche ist.

»Kommt doch rein. Bitte entschuldigt, meine Frau hat nicht gern unangekündigten Besuch«, erklärt ausgerechnet dieser Langweiler, der noch vor einem halben Jahr, als ich hier gelebt habe, einen ganz präzisen Tagesablauf brauchte.

August mustert Elmar, während ich beide Männer vergleiche. Die beiden mögen sich in ihrer Kindheit zum Verwechseln geähnelt haben, aber das hat sich schwerwiegend geändert. Also bei August, Elmar hat vermutlich noch immer das Gewicht eines Schuljungen. Kaum zu glauben, dass die beiden gleichaltrig sind.

»Es sieht so aus, als habe ich im Leben ein wenig mehr Glück gehabt als du.« August senkt die Stimme. »Wobei ich bei der Wahl der Frauen nicht sicher bin.«

»Ich möchte dich mit meiner Lebensgeschichte nicht langweilen«, erwidert Elmar bescheiden. »Ich bin mit meinem Leben letztlich ganz zufrieden, auch wenn man das von außen betrachtet nicht glauben mag. Ich wäre dir nur dankbar, wenn wir bis zum Frühjahr im Gärtnerhäuschen wohnen dürften, wir haben meinen alten Koffer schon mal dort untergestellt und Marions Sachen auch. Es sieht nicht so aus, als würdet ihr es für etwas benutzen, aber wir möchten natürlich nicht dort wohnen, wenn es euch nicht recht ist.«

»Braucht ihr irgendetwas? Also außer Geld, da lässt

sich natürlich etwas machen. Du hast mich so oft herausgepaukt, damit meine Noten in den Augen meiner Eltern hinlänglich waren, das ist mir auch heute noch einiges wert.« Der ganze August wackelt beim Lachen, von der Bauchspitze bis zum Kinn und sogar seine Augen lachen mit. Das habe ich nie gesehen, solange ich hier gewohnt habe.

Marliese kommt herein, auf einem Tablett zwei duftende Teller und zwei Wassergläser. Sie bleibt zögernd in der Tür stehen, ihr Blick würde jedem Türsteher Ehre machen.

»Kommt, lasst uns in den Wintergarten gehen, dort ist es ein wenig heller als im Esszimmer. Marliese, magst du dich nicht zu uns setzen?«

Aber Marliese mag nicht, sie stellt das Tablett auf einen Beistelltisch und geht zur Tür, als August sie zurückruft.

»Sag mal, hast du die Sachen schon in die Kleider-sammlung gegeben, die ich neulich aussortiert habe? Einschließlich dieses blauen Koffers, der zu groß zum Fliegen ist. Kannst du die Sachen bitte einmal holen? Und für Marion - ich darf doch Marion sagen?«, unter-bricht August sich selbst, während Marion selbst-verständlich nickt, »für Marion hast du vielleicht noch etwas von Constanze, sie wächst so schnell aus ihren Sachen heraus.« Er wendet sich wieder Elmar zu. »Wein zum Essen? Ich habe einen feinen Rotwein zur Gans.«

Er stutzt, als Elmar erklärt, sie würden beide nicht trinken. Marion blickt bedauernd in ihren Schoß, sodass ihr Blick auf mir ruht.

»Kann ich die Tasche tatsächlich behalten?«, fragt sie hilflos.

»Ich bitte dich, die gehört dir. Ich weiß gar nicht

genau, was Marliese damit gemacht hatte. Sie hat sie nur einmal zu dieser Preisverleihung getragen, danach hat unsere Tochter sie noch einige Zeit als Schultasche benutzt, wohin sie dann verschwunden ist, weiß ich gar nicht. Aber jetzt lasst das Essen nicht wieder kalt werden.«

Elmar und Marion essen weitgehend schweigend, während August Anekdoten ihrer gemeinsamen Kindheit zum Besten gibt. Er greift ab und an spontan zum Weinglas, das er aber unberührt stehen lässt, und trinkt solidarisch Wasser.

»Old Shatterhand, weißt du noch, wie wir dir eine Lederweste geschneidert haben?«, fragt August lachend.

Elmar verschluckt sich vor Lachen und wischt sich die Soße mit dem Ärmel vom Mund.

»So ein alter Cowboy brauchte natürlich eine Lederweste, aber wir hatten nichts Passendes. Meine Mutter hatte aber eine Wildledertasche mit beigen Fransen, ein schrecklich hässliches Teil. Also haben wir die Tasche genommen und eine Weste für Elmar daraus geschnitten. Wir waren noch klein, sechs oder sieben Jahre alt. Da passte der Oberkörper noch in die Ausmaße einer Frauenhandtasche.«

»Ich habe die Weste voller Stolz getragen, bestimmt bis ich elf war, dann passte ich beim besten Willen nicht mehr hinein. Damals war ich froh, dass ich vorher schon Hausverbot hatte, weil ich nicht standesgemäß war, wie deine Eltern sagten. Danach hätte ich das Haus bestimmt nicht mehr betreten dürfen. Zumal ich dafür die Weste hätte ausziehen müssen, aber die war wie mit mir verwachsen.«

Ich bin hin- und hergerissen. Wie kann man eine Tasche einfach zerschneiden? Das ist Verstümmelung!

Mich schaudert bei dem Gedanken, denn auch ich bin so groß, dass man mich hätte umnutzen können. Ich bedauere die arme Tasche im Stillen, andererseits gönne ich es ihr. Denn nachdem ich miterlebt habe, wie wenig Wertschätzung in diesem Hause einer Tasche entgegengebracht wird und dass unsereins wirklich zum einmaligen Gebrauch angeschafft werden kann, da freut es mich doch, dass diese Fransentasche jahrelang gute Dienste leisten durfte, wenn auch nicht in ihrer ursprünglichen Funktion.

Marliese steckt den Kopf zur Tür herein. »Ich habe einige Sachen im Koffer ins Entree gestellt. August, du denkst daran, dass wir gleich wegmüssen?«

August starrt kopfschüttelnd die wieder geschlossene Zimmertür an. »Entschuldigt bitte, sie weiß nicht, wie sie mit euch umgehen soll, wir haben keine Termine heute.«

Elmar rutscht ungeduldig im Sessel hin und her, während Marion Palmblätter zwischen ihre Finger gleiten lässt.

»August, nichts für ungut, aber ich fühle mich hier auch nicht wohl. Ich bin das gar nicht gewohnt, so lange irgendwo drin zu sein. Wir wollten euch nur die Tasche und den Scheck wiederbringen. Es ist eher ein Zufall, dass der nicht in falsche Hände geraten ist, wenn du sagst, die Tasche ist schon lange nicht mehr in eurem Besitz.«

August zieht eine edle Geldbörse hervor. Zum ersten Mal sehe ich jemanden aus meiner Familie.

›Billy‹, rufe ich erfreut aus.

›Was bist du denn für einer?‹, fragt mich dieses braune, fette Portemonnaie doch tatsächlich.

›Na, ich bin's doch, ein Billy genau wie du.‹

Die Geldbörse betrachtet mich von oben bis unten.

›Du bist eine Schande für die Familie. Mit dir möchte ich nichts zu tun haben.‹

»Reicht das?«, höre ich August fragen.

Elmar fixiert das Geld in Augusts Hand.

»Ich möchte keine Almosen«, sagt er bebend.

August steht auf, unschlüssig, ob er einen Arm um seinen alten Freund legen soll. »Ich habe dir einiges zu verdanken. Im Nachhinein habe ich das Gefühl, das war die glücklichste, unbeschwerteste Zeit meines Lebens. Und ich habe viel Geld von meinem Vater geerbt, für das ich nichts leisten musste. Lass mich dir bitte etwas davon abgeben. Lass es mich dir für deinen Vater geben, der fünfundvierzig Jahre bei uns gearbeitet hat.«

Marion stiert gierig auf das Geld.

»Danke, die Kleider nehme ich gern. Und ein wenig Geld, damit wir uns einen Campingkocher kaufen können. Marion könnte vielleicht zum Friseur gehen.« Elmar zupft zwei orange Scheine aus Augusts Hand.

»Kauf einen guten Campingkocher«, mahnt ihn August und drückt ihm zwei weitere Scheine in die Hand.

»Zu Silvester haben wir Gäste, bis dahin wird Marliese etwas angespannt sein. Aber komm doch im neuen Jahr unbedingt mal rüber und lass uns über alte Zeiten reden. Marion, du bist natürlich auch herzlich eingeladen, wenn dir das nicht zu langweilig wird.«

Elmar ist aufgestanden und geht rückwärts zur Tür. Marion leert mit einer schnellen Handbewegung Augusts Weinglas und folgt Elmar. August zögert einen Moment, dann nimmt er Elmar fest in die Arme, und ich sehe von Marions Hüfte aus, wie eine Träne auf seine Krawatte tropft.

»Bis bald und vielen Dank. Ich würde den Scheck gern in eurem Beisein übergeben, schließlich weiß der

Preisträger gar nicht, dass ihm das Preisgeld bislang vorenthalten wurde. Ich mache einen Termin für Anfang Januar und gebe euch Bescheid, ja?«

»August!«, ertönt Marlieses mahnende Stimme aus dem oberen Treppenhaus.

»Auf Wiedersehen, Frau von Steffeln. Und vielen Dank für die Gastfreundschaft«, ruft Elmar nach oben, und ich klappere zustimmend mit den Innenfächern.

August stellt uns einen großen Koffer in den Weg, der fast neu aussieht. Er ist natürlich von einer namhaften Marke, die aber sehr unpersönlich ist. Harte Schale, aber der Kern?

Auch dieser Koffer gleitet mit seinen vier Rollen nicht lautlos über den Asphalt, zumal er vollgepackt ist. Wir gehen zurück zum Gärtnerhäuschen, und ich sehe direkt Schnee-Wittchens entsetztes Gesicht.

Marion kann es noch immer nicht fassen. »Zweihundert Euro und ein Dach über dem Kopf. Lass uns sehen, was da alles drin ist. Dann kann dein alter Koffer endlich weg.«

Elmar streicht mit einer Hand zärtlich über den Griff seines Trolleys. »Der hat mich ein Leben lang begleitet, du kannst den neuen Koffer haben. Der Koffer ist ein Teil meines Lebens, den gebe ich nicht her.«

Taut mein Schnee-Wittchen? Ich habe den Eindruck, es bildet sich eine kleine Lache unter ihr. Sie bebt ein wenig.

›Du musst nicht weinen‹, sage ich. ›Aber ich verstehe jetzt, wie leicht es für Constanze und Andrea war, mich gegen ein anderes Modell einzutauschen. Alt gegen Neu ist allzu einfach.

8 Denn manchem Ende wohnt ein Zauber inne …

Auch wenn Elmar und Marion von August zweihundert Euro bekommen haben, sind sie klug genug, weiterhin Pfand zu sammeln. Was für mich aber leider bedeutet, dass ich wieder hinaus in die Kälte muss und mich weiterhin mit leeren Flaschen abschleppe. Zum Glück gibt es genug Plastikflaschen, die nicht so schwer sind wie Glasflaschen und auch noch mehr wert sind, sonst müsste ich noch heftiger buckeln. Aber Marions stolzer Gesichtsausdruck eben, als wir einer Pfandsammlerin mit einer Plastiktüte begegneten, entschädigt ein wenig für die Mühe.

»So ein Mist, sieh mal, da ist eine neue Tür auf dem Gärtnerhäuschen«, ruft Marion entsetzt. »Hat die feine Marliese deinen Freund doch überzeugt, einen Riegel vor seine Gastfreundschaft zu schieben.«

Elmar verlangsamt seinen Schritt, als wolle er nicht wahrhaben, was Marion wohl zu Recht vermutet. Marion dagegen eilt zu der Tür, die nicht wirklich in die Türöffnung passt, sie aber besser abschließt als die bisherige. Im Schloss steckt ein Schlüssel, ein weiterer baumelt an einem Schlüsselring daran. Marion dreht den Schlüssel und öffnet energisch die Tür.

»Ob die unsere Sachen weggeworfen haben, diese Schweine?«

Wir betreten den kleinen Raum und Marion entfährt ein Aufschrei. Sofort ist Elmar neben ihr und legt ihr eine Hand um die Schultern. Ich bin zwischen den beiden eingequetscht und kann kaum sehen, was Marion so erstaunt. Dann tritt Marion einen Schritt vor und ich sehe, was die beiden sehen. Auf dem Boden liegen Holzpaletten, darauf liegen zwei Matratzen mit Kopfkissen und zwei Schlafsäcken, die nach

Waschmittel duften. Ein Klapptisch steht an der Wand, rechts und links davon zwei verblichene Gartenstühle. Auf dem Tisch stehen eine Flasche mit Saft und zwei Becher sowie eine Kunststoffschüssel mit Essen neben einer Tüte mit Brot. Auf einem Teller liegt ein Zettel, den Marion an Elmar weiterreicht.

»Ich habe ein wenig die Garage aufgeräumt – und den Kühlschrank -, ich hoffe, ihr seid zufrieden. Meldet euch, wenn ihr etwas braucht. A«, liest Elmar vor.

Marion riecht an dem Schlafsack und lässt sich auf eine Matratze sinken.

»Oh Gott, das ist ja wie im Paradies.«

In dem Moment klopft es an der Tür. Marion springt auf, stellt mich auf den Tisch und ruft geziert: »Ja bitte?«

August steckt den Kopf herein und bittet Elmar, ihm zu helfen. Durch die offene Tür erblicke ich eine vollbeladene Schubkarre, die die beiden Männer gemeinsam ausleeren.

»Ich hoffe, du hast noch keinen Campingkocher gekauft. Im Moment ist nicht die beste Campingsaison, da ist die Auswahl in den Geschäften wahrscheinlich klein. Ich hatte noch einen im Keller von einem Jagdausflug vor vielen Jahren.« Er hält inne, sich vermutlich bewusstwerdend, wie dekadent ein Jagdausflug für zwei Obdachlose ist. Er stellt den Kocher auf den Tisch, zwei Gaskartuschen daneben. Er knetet verlegen seine Hände. »Ich lasse euch die Sachen mal da, entscheidet selbst, was ihr brauchen könnt. Einen Schrank habe ich leider nicht mehr, aber Elmar, wenn du mit zum Haus kommen magst, ich hätte da noch einen Garderobenständer und Kleiderbügel für euch.«

Elmar wehrt ab, aber August versichert ihm, er habe sich lange nicht mehr so nützlich gefühlt. Seine

Firma liefe ohne ihn genauso wie mit ihm, er müsse nur ab und zu hart auftreten, damit sie den Eindruck behielten, er habe in der Firma das Sagen.

»Ich bin doch dankbar, wenn ich Marliese entkommen kann, indem ich die Garage und den Keller räume. Das erwartet sie schon lange von mir, da lasse ich sie ungern mitmischen. Und so haben die ganzen Sachen wenigstens noch einen Nutzen.« August zieht sein Smartphone aus der Tasche und tippt etwas darauf herum. »Ich habe für heute in einer Woche diesen Gürkan Oktay einbestellt, den Sieger ohne Preis, außerdem die Presse und ein paar Leute, damit es ein würdiger Rahmen wird. Wir werden einen kleinen Empfang geben, ein wenig Sekt und Selters und ein paar Häppchen und werden diesem Oktay den Scheck überreichen. Ich würde mich freuen, wenn ihr beide dabei wärt, denn ohne euch würde der arme Kerl noch immer leer ausgehen.«

Marion und Elmar wechseln einen unsicheren Blick.

»Ich sehe schon, solange ich es als Bitte formuliere, fühlt ihr euch fehl am Platz. Und da ich keinesfalls möchte, dass ihr bei der Veranstaltung fehlt, muss ich es wohl anders formulieren: Ich erwarte euch in einer Woche um elf Uhr in unserem Wintergarten.«

Elmar lacht laut auf. »Woher sollen wir wissen, wann es elf Uhr ist?«

August blickt ihn beschämt an. »Dafür findet sich eine Lösung. Ich muss jetzt weg, bevor ich mir Marlieses Zorn zuziehe. Sie ist schließlich die Herrin im Haus. Lasst es euch gutgehen.«

Er zieht die Tür hinter sich zu, und ich wundere mich, warum wir vorhin vor lauter Euphorie das Rumpeln der Schubkarre nicht gehört haben.

Marion zupft an den Ärmeln ihrer Bluse und kontrolliert zum mindestens achten Mal, ob sie wirklich Papiertaschentücher in mich geworfen hat. Viel mehr hat sie nicht, was sie in eine Handtasche tun kann, aber es ist ihr wichtig, mich mitzunehmen, um vorführen zu können, wie und wo sie den Scheck gefunden haben, der den Stein ins Rollen gebracht hat.

›Ich bin schon ein bisschen neidisch auf dich‹, haucht Schnee-Wittchen.

›Sei sicher, ich würde lieber hierbleiben, als dich schon wieder mit diesem Koffer allein zu lassen‹, beteuere ich. Misstrauisch beäuge ich, wie die beiden Seite an Seite in der Ecke stehen, der Samsonite frei, mein Schnee-Wittchen an die Wand gelehnt, damit sie nicht umkippt.

›Da kannst du ganz unbesorgt sein, der Schnösel hat bislang zwar die große, weite Welt gesehen, aber er denkt, wir seien unter seinem Niveau, und möchte nichts mit mir zu tun haben.‹

Marion zieht mich auseinander. Ja, Marion, die Taschentücher sind noch immer da, würde ich ihr gern sagen, aber sie versteht es nicht. Schade, dass unsereins nicht essen und trinken kann, sonst hätte ich mir die Taschentücher einverleibt, nur um ihren verblüfften Blick zu sehen, wenn sie plötzlich nicht mehr da sind.

»Kommen wir auch wirklich pünktlich?«, fragt Marion und faltet ihren Schlafsack zum vierten Mal neu.

»Es sind zwei Minuten seit der letzten Frage vergangen, da war es drei Minuten vor halb elf. Wir brauchen nicht einmal fünf Minuten, wir haben wirklich noch Zeit«, versichert Elmar.

Marions Hand fährt zu ihren Haaren. »Sehe ich gut genug aus?«

Elmar lacht laut auf. »Wie hat dieser Friseur geschaut, als wir beide bei ihm saßen und selbstbewusst Haare und Bart gewaschen und geschnitten haben wollten.«

»Sie möchten den Bart wirklich abgenommen bekommen? Das verändert den Typ völlig«, äfft Marion einen blasierten Friseur nach.

»Wahrscheinlich haben Kunden ihm schon einmal vorgeworfen, dass er nicht zuvor darauf hingewiesen hatte«, lacht Elmar und greift ins Leere, als er sich den Bart zupfen möchte.

»Du siehst Jahre jünger aus«, sagt Marion ungläubig.

»Du auch.«

»Wollen wir jetzt gehen?«, fragt Marion nervös.

Elmar hakt uns unter und wir gehen gemeinsam die wenigen Meter bis zum Eingangstor. Wir können gerade noch hindurchschlüpfen und folgen einem schwarzen Mercedes, der vor uns zur Haustür rollt.

»Jakob, schön, dass du gekommen bist«, begrüßt August den Neuankömmling zerstreut und winkt uns aufgeregt heran.

Marion schreitet an Elmars Arm die Stufen hinauf und tritt hinter ihm ins Haus.

»Sie erinnern sich, Frau von Steffeln, ich habe schon seinerzeit bei der Preisverleihung gesagt, dieser junge Türke ist unsere Hoffnung«, höre ich den honorigen älteren Herrn sagen. Jetzt erinnere ich mich auch, wo ich ihn schon einmal gesehen habe.

›Hi‹, höre ich von irgendwoher. Ein grüner Lederrucksack sitzt auf Constanzes schmalem Rücken. Ich freue mich insgeheim, sie hat also die Jeanstasche auch schon wieder ausgetauscht. So schnell kann das gehen in dem Alter. Man läuft jeder Mode hinterher.

›Hi‹, sage ich zu dem jungen Ding, auch wenn die Begrüßung eigentlich nicht meinem Stand entspricht. Aber wenn man bei den jungen Dingern ein Goldfüßchen auf die Erde bekommen möchte, muss man sich ihnen schon mal anpassen.

›Hi, lange nicht gesehen‹, höre ich hinter mir im gleichen Tonfall wie vor mir. Ich blicke nach hinten und freue mich, dass wir Taschen Allround-Talente sind. Da kommt doch tatsächlich ein eineiiger Zwilling des Rucksacks auf Neles Rücken. Die jugendliche Begrüßung galt also gar nicht mir. Ich rutsche enttäuscht hinter Marions Schulter.

»Da kommt der süße Preisträger, von dem ich dir im Sommer erzählt habe. Den musst du unbedingt sehen«, wispert Constanze Nele zu.

Nele lacht auf. »Warte mal ab«, sagt sie und geht auf den jungen Mann zu, der heute im Anzug eine fabelhafte Figur macht.

»Hallo Gürkan«, begrüßt Nele den Freund ihrer Tante mit Küsschen rechts, Küsschen links, Küsschen rechts.

Constanze vergisst völlig, ihren Mund zu schließen, und ich entdecke ein Piercing auf ihrer Zunge, von dem die Eltern sicher nichts wissen.

Genau daran scheint sie sich zu erinnern, sie schließt den Mund wieder und tritt neben Nele, die Gürkan den Autositz mit dem kleinen Timur abgenommen hat. ›Mensch, ist der groß geworden‹, traue ich mich kaum zu denken, denn diesen blöden Spruch habe ich im Taschenladen immer wieder von den Verkäuferinnen gehört, die nicht wussten, was sie sonst zu jungen Müttern sagen sollten.

»Herr Oktay, schön, dass Sie es einrichten konnten«, höre ich August sagen. »Und das ist Ihre reizende Gattin?«

»Verlobte, Neles Tante Andrea Bischof«, erklärt Gürkan und blickt suchend Nele hinterher, die mit Constanze und Timur im Autositz ins Wohnzimmer vorangegangen ist.

Marion knufft Elmar in die Seite.

»Hattest du nicht auch was von verlobt gesagt?«, wispert sie ihm aufgeregt zu.

»Deutschland braucht Kinder«, lässt sich Marliese schmallippig vernehmen.

Ich träume davon, als echter Hingucker auf Marions weißem Brautkleid zu prangen. Auch ein Billy hat ja seine romantischen Seiten. Ich bekomme gar nicht mit, was gesprochen wird. Ich baumele an Marions Arm und merke erst jetzt, dass wir uns im Wintergarten um einige Stehtische gruppiert haben.

Ein älterer Mann und eine junge Frau kommen zur Tür herein und stellen sich als Reporter verschiedener Zeitungen vor.

»Dann sind wir jetzt vollzählig«, sagt August strahlend und bittet Gürkan zu sich. Der sieht ihn verwirrt an. Offensichtlich weiß er wirklich nicht, was ihn erwartet.

»Lieber Herr Oktay«, sagt August und lächelt in die Kamera. Das Baby schreit, Andrea nimmt Timur auf den Arm und wiegt ihn hin und her. Es riecht unangenehm und Gürkan zeigt unauffällig auf die Wickeltasche, die er beim Hereinkommen in eine Ecke gestellt hatte. Tja, ich wäre sofort zur Stelle gewesen, aber mich fragt ja niemand. Heute trage ich im Wesentlichen die Verantwortung – und ein paar Tränentrockner für die allzu rührseligen Momente.

Constanze zieht sich zusammen mit Nele, Andrea und Timur zurück, was Marliese erleichtert lächeln lässt, während August sich offensichtlich mehr Publikum gewünscht hätte.

»Lieber Herr Oktay«, beginnt August noch einmal. »Sie wundern sich sicher, warum ich Sie heute noch einmal zu mir gebeten habe. Im Sommer haben Sie den von-Steffeln-Preis für innovatives Technologie-Design gewonnen, und ich höre von meinem Freund Jakob Hundt«, der Dicke lächelt selbstsicher, »dass der Preis und natürlich vor allem Ihr Talent dem Unternehmen, dem Sie angehören, einen mächtigen Schub gegeben haben. Die Presse«, August nickt den beiden Journalisten freundlich zu, »hatte dankenswerterweise über Sie berichtet, sodass alle Ihre wunderbaren Ideen kennenlernen durften. Wir alle erinnern uns sicher an die Preisverleihung im Sommer, bei der Hiltrud Liederschmidt unglücklicherweise ihren Tascheninhalt über den Boden verstreut hatte. Die Presse hat sich auf die Situation gestürzt und statt von der Preisverleihung gab es die Fotos, wie Sie, lieber Herr Oktay, dort knien und alles wieder aufsammeln.«

Gürkan schaut irritiert zwischen den Anwesenden hin und her. Es ist völlig unklar, in welche Richtung diese Ausführungen gehen.

»Vermutlich ist Ihnen eher die Tasche von Frau Liederschmidt in Erinnerung geblieben, dies ist die Tasche, die meine Gattin damals mit Ihrer Trophäe mit sich führte. Liebe Marion, darf ich dich zu mir bitten?«

Marion blickt ängstlich Elmar an, der sie sanft in Augusts Richtung schiebt. Marion verschanzt sich förmlich hinter mir und schiebt mich August entgegen.

»Bitte stell dich doch neben mich, damit man die Tasche sehen kann.«

Marion dreht sich neben August und lächelt Gürkan schüchtern an. Der lächelt ebenso befangen.

»Seinerzeit sah die Tasche noch etwas anders aus, gänzlich unbenutzt, inzwischen hat sie wohl einige mitunter beschwerliche Etappen hinter sich.«

Gürkan lacht. »Ich erinnere mich, sie gehörte unter anderem meiner Verlobten, als unser Sohn zur Welt kam.«

Nun ist es August, der ihn erstaunt anblickt.

»Und Sie haben sich die Tasche nie genauer angesehen?«

Gürkan blickt ihn irritiert an. »Haben Sie schon einmal versucht, sich in einer Damenhandtasche ohne Navigationsgerät zurechtzufinden? Eine Damenhandtasche ist doch wie eine beste Freundin, der man als Mann nie zu nah kommen darf. Sie birgt Geheimnisse, von denen wir nichts ahnen, von geheimen Schminkutensilien bis zur halben Familienerbschaft, der Notfallration für eine Hungerskatastrophe oder einen drohenden dritten Weltkrieg. Sie ist Erste-Hilfe-Koffer und Tagebuch, Seelentröster und Tresor. Und sie ist unergründlich, denn was immer eine Frau braucht, es wird irgendwo in ihrer Handtasche zu finden sein.«

Alle lachen, die Frauen eher ertappt, die Männer wissend.

Ich verstehe gar nicht, was daran lustig sein soll. Ich erwarte Dankbarkeit, stehende Ovationen, was bei einem Stehempfang wenigstens gewährleistet wäre. Dieser junge Mann hat unsere Bestimmung sehr passend zusammengefasst, was gibt es da zu lachen? Ich werfe mich noch ein wenig in die Brust. Also in Marions, damit sie sich etwas aufrechter hinstellt und sich weniger hinter mir versteckt. Das hat sie wirklich nicht nötig.

»Lieber Herr Oktay, anscheinend hat Ihre Verlobte

die Tasche auch nicht so genau in Augenschein genommen, sonst hätte sie gefunden, was nun Frau Vogt und Herr Decker gefunden haben und was wir Ihnen bedauerlicherweise seit über einem halben Jahr vorenthalten haben. Ohne jede Arglist, wie ich betonen möchte, einfach aus Versehen.«

Ich blicke zu Marliese, die irritiert ihren Gatten ansieht, der in den letzten Tagen sichtlich lockerer geworden ist.

August wendet sich Marion zu. »Liebe Marion, ich möchte dich jetzt nicht bitten, deine Handtasche vor unser aller Augen zu leeren. Aber durch einen unglücklichen Umstand, der nicht mehr zu klären ist, ist der Umschlag mit dem Preisgeld seinerzeit in das Innenfutter gerutscht und durch den Zwischenfall mit Frau Liederschmidt dort vergessen worden. Diese beiden ehrlichen Finder hätten den Scheck einfach für sich verwenden können, denn sie hätten das Geld wirklich gut brauchen können. Stattdessen haben sie uns den Scheck und die Tasche wiedergebracht und somit Ihnen, lieber Herr Oktay, endlich zu Ihrem Preisgeld verholfen, das Sie erstaunlicherweise nie angemahnt haben. Ich darf Ihnen also heute, wenn auch leider verspätet, die fünftausend Euro überreichen, mit denen der von-Steffeln-Preis für innovatives Technologie-Design dotiert ist.«

»Im Ernst?«, entfährt es Andrea, die gerade zur Tür hereinkommt, den kleinen Timur auf dem Arm.

Die Journalisten machen rührselige Fotos, Gürkan, Timur und Andrea bieten ein wunderbares Motiv. Dabei sollte ich eigentlich im Mittelpunkt stehen, der ich das Geheimnis so lange für mich behalten habe, bis ich es einem gebührenden Finder in die Hände gespielt habe.

Endlich gehen wir zum gemütlichen Teil über und August stößt mit allen mit Sekt an, mit Elmar mit Orangensaft. Der beäugt seine Marion kritisch, die in rascher Folge drei Gläser Sekt trinkt, aber es war immerhin der erste Alkohol seit Weihnachten, also inzwischen seit fast zwei Wochen. Wenn man das rasche Glas Wein vor Aufregung bei ihrem ersten Besuch bei August einmal vergisst.

Marions Wangen sind gerötet, als Augusts stattlicher Freund auf sie zutritt.

»Entschuldigen Sie bitte, darf ich mir die Tasche einmal näher ansehen?«

Marion blickt ihn irritiert an, aber sie ist so beschwingt von der kleinen Feier und vielleicht auch von dem Sekt, dass sie mich kokett hin und her schwingt und fragt: »Was bekomme ich denn dafür?«

»Marion«, ermahnt Elmar sie, aber der Dicke lacht.

»Ich sollte mich vielleicht erst vorstellen, mein Name ist Hundt, Jakob Hundt. Ich bin Designer und würde gern mehr aus Ihrer Tasche machen.«

Marion wendet mich in ihren Händen. »Eigentlich bin ich ganz zufrieden mit der Tasche, wie sie jetzt ist. Es passen wirklich viele Flaschen hinein, und sie bleibt auch stabil, wenn sie voll ist. Ich möchte gar nicht, dass Sie etwas mit meiner Tasche machen. Außerdem«, Marion mustert Hundt mit zusammengekniffenen Augen, dann sieht sie ihn argwöhnisch an, »außerdem erinnere ich mich an Sie. Mein Ex-Mann Harald Vogt war seinerzeit Ihr Konkurrent. Wir waren gut im Geschäft, ich habe die Modelle designt, er hat sie umgesetzt. Er hat die Idee eines gemeinsamen Projekts an Sie herangetragen. Auf Ihr Anraten hat er eine viel zu teure Maschine gekauft, die sich nie für uns gerechnet hat. Stattdessen haben Sie seine Idee gestohlen und alleine umgesetzt. Er hat die Firma vor die Wand gefahren. Aus dem Mist sind wir nie wieder herausgekommen.«

Mir wird warm ums Innentäschchen. Ich hatte schon befürchtet, dieser Jakob zerschneidet mich jetzt wie seinerzeit August und Elmar die Fransentasche ihrer Kindheit.

Alle starren Marion schweigend an.

»Ich kann zwar kaum lesen und schreiben, aber ich kann zeichnen. Und ich hatte mal sehr gute Ideen. Ich weiß, die Leute stehen derzeit auf alten Kram, Möbel aus Bootsplanken, Deko aus benutzten Flaschen und Konservendosen, Tapeten und beschriebenem Papier, lauter so Zeug.«

Marion hält inne. Niemand bricht die Stille.

»Mein Verlobter und ich, wir haben bislang ja sozusagen im Schein der Schaufensterbeleuchtung gelebt, wir wissen, was angesagt ist. Und was in den Wohnungen herumsteht, in denen keine Rollläden herabgelassen werden, damit jeder den Wohlstand sieht. Gerade in den Wohnungen, die sonst steril und unbewohnt aussehen, stehen Elemente, die andere benutzt haben, um einen besonderen Akzent zu setzen. Auch im Landhausstil lässt sich viel machen. Ich stelle mir vor, wie Menschen Taschen wie diese tragen, die so wirken, als seien die Menschen interessant, als hätten sie viel erlebt, seien weit gereist. Diese Tasche ist ein Füllhorn an Erlebnissen und Ereignissen. Eine solche Tasche würde den Leuten ein gutes Gefühl geben. Das Gefühl, ein erfülltes Leben zu haben.«

Die meisten wollen ein ge-fülltes Leben und vor allem gefüllte Taschen, aber es gefällt mir, wie Marion von mir spricht. Oh ja, ich hätte ihr so viel zu erzählen, wenn sie mich nur verstehen könnte.

Stille. Marion greift nach Elmars Hand und drückt

mich mit der anderen ganz fest an sich.

»Und eine solche Tasche werde ich kreieren und auf den Markt bringen. Kein Einkaufsbeutel, sondern ein Lebensgefühl.«

Applaus brandet auf. Wieder werden die Fotos von Gürkan Oktay und der Preisverleihung untergehen, aber ich bekomme endlich die gebührende Aufmerksamkeit.

»Ich werde uns einen Investitionsplan erstellen«, sagt Elmar bestimmt.

»Zahlen waren schon immer Elmars Spezialität«, wirft August ein.

»Darum habe ich auch eine kaufmännische Lehre gemacht.«

»Ich denke, du warst auf Montage?«, fragt Marion.

»Um die Familie zu ernähren, weil man da mehr Geld verdient. Gemocht habe ich den Job nie. Aber ich bin sicher, ich weiß noch, wie es geht.«

Jakob Hundt schiebt sich an uns heran.

»Bitte, darf ich Sie Marion nennen? Ich würde die Tasche gern entführen, sagen wir für eine Woche. Ich mache Fotos, olfaktorische Tests …«

»Sie machen was?«, fragt Marion verwirrt.

»Ich analysiere den Geruch, der dieser Tasche ihre unvergleichliche Note gibt, Blut, Schweiß und Tränen, Sie wissen schon.« Er lacht. »Diese Tasche sieht im wahrsten Sinne des Wortes mitgenommen aus, das spiegelt sich nicht nur in ihrem Aussehen wider, sondern auch in ihrer Haptik.«

Wieder bekommt Marion nur große Augen. Tja, dieser Jakob Hundt ahnt gar nicht, wie recht er mit Blut, Schweiß und Tränen hat. Außerdem noch ein bisschen Pipi, ein wenig Kotze, Kräuterschnaps, Schnee … Ich bin so vielseitig, das geht sogar weit über das Vorstellungsvermögen eines Designers hinaus.

»Sie bekommen gar nichts mehr von mir in die Finger«, weist Marion ihn zurück. »Ich habe durchaus eigene Vorstellungen davon, was sich machen ließe. Dieses verschlissene Rot lässt sich natürlich besonders schön darstellen, aber auch ein Meerblau könnte ich mir denken oder ein Zitronengelb, ein verwelkendes Blattgrün.«

»Bitte, Marion, leihen Sie mir Ihre Tasche, ich bezahle auch gut dafür.«

»Sie haben schon damals gestohlen, was uns gehörte. Noch einmal passiert mir das nicht. Mein Verlobter und ich kreieren eine eigene Produktlinie.« Sie streichelt über meine zerschlissene Seite. »Die Tasche war Elmars Weihnachtsgeschenk, ich möchte gar keine andere. Auch wenn wir uns zu spät kennengelernt haben, um gemeinsam Kinder zu bekommen, können wir wenigstens Taschenkinder produzieren.«

Ich sehe, wie Marlieses Gesicht meine ursprüngliche Lederfarbe annimmt. Sie zieht sich zurück und versucht, auch Constanze mit sich zu zerren.

»Lasst uns am Montag überlegen, wie wir euch eine kleine Werkstatt mit Büro bei mir einrichten können. Ich habe einige Fabrikräume, die nicht mehr wirklich benötigt werden«, schlägt August vor.

Ich freue mich darauf, mal wieder etwas anderes zu sehen und zu erleben. Hoffentlich kommt Schnee-Wittchen mit in unser künftiges Atelier.

Marion strotzt nur so vor Tatkraft. Sie zeichnet und plant tagelang und rührt keinen Tropfen Alkohol an.

Elmar plant ebenfalls. Er berechnet die Materialkosten, die Energiekosten, den Platzbedarf, die Anschaffung einer Nähmaschine.

Wenige Tage später putzen sich Marion und Elmar im Rahmen ihrer Möglichkeiten heraus und verschwinden eine Weile.

Schnee-Wittchen und ich sind mit Samsonite alleine, aber mit ihm kann man kein wirkliches Gespräch führen. Der geräumige Kerl scheint nur Gepäckräume, Kofferräume und Kellerräume zu kennen. Und seine Erinnerungen sind uralt. Nachdem das Gespräch mit: »Ich habe damals fast vierhundert Mark gekostet« begonnen hat, haben wir schnell das Interesse verloren. Wir versuchen, ihm die Welt dort draußen zu schildern, aber das wiederum interessiert ihn nicht.

Es dauert, bis Marion und Elmar aufgeregt wiederkehren.

»Das wäre wirklich die perfekte Werkstatt«, schwärmt Marion.

»Dann müssen wir nur noch das Gespräch bei der Bank führen.«

»Das macht mir keine Angst mehr«, sagt Marion mit einem Selbstbewusstsein, das ich bislang nicht an ihr kannte. »Aber sieh mal, vor der Tür stand eine große Tüte. Liest du mir den Zettel vor?«

»Wir haben noch Lederreste und Stoffe, vielleicht können Sie damit einen Anfang machen. Außerdem hätten wir noch eine alte Nähmaschine für Sie. Viel Erfolg. Kerstin und Nele Kaufmann.«

Marion schichtet den Inhalt aus Schnee-Wittchen in den Hartschalenkoffer und räumt ihre neue Grundausstattung in Schnee-Wittchen.

›Ich glaube, du wirst in unserem neuen Leben eine

ganz wichtige Rolle spielen‹, sage ich und schiele auf ihr fehlendes Rad.

Am nächsten Tag lädt August uns in sein Auto und wir fahren gemeinsam in die Fabrik. Ich darf mit Marion vorn sitzen, Schnee-Wittchen liegt im Kofferraum.

Ich freue mich auf ein schickes Atelier, in dem es vor Energie und Ideen nur so sprühen wird. Stattdessen fährt August mit uns zu einer Halle und führt uns durch drei Räume, in denen bislang nichts außer einem alten Metalltisch und zwei Schwerlastregalen zu finden ist.

Marion scheint glücklich zu sein und erklärt, was sie wohin stellen möchte und dass sie noch eine Lampe braucht. Elmar hat Schnee-Wittchen aus dem Kofferraum mitgebracht und räumt ihren Inhalt vorsichtig in eins der Regale. Dann stellt er sie mitten auf den Tisch und schiebt ein Klötzchen unter ihre hinkende Seite.

»Das wird eine großartige Fertigungsstätte«, verspricht August. »Elmar bekommt sein Büro nebenan und kann von dort das Marketing machen.« Er räuspert sich. »Und jetzt schauen wir noch bei dem alten Hundt vorbei.«

Marion nimmt mich mit hinein. Von außen sieht die Fertigungshalle zwar nett aus, aber drinnen wirkt es wie auf einer Müllhalde. Überall liegen alte Boote, Parkettabriss, Tapetenstücke, PVC-Böden aus den Sechzigern …

Hundt strahlt uns an und nimmt uns mit nach nebenan in sein Wohnhaus. Dort lümmelt seine Freundin Jessica auf der weißen Sofalandschaft und sieht sich eine Verkaufsshow an. Murrend schaltet sie den Fernseher aus und schlüpft in ihre pinken High heels.

»Marion, ich habe die Idee aufgegriffen und habe

mal eben eine neue Tasche erschaffen. Was soll ich sagen, nicht nur eine Tasche, einen ganz neuen Stil, den Prototypen meiner Shabby-Chic-Collection, ein echtes Upcycling.«

Er hält Marion ein Päckchen hin, das in nagelneues Geschenkpapier gewickelt ist, bedruckt wie eine alte Zeitung.

Marion reißt das Papier ungeduldig auf und starrt die Tasche ungläubig an. Sie hebt sie an die Nase und riecht daran, öffnet den Reißverschluss und befühlt das Innenleben.

»Oh, ist die süß«, kreischt Jessica.

Die Tasche soll wohl aussehen wie ich, aber letztlich ist sie ein billiger Abklatsch, der sicherlich alles andere als billig verkauft werden soll. Die Tasche starrt mich ebenso erstaunt an wie ich sie.

Mein verzerrtes Spiegelbild besteht nicht, wie Hundt den Anschein erwecken möchte, aus alten Materialien, sondern aus neuen Kunstleder- und Stoffstücken, die so lange bearbeitet wurden, bis sie alt wirken. Die Tasche riecht fabrikneu, was von einem muffigen Aromastoff überlagert wird. Sie sieht aus wie eine in die Jahre gekommene Frau, die sich die Falten hat bügeln lassen und glaubt, was sie trägt, sei retro und nicht altmodisch. Ich bin total enttäuscht.

›Hi‹, sagt die Tasche und mustert mich von oben bis unten. ›Ich bin Mary Ann, was bist du denn für ein Schlimmer? Du siehst ja ganz mitgenommen aus.‹

›So verlebt, wie ich aussehe, wirst du niemals werden, weil dich niemand mitnehmen möchte, wenn es wirklich spannend wird im Leben‹, kontere ich beleidigt.

Mary Ann sieht sich um. ›Wow, hier wird es mir gutgehen, sieh mal die feinen Schuhe und der Geruch nach Sauberkeit. Hier wird man mich zu schätzen wissen, in diesen Kreisen werde ich mich wohlfühlen.‹

Ich schüttele ernüchtert die Henkel. ›Nirgendwo weiß man dich mehr zu schätzen als da, wo man dich wirklich braucht. Überall sonst bist du nur überflüssiger Zierrat, Schätzchen.‹

Marion gibt Jakob Hundt sein Päckchen zurück und sagt bemüht: »Die ist Ihnen ganz gut gelungen, genau wie die Lippen ihrer Freundin, aber meine eigene Tasche ist mir deutlich lieber, das ist ein Naturprodukt. Auf die kann ich mich verlassen, die leistet mir gute Dienste und geht nicht so leicht kaputt. Ich denke, die passt auch viel besser zu mir als eine nagelneue Tasche.«

August, der bislang nichts gesagt hat, kramt ein Schreiben aus der Jackentasche.

»Lieber Jakob, ich habe bereits einen Gebrauchsmusterschutz beantragt, deine Kreation kann also nur in Produktion gehen, wenn du die Rechte bei Marion kaufst.«

Der Designer sieht uns der Reihe nach fassungslos an. Ich dagegen verziehe meinen Reißverschluss zu einem Lächeln, was Marion leider nicht sieht. Ich habe endlich meinen Platz im Leben gefunden, werde nicht schon wieder weitergereicht oder vergessen. Bei Marion und Elmar ist meine Endstation und meine Bestimmung und das ist gut so, denn hier finde ich die Wertschätzung, die ich verdiene. Und auch, wenn es viele handgemachte Taschen und Koffer wie uns geben wird, Schnee-Wittchen und ich bleiben die Originale.

Danke

Dieses Buch passt zwar in so manche Handtasche, aber in keine Schublade.

Ich danke all denjenigen, die trotzdem an Billy geglaubt und mich unterstützt haben, insbesondere Moni, Marcus und Patrick.

Ohne Euch wäre Billy immer eine wertlose Pfandsammeltasche geblieben, danke, dass Ihr mir stets Mut gemacht habt.

Ich danke der anonymen Pfandsammlerin im Zug von Koblenz nach Trier, die mir aus ihrem Leben erzählt hat.

Und ich danke dem Obdachlosen, der mir sein Leben erzählt hat.

Ich danke meinen Testleserinnen und Testlesern Catha, Christa, Heike, Marcus, Moni und Patrick und allen, die einen Eindruck beigesteuert haben. Außerdem danke ich Nadine für die Unterstützung.

Früher hatte eine Frau zwei Handtaschen, die weiße für den Sommer und die schwarze oder braune für den Winter. Da wurde einmal im Jahr alles umgepackt und damit die entsprechende Jahreszeit eingeläutet. Und natürlich gab es noch eine kleine schwarze für Beerdigungen und vielleicht fürs Theater.

Ich bin froh, dass mein Leben durch Billy viel bunter und vielfältiger geworden ist und ich für jede Gelegenheit eine passende Handtasche habe, meist natürlich in Rot.

Ich bedanke mich auch ganz herzlich für Feedback unter: mohr_hanna@web.de

Völlig ungefährliche Zutaten können tödlich sein, wenn man sie verwechselt, in falscher Menge oder Darreichungsform zu sich nimmt. Kochen Sie Ihr eigenes 4-Gang-Menü mit Aperitif, lesen Sie jeweils hierzu passende Krimis und Kurzgeschichten und erfahren Sie, worauf Sie bei Kauf und Zubereitung achten sollten.

Moni Reinsch, ISBN 978-3-744-89512-5, Euro 8,50

Haben Sie Lust auf etwas Neues? Probieren Sie aus, welche anregende Wirkung die Inhaltsstoffe, Form oder Farbe aphrodisierender Lebensmittel haben. Kochen Sie Ihr eigenes 4-Gang-Menü mit Aperitif für sich und die Person Ihres Herzens. Dazu gibt es jeweils passende Kurzgeschichten, Krimis und Gedichte zum gegenseitigen Vorlesen als Amuse gueule.

Moni Reinsch, ISBN 978-3-752-87697-0, Euro 9,50